A 37ª Hora

Jodi Compton

A 37ª Hora

TRADUÇÃO DE
Alice Xavier

EDITORA RECORD
RIO DE JANEIRO • SÃO PAULO
2008

CIP-Brasil. Catalogação-na-fonte
Sindicato Nacional dos Editores de Livros, RJ.

C737t   Compton, Jodi
        A 37ª hora / Jodi Compton; tradução de Alice Xavier.
        – Rio de Janeiro: Record, 2008.

        Tradução de: The 37th hour
        ISBN 978-85-01-07738-7

        1. Romance americano. I. Xavier, Alice. II. Título.

                            CDD – 813
08-0891   CDU – 821.111(73)-3

Título original inglês:
THE 37TH HOUR

Copyright © 2004 by Jodi Compton

Capa: Glenda Rubinstein
Composição de miolo: Glenda Rubinstein

Todos os direitos reservados. Proibida a reprodução, no todo ou em parte, através de quaisquer meios.

Direitos exclusivos de publicação em língua portuguesa somente para o Brasil adquiridos pela
EDITORA RECORD LTDA.
Rua Argentina 171 – Rio de Janeiro, RJ – 20921-380 – Tel.: 2585-2000
que se reserva a propriedade literária desta tradução

Impresso no Brasil

ISBN 978-85-01-07738-7

PEDIDOS PELO REEMBOLSO POSTAL
Caixa Postal 23.052
Rio de Janeiro, RJ – 20922-970

EDITORA AFILIADA

Agradecimentos

Este livro é uma obra de ficção, na qual se lançou mão da dose habitual de licença poética. Embora no texto sejam mencionadas agências governamentais reais, nada aqui tem a intenção de representar os verdadeiros procedimentos dessas agências ou de seus empregados.

Isso posto, há várias pessoas que me ajudaram a entender o mundo em que trabalha Sarah Pribe, e elas merecem menção. Em especial desejo agradecer a uma oficial do Las Vegas Metropolitan Police Departament e aos advogados Beth Compton, de Indiana, e David Lillehaug, de Minnesota. Todo o restante, em matéria de equívocos ou de liberdades para efeito dramático, deve ser depositado à minha porta, e não à deles. Também contei com a ajuda da repórter Carol Roberts, do *Tribune* de San Luis Obispo (Carol, quando você se aposentar, eu posso ficar com sua agenda eletrônica?).

Também desejo agradecer a algumas pessoas do setor de publicações que me deram extraordinário apoio: Barney e outros, da Karpfinger Agency, e Jackie e Nita, da editora Bantam.

Finalmente, gostaria de agradecer ao meu pai por ter deixado pela casa, durante meus anos de formação, milhares de romances policiais (felizmente, não todos ao mesmo tempo); à minha irmã, cuja opinião sobre a história e as personagens eu busco em primeiro lugar; e à professora que a mim e a muitas outras crianças ensinou o jeito de ler. Muito obrigada, Bethie.

Capítulo 1

Todo policial tem no mínimo uma história para contar sobre o dia em que o trabalho o apanhou de surpresa. Isto é muito comum. Na rua, estando de plantão ou não, um oficial de polícia de repente vê dois homens de boné de beisebol e óculos escuros saindo de um banco, correndo como se tivessem os calcanhares em fogo. Por pura sorte, o policial está no local do crime antes mesmo que o plantonista da Emergência receba o chamado.

No caso de pessoas desaparecidas, no entanto, é um pouco diferente. As pessoas que você está procurando geralmente já estão mortas, já saíram da cidade, já saíram do estado ou estão se escondendo. Em regra, não estão em lugares altamente visíveis, esperando que você tropece nelas. Ellie, de 14 anos, estava para se transformar na exceção que comprova a regra.

Na véspera, sua irmã viera a Minneapolis falar comigo, saindo de Bemidji, no noroeste do estado de Minnesota. Ainsley Carter tinha 21 anos, talvez aparentasse uns 22. De corpo magro, tinha essa espécie de beleza indecisa e nervosa que parece propriedade das louras, mas naquele dia, e provavelmente na maioria dos dias, ela tinha optado por não realçar sua aparência, a não ser por um pouco de rímel marrom-escuro e, sob os olhos, um pouco de base opaca que não conseguiu apagar as olheiras de uma noite maldor-

8 Jodi Compton

mida. Vestia jeans e um suéter esportivo de moletom – de malha branca e mangas de outra cor, neste caso, azuis. Uma modesta aliança de prata enfeitava sua mão direita; um anel com um minúsculo diamante, à mão esquerda.

– Acho que minha irmã provavelmente está em algum lugar na cidade – disse ela, quando eu consegui fazê-la se sentar diante de minha escrivaninha com uma xícara de café. – Anteontem não voltou da escola para casa.

– Você procurou a polícia em Bemidji?

– Em Thief River Falls – respondeu. – É onde minha irmã ainda mora, com nosso pai. Meu marido e eu nos mudamos depois de casar – explicou. – Sei que eles com certeza estão cuidando do caso. Mas eu acho que ela está aqui. Acho que fugiu de casa.

– Sumiu alguma mala ou mochila que pertença a ela?

Ainsley inclinou a cabeça de lado, pensativa.

– Não, mas a mochila da escola é bastante grande, e quando mexi nas coisas dela, senti falta de alguns objetos. Coisas que ela não teria levado para a escola, mas que iria querer levar se estivesse indo embora de casa.

– Tipo o quê?

– Bem, ela tinha um retrato de nossa mãe – respondeu Ainsley.

– Mamãe morreu há seis anos. Depois eu me casei, e Joe e eu nos mudamos, de modo que só ficaram ela e papai.

Uma história parecia estar surgindo daquilo que havia começado como informação genérica de antecedentes; assim, eu me calei e deixei que a história se desenrolasse.

– Quando era pequena, Ellie tinha uma quantidade normal de amiguinhas. Ela era um pouco tímida, mas tinha amigos. No entanto, de um ano para cá, ou um pouco mais, sei lá, elas meio que se afastaram, pelo que papai me contou – declarou. – Acho que foi porque Ellie foi ficando muito bonita. De uma hora para outra, praticamente em um ano, ela ganhou altura, se desenvolveu e seu rosto ficou lindo. Naquele mesmo ano, ela terminou a 5ª série e passou para a 6ª, e isso é uma grande mudança. Acho que isso talvez tenha mudado o sentimento das meninas em relação a ela, como aconteceu com os meninos.

– Os meninos?

– Desde que a Ellie fez 13 anos, ou por aí, os garotos começaram a telefonar para ela. Muitos são garotos mais velhos, segundo papai disse, e isso o preocupa.

– Será que a Ellie estava namorando alguém mais velho, alguém de quem seu pai não tinha boa impressão?

– Não – disse Ainsley. – Até onde ele sabe, ela não estava namorando de jeito nenhum. Mas a vida dela me dá uma sensação ruim. – Ela fez uma pausa. – Papai tem quase 70 anos. Ele não conversa assuntos de mulher conosco, nunca conversou. De modo que ele não pode me dar uma boa noção do que realmente é a vida dela. Eu procuro conversar com ela por telefone, mas não é a mesma coisa. Acho que ela não tem ninguém com quem se abrir.

– Ainsley – comecei cautelosamente –, quando você conversa com Ellie, quando vai em casa, você por vezes sente que alguma coisa não está certa no relacionamento dela com seu pai?

Ela entendeu no ato o que eu estava perguntando.

– Ai, não, Deus me livre – respondeu, e seu tom não deixava dúvida de que realmente acreditava no que dizia. Apanhou a xícara de café; seus olhos azuis pousados em mim indicaram que estava esperando outra pergunta.

Passei a língua pelos dentes, especulativa, batendo com a caneta no bloco de notas.

– Pelo que você me disse, você está preocupada porque ela não tem nenhuma amiga ou parenta próxima para conversar. O que é lamentável, suponho, mas o que não consigo ver é uma crise que tenha causado a fuga dela de casa. Você consegue atinar com alguma coisa?

– O que eu fiz foi conversar com as amigas dela – disse Ainsley mais devagar. – Quer dizer, com suas colegas de turma.

– E o que elas disseram?

– Não disseram muita coisa. Ficaram meio sem jeito, ou talvez fosse remorso. A Ellie fugiu de casa e eu sou a irmã dela, e provavelmente elas acharam que eu fui lá culpá-las por não terem sido mais amáveis ou solidárias com ela.

— Elas não disseram nada proveitoso? – cobrei.

— Bem, uma das meninas disse que havia uns boatos.

— De que tipo?

— De que Ellie era sexualmente ativa, eu acho. Tentei fazer a menina falar mais, mas então as outras duas se meteram e disseram: "Sabe como é, o pessoal fala sem saber." Alguma coisa assim. Não consegui arrancar mais nada delas.

Concordei com um aceno.

— Mas você disse que sua irmã não tinha namorado. Pelo jeito não haveria muito fundamento para esse tipo de boato.

— Papai deixava a Ellie dormir na casa das amigas. – Ainsley levantou a xícara, mas não bebeu. – Ele achava que nas reuniões só havia garotas, mas às vezes eu me pergunto se seria assim mesmo. A gente ouve contar cada coisa sobre o que a garotada anda fazendo cada vez mais cedo...

A voz dela foi sumindo, deixando sem dizer as coisas difíceis.

— Tudo bem – arrematei. – Talvez nada disso importe para o motivo de Ellie ter fugido.

Ainsley prosseguia no mesmo fio de raciocínio.

— Eu queria que ela pudesse morar conosco – acrescentou. – Conversei com Joe sobre isso, mas ele disse que não temos espaço. – Ficou torcendo o anel de brilhante no dedo.

— Por que você acha que ela está nas Cidades Gêmeas?*

— Ela gosta daqui – respondeu Ainsley simplesmente.

Era uma boa resposta. Os jovens com freqüência fogem para a metrópole mais próxima. A cidade parece prometer uma vida melhor.

— Você tem um retrato dela que eu possa usar?

— Claro, eu trouxe um para você.

---

* Minneapolis/St. Paul e regiões adjacentes. (*N. da T.*)

A foto de Ellie mostrava uma garota linda, de cabelos louros um pouco mais escuros que os da irmã e olhos verdes, em vez dos azuis de Ainsley. Tinha um pouco de sardas infantis, e o rosto era inteligente, mas um tanto vazio, como com freqüência acontece nas fotos escolares.

— Esta é do ano passado — esclareceu. — Na escola disseram que acabaram de fazer fotos das turmas, mas que só estarão prontas em mais ou menos uma semana.

Estávamos no começo de outubro.

— Você tem outra foto para você mesma usar?

— Eu? — estranhou ela.

— No momento eu tenho uma caixa inteira de casos por resolver — expliquei. — Já você, no entanto, está livre para procurar Ellie em tempo integral. Você deve continuar procurando.

— Eu achava que... — Ainsley parecia um pouco desiludida.

— Vou fazer tudo o que eu puder — tranqüilizei-a. — Mas neste momento você é a melhor advogada de Ellie. Mostre a todo mundo o retrato dela. Recepcionistas de motel, moradores de rua, padres e pastores que dirigem abrigos para sem-teto... qualquer pessoa que você ache que possa tê-la visto. Faça cópias coloridas com uma descrição e pendure em todos os lugares onde lhe permitirem. Faça disso seu trabalho em tempo integral.

Ainsley Carter me entendeu; saiu dali para fazer o que eu havia recomendado. Mas quem acabou achando sua irmã fui eu, e não ela, e por puro golpe de sorte.

No dia seguinte à visita de Ainsley, no meio da manhã, fui de carro até um hotel nos subúrbios da periferia. Uma recepcionista do hotel achava ter visto um homem e um garoto procurados num caso de seqüestro de filho pelo pai, e eu fui enviada para investigar.

Eu costumava lidar com crimes de todos os tipos — todos os detetives da delegacia do condado faziam isso —, mas os casos de pessoas desaparecidas eram como uma especialidade de minha parceira, e ao longo do caminho tinham se transformado em minha também.

Quando cheguei ao local, o pai e o filho em questão estavam justamente arrumando a bagagem num velho furgão Ford. O garoto era quase dois anos mais velho e uns oito centímetros mais alto que a criança procurada. Perguntei por que o garoto não estava na escola, mas ambos explicaram que estavam a caminho de casa, voltando do enterro de um parente. Desejei-lhes um retorno seguro e voltei ao balcão de recepção para agradecer à funcionária por seu espírito cívico.

Na viagem de volta, pouco antes de chegar ao rio, avistei uma viatura policial estacionada entre a estrada e o leito da ferrovia.

Uma oficial uniformizada estava de pé ao lado do carro, olhando para o sul, quase como se estivesse de guarda nos trilhos. Um pouco à frente dela, o leito da ferrovia se transformava numa ponte que cruzava o rio, e percebi o vulto de um outro oficial, de ombros largos, caminhando em direção à ponte. Era uma cena suficientemente incomum para me fazer estacionar.

— O que está acontecendo? — perguntei à patrulheira quando esta se aproximou de meu carro. Sentindo que ela estava à beira de me mandar seguir em frente, tirei do bolso da jaqueta a carteira com o distintivo, que abri diante dela.

Seu rosto relaxou um pouco da posição contraída, mas ela não se afastou, nem mesmo baixou os óculos escuros de lentes espelhadas, de modo que vi nelas meu próprio rosto refletido, estendido como numa lente olho-de-peixe. Li o nome em seu crachá: OFICIAL MOORE.

— Você me pareceu familiar — disse Moore. Depois, em resposta à minha pergunta, respondeu sucintamente: — Uma saltadora.

— Onde? — perguntei. Eu só conseguia ver o parceiro de Moore, agora parado nos trilhos, já pelo meio da ponte, e mais ninguém.

— Ela desceu pela estrutura — explicou Moore. — Daqui dá para ver um pouco. Na verdade, é quase uma criança.

Esticando o pescoço, vi uma forma esbelta nas treliças da ponte, e depois o reflexo da luz do sol em seu cabelo ouro-escuro.

— Uma garota? De uns quatorze anos?

— É, isso mesmo.

– Onde é que eu posso estacionar?

O percurso até a ponte ferroviária me levou a atravessar sol e sombra, sol e sombra, não só por conta da estrutura da ponte acima de mim, mas também porque o sol ficava entrando e saindo das nuvens. Era um dia de nuvens esparsas.

– Acho que o que pedimos pelo rádio foi a patrulha fluvial – disse o parceiro de Moore à guisa de cumprimento, levemente surpreso, enquanto eu me aproximava.

Eu o conhecia de vista, mas não conseguia me lembrar de seu nome. Alguma coisa com V. Ele tinha uns anos a menos que eu, uns 25 ou por aí. Bonitão e de pele morena.

– Ninguém mandou me chamar, oficial Vignale – respondi, e minha memória forneceu-me o nome antes que eu tivesse lido no crachá. – Eu estava mesmo passando por aqui. O que está havendo?

– Ela ainda está lá embaixo, detetive...

– Pribek – disse eu. Sarah Pribek. Você tentou falar com ela?

– Fiquei com medo de distraí-la. Não quero que perca o equilíbrio.

Virei-me e olhei para baixo, debruçando-me sobre a guarda da ponte. Com certeza, a garota estava bem ali, parada com os pés ancorados, as mãos levantadas segurando numa trave diagonal. A brisa suave agitava seus cabelos, que tinham exatamente a cor e a textura dos cabelos de Ainsley.

– Ela é uma fugitiva de Thief River Falls – informei. – Pelo menos, tenho certeza de que sim. A irmã mais velha veio à cidade ontem comunicar o sumiço dela.

Vignale concordou com a cabeça.

– A patrulha fluvial está mandando um barco. Para o caso de ter de pescá-la da água.

Baixei os olhos para Ellie e para a água abaixo dela.

Ellie tinha escolhido uma ponte particularmente baixa para escalar, coisa que em si era interessante. Eu nunca havia estudado muita psicologia, mas ouvira dizer que quando alguém faz uma tentativa de suicídio da qual pode sobreviver, com freqüência o ato é um jeito de pedir socorro. Por outro lado, Ellie talvez estivesse apenas confusa, zangada e impaciente e tivesse corrido para a primeira estrutura que encontrou no Mississipi.

De um jeito ou de outro, era uma situação favorável. Até certo ponto: o rio acima do qual se encontrava ainda era o Mississipi.

Eu havia sido criada no Novo México, e na zona rural onde eu morava o terreno era todo cortado pelos ribeirões, mas não tínhamos nada comparável ao Mississipi. Aos 13 anos viera morar em Minnesota, mas nem então tinha vivido perto do rio. O Mississipi tinha sido uma abstração para mim, uma coisa a ser vista de longe e atravessada em ocasionais excursões de carro. Só muitos anos mais tarde eu havia chegado até a beira do rio para conferir de perto. Lá embaixo, na margem, um garoto estava fingindo que pescava, com um barbante comum amarrado num galho comprido.

— Tem alguém que entre neste rio? — eu havia perguntado a ele.

— Uma vez, vi um homem entrar com uma corda amarrada na cintura — dissera o menino. — A correnteza foi levando o cara tão depressa que os dois amigos dele, todos dois adultos, tiveram de puxar para tirar o outro da água.

De lá para cá eu havia ouvido opiniões divergentes sobre a força e a malícia do rio que dividia Minneapolis. Os livros de ocorrências da polícia e dos serviços de emergência das Cidades Gêmeas guardam histórias de gente que sobreviveu a saltos e a quedas de todas as suas pontes. Mas esses casos de sobrevivência não são a norma. Até mesmo adultos sóbrios e saudáveis que sabem nadar e não são suicidas se vêem em apuros no rio, principalmente por causa da correnteza. Ela arrasta a gente nas direções erradas: para baixo, onde a pessoa fica presa em árvores e raízes submersas, e na direção do centro do rio, onde a correnteza passa mais veloz sobre as águas profundas.

Alguém podia perfeitamente sobreviver ao cair daquela estrutura, e a água talvez não estivesse nas temperaturas paralisantemente frias do meio do inverno. Mas, mesmo assim, eu achava melhor as coisas não chegarem a esse ponto.

Agarrando-me a uma viga, experimentei esticar o pé até a beirada.

– Você deve estar de brincadeira – disse Vignale.

– Nem um pouco – respondi. – Se ela não quisesse que ninguém tentasse convencê-la a desistir, já teria saltado. – *Espero.* – Estou preocupada com *você*, oficial Vignale – falei. – Se sua parceira não avisou pelo rádio para suspenderem o tráfego de trens da ponte, é melhor você pensar em voltar.

A estrutura da ponte na verdade não era muito mais difícil de escalar que um trepa-trepa de playground, mas eu avancei por ela muito mais devagar.

– Você tem companhia, mas não se assuste – avisei ao chegar ao nível da menina, mantendo a voz baixa e modulada. Tal como Vignale comentara, eu não queria dar um susto nela. – Vim aqui só para conversar com você.

Ela se voltou para mim, e vi que de fato era Ellie. Mais que isso, vi a beleza que tanto havia preocupado a irmã mais velha. Realmente ela havia mudado desde a foto escolar do ano anterior.

Era uma dessas pessoas a quem a seriedade, ou até a infelicidade, torna ainda mais encantadora que um sorriso. Tinha olhos verde-acinzentados de pálpebras pesadas, a pele sem defeitos, o lábio inferior bem carnudo. As sardas da foto, já esmaecidas, eram os últimos vestígios de seu rosto na infância. Vestia uma camiseta cinza e jeans pretos. Nada de cor pastel, nem de lacinhos, nem de coisas de menina para Ellie. Se eu a visse à distância, poderia confundi-la como uma moça do tipo mignon de 21 anos.

– Espera aí um pouquinho, Ellie – pedi. Agora nivelada com ela, eu estava cautelosamente mudando a posição das mãos, de modo a poder ficar de lado, em vez de olhando para dentro, na posição que eu usara durante a escalada, e virar em sua direção para conversar. – Assim está melhor. – Meus pés estavam ancorados e eu podia me reclinar para trás e me apoiar na treliça. – Subir aqui não é fácil para um adulto – anunciei. – Já tive momentos em que gostei de medir 1,79m, mas este não foi um deles.

16 Jodi Compton

— Como você sabe meu nome?

— Sua irmã me procurou ontem – expliquei. – Está muito preocupada com você.

— A Ainsley está aqui? – Ellie olhou para cima, em direção à estrada, de onde tínhamos vindo Vignale e eu. Não deu para saber se ela ficou esperançosa ou infeliz com a perspectiva.

— Não, mas ela está na cidade.

Ellie olhou de novo para baixo, na direção da água.

— Ela quer que eu volte para Thief River Falls.

— Nós duas só queremos saber o que está perturbando você – comentei. Quando ela não respondeu nada, tentei de novo. – Por que você foi embora de casa, Ellie?

Ela não disse nada.

— Foi por causa da garotada da escola? – perguntei, lançando em sua direção a pergunta mais vaga e gentil possível, para ela pegar ou largar, conforme quisesse.

— Não posso voltar para lá – disse ela, em voz baixa. – Tá todo mundo falando de mim e do Justin Teague. O merdinha contou pra todo mundo.

De certa forma eu gostei dela um pouquinho mais por ter usado aquela palavra. Além disso, parecia ser verdade.

— Ele estava contando mentiras sobre você? – perguntei.

Ela negou com a cabeça.

— Não, era tudo verdade. Eu realmente dormi com ele. Tive de fazer isso.

— Porque gostava dele e tinha medo de perdê-lo?

— Não – declarou ela sem rodeios.

Eu achava que era isso que se devia fazer com quem ameaçava saltar: conversar sobre os problemas da pessoa até ela se sentir melhor e concordar em sair dali. Neste caso, isso não parecia estar acontecendo. Ellie Bernhardt não parecia se sentir nem um pouco melhor.

Na idade dela, eu, ainda recém-chegada a Minnesota, estava separada do resto de minha família e sentindo que nunca iria me enquadrar aqui. Contar a Ellie um pouco daquilo não ajudaria nada. Histórias do tipo "quando eu tinha a sua idade" invariavelmente

A 37ª hora 17

fracassavam na tentativa de atravessar as muralhas, e barreiras, e sistemas de defesa dos adolescentes perturbados que pensam que todos os adultos são, se não o inimigo, no mínimo indivíduos sem serventia.

– Olha, pelo jeito, tem umas coisas na sua vida que precisam ser endireitadas, mas acho que o lado de baixo da ponte não é o lugar certo para fazer isso. Então, por que você não vem comigo?

Ela começou a choramingar bem alto.

– Eu dormi com ele porque *não* gostava dele. E eu queria mudar as coisas.

– Não estou entendendo – falei.

– A Ainsley também não – admitiu em voz baixa. – Eu... eu gosto de meninas.

– Ah – respondi. Aquilo me pegou de surpresa. – Está tudo bem.

Lágrimas de raiva surgiram nos olhos de Ellie enquanto ela me olhava demoradamente, de cima para baixo.

– Tudo bem pra *quem*? – exigiu saber. – Pra *você*? Pra uma policial de Minneapolis?

Como se a raiva a tivesse libertado, Ellie pulou.

E eu pulei atrás.

Se fosse em janeiro, com o rio mais gelado que nunca, minha decisão talvez tivesse sido outra. Ou talvez eu tivesse ficado onde estava se tivesse feito tudo direitinho, em vez de levar Ellie a falar sobre seus problemas, deixando-a perturbada a ponto de saltar.

Ou talvez eu estivesse mentindo para mim mesma ao chamar aquilo de decisão. Não me lembro de ter pensado em coisa alguma. Quando eu deixo cair, é pra valer. No intervalo entre o momento em que percebi que tinha mesmo me soltado da estrutura e o momento em que bati na água, pensei em diversas coisas numa rapidíssima sucessão. No menino pescando na margem com sua ridícula imitação de vara de pescar. Em meu irmão me empurrando a cabeça embaixo d'água num riacho quando eu tinha cinco anos.

Por último, pensei em Shiloh.

Naquele dia aprendi uma coisa que eu só acreditava que sabia: o rio em que mergulhamos os pés num dia de verão, com um leve arrepio diante da frieza da água mesmo em junho, não é o mesmo rio que Deus nos lança contra o corpo quando caímos até mesmo de uma altura moderada. Eu me senti quase como quem bate numa calçada; o impacto foi tão chocante que mordi a língua, tirando sangue.

Depois do salto, os primeiros momentos, em sua maioria, passaram depressa demais para me permitir lembrar grande coisa. Quando afinal voltei à superfície, meus pulmões estavam queimando, e quase imediatamente estava resfolegando como um cavalo de corrida. O ambiente era tão diverso das águas dóceis, frias e cloradas da piscina em que eu aprendera a nadar que fiquei reduzida a lutar na correnteza como alguém que nunca tivesse aprendido. Foi pura coincidência, acho, ter esbarrado em Ellie e conseguido agarrá-la.

Ela havia desmaiado ao bater na água de mau jeito ou tinha ficado imóvel por causa do choque. Seja como for, não estava lutando, o que era uma bênção. Passei o braço em torno dela e fiquei boiando de costas, com a respiração entrecortada.

A ansiedade atingiu-me quando percebi a rapidez com que a ponte ferroviária estava ficando para trás, e nós, sendo arrastadas para o meio do rio. Minhas pernas, que eu movimentava como tesouras, sofriam o puxão da correnteza, principalmente minhas botas encharcadas, que de tão pesadas pareciam blocos de concreto.

Eu batia as pernas tentando chegar à margem, enquanto remava fracamente com o braço livre. Fiz isso por um ou dois minutos. Então percebi: eu não ia conseguir salvar Ellie. Como nadadora, eu não era tão forte assim.

Se ficasse batendo as pernas com a força necessária, poderia nos manter acima da superfície, mas isso era tudo. E por quanto tempo seria capaz de fazê-lo? Depois de certa altura, Ellie poderia estar morta, porque eu não tinha sequer a certeza de estar mantendo o rosto dela acima da superfície o suficiente para impedi-la de respirar na água, encharcando os pulmões.

E se bem me lembrava de minhas noções de geografia, dentro de algum tempo estaríamos no desaguadouro, nas comportas da barragem perto da ponte Stone Arch. Este era, de longe, o maior perigo da região. Eu havia ouvido falar que uma vez alguém o atravessara e sobrevivera. A palavra que ouvira em conexão com o incidente foi *sorte*.

Eu podia soltar Ellie, nadar até a margem em meu nado crawl operacional e sobreviver. Ou podia ficar com ela e me afogar.

Não creio que tenha realmente sopesado muito as opções. Em vez disso, meus braços congelados não conseguiram largar o corpo de Ellie. Por um curto momento, nós afundamos. Eu engoli água, subi tossindo e vi no céu acima de mim que o sol tinha se escondido atrás de outra nuvem. A nuvem era cinza-escuro e parecia carregada, mas suas bordas rasgadas tinham se transformado num tom de ouro e fogo por causa do sol oculto por trás.

Meu Deus, que lindo.

E então alguma coisa na periferia de meu campo visual me distraiu. Era um barco. Na verdade, um rebocador, mas não trazia barcaça à sua frente.

Tudo estava dando sorte para mim e Ellie naquele dia: sorte que o rebocador estivesse parado na água num ponto em que a tripulação teve chance de nos avistar, sorte que o seu potente motor não estivesse funcionando nem provocando uma turbulência que teria tornado impossível o resgate.

A tripulação nos viu. Começaram a gritar em nossa direção, mas meus ouvidos estavam demasiado cheios de água para eu ouvir alguma coisa, o que transformava os tripulantes no animado e gesticulante elenco de um filme mudo. Um dos homens nos jogou alguma coisa.

Era um cabo, com uma garrafa plástica de refrigerante, daquelas de dois litros, vazia e bem vedada, amarrada na ponta para impedir que afundasse. Eu chutava grande quantidade de água da superfície enquanto me dirigia a ela, e com grande alívio coloquei a mão livre sobre a garrafa flutuante.

Alguma coisa estranha tinha acontecido com minha carne dentro d'água. Normalmente, quando o tempo está frio e nem mesmo as roupas quentes de inverno são suficientes, as pontas dos dedos dos pés e das mãos são as primeiras partes de meu corpo que ficam dormentes, e em seguida as próprias mãos e pés. No entanto, quando me retiraram da água, eu ainda tinha sensibilidade nos dedos, mas a pele da parte de cima de meus braços e de meu peito tinha perdido a sensibilidade, de modo que eu mal consegui sentir a amurada do convés quando diversas mãos me puxaram para cima de forma pouco graciosa. Só então reparei que tinha tirado o blazer; pelo menos, eu já não o estava usando.

Ellie já estava deitada ao meu lado, de costas, os olhos fechados. A pele de seu rosto estava tão branca da água fria que as sardas que antes haviam parecido desmaiadas agora se destacavam com nítido relevo. Eu me sentei.

— Ela está...

— Está respirando – respondeu o mais velho da tripulação. Como para demonstrá-lo, a semiconsciente Ellie virou de lado e vomitou um pouco da água do rio.

— Jesus – exclamou um jovem ajudante de origem latina, observando.

— A senhorita está bem? – perguntou-me o mais velho. Seus olhos desconfiados eram de um azul penetrante, embora no restante ele fosse grisalho e desbotado. Parecia escandinavo, como um nativo de Minnesota do passado, mas ouvi vestígios do Texas em sua voz.

— Não consigo sentir a superfície da pele – respondi, apertando meus músculos do braço com os dedos que tremiam. Era uma sensação muito desconcertante. Levantei-me sobre as pernas vacilantes, achando que caminhar me ajudaria.

— Eu tenho uísque – disse ele.

Em meu curso de primeiros socorros, nosso instrutor tinha desaconselhado oferecer ou aceitar nos momentos de trauma "remédios de campo": álcool, cigarros.

Naquele instante, no entanto, eu não estava pensando em meu treinamento, nem no fato de que, já fazia alguns anos, eu praticamente havia parado por completo de beber, nem que o barco da patrulha fluvial surgia agora no horizonte, com a proa saltando sobre a água enquanto se aproximava. Um pouco de uísque de cevada parecia eminentemente sensato naquele momento.

Mas foi minha própria carne debilitada quem me salvou de mim mesma. Quando o barqueiro me colocou a garrafa nas mãos, ela escorregou direto por entre meus dedos trêmulos e se espatifou no convés.

Capítulo 2

As conseqüências da tentativa de suicídio de Ellie consumiram a maior parte de minha tarde.

Ambas fomos conduzidas ao Centro Médico do condado de Hennepin. Depois que levaram Ellie de minha presença, a assistente do médico, uma mulher de meia-idade, olhou para mim e disse:

– Vou examinar você no segundo consultório do corredor.

– Eu? – respondi, espantada. – Eu estou bem.

– Provavelmente – respondeu ela –, mas preciso examinar seus ouvidos e conferir...

– Meus ouvidos estão ótimos – garanti, ignorando a discreta, porém reveladora sensação de peso e de frio que significava que num deles tinha entrado água. Diante de seu olhar de ceticismo... o pessoal da área médica aceita os desafios à sua autoridade quase tão mal quanto os policiais... eu insisti: – De verdade, eu não costumo fazer exames.

Estava falando sério. Poucas coisas me assustam. Os consultórios médicos, estes me assustam.

– Basta me mostrar onde fica o chuveiro, está bem?

Ela me olhou com ceticismo por mais uns momentos, depois disse:

– Tudo bem; nesta época do ano, duvido que tenha tido sequer uma hipotermia leve. – Definitivamente havia em sua desistência

24 Jodi Compton

um tom de despeitado desdém, como se ela, de todo modo, não tivesse realmente tido intenção de me examinar.

No vestiário de médicos e enfermeiras, tomei um banho muito quente de chuveiro durante 15 minutos e vesti umas roupas de centro cirúrgico que me deram: um jaleco florido e um par de calças verde-mar. Embolei minhas roupas molhadas, que coloquei num saco plástico. Quando saí, dei uma olhada nas salas de exame, procurando por Ellie. Uma jovem enfermeira me viu.

— Ela já foi levada para a unidade de crise — avisou, referindo-se à enfermaria de psiquiatria. — Vai ficar internada durante a noite, pelo menos. Fizemos uma radiografia do tórax para ver se ela aspirou muita água, mas ainda não ficou pronta. Contudo, acho que, em termos físicos, ela está bem.

A oficial Moore tinha sido despachada de volta à delegacia para buscar a muda de roupas que eu guardava de reserva em meu armário. As roupas dos detetives não ficam sujas de sangue ou vômito com a mesma freqüência que as dos patrulheiros, mas nós passamos algum tempo em cenas de crime que são enlameadas ou ainda estão fumegantes de incêndios suspeitos; achei que uma muda de roupas poderia ser útil algum dia. Aquele dia finalmente chegara.

Quando entrei na sala de espera, Moore ainda não estava lá. Ainsley Carter já estava. Levantou-se do assento num pulo, mas o abraço que me deu foi muito canhestro, só com um tocar de ombros, como se eu estivesse doente ou machucada.

— A senhora tem filhos, detetive Pribek? — perguntou Ainsley.

— Desculpe, não entendi — disse eu. Tinha esperado uma pergunta sobre a situação de Ellie. — Não, não tenho.

— Joe e eu temos conversado sobre isso — disse ela. Ficou girando o solitário no dedo, do jeito como fizera no dia anterior ao falar da hesitação do marido quanto à Ellie ir morar com eles. — Queremos ter filhos, mas depois disso, um filho parece — sacudiu a cabeça — uma responsabilidade aterrorizante. — Pela primeira vez vi nas faces dela os vestígios ressecados das lágrimas que eu tinha ouvido ao telefone.

A oficial Moore estava atravessando as portas automáticas de vidro, trazendo numa das mãos um cabide de plástico com roupas e na outra um par de botas.

– Você vai estar no mesmo número de telefone, no mesmo motel, certo? – perguntei depressa a Ainsley. – Vou precisar entrar em contato com você mais tarde.

– Vou ficar no mesmo lugar – respondeu Ainsley. – E... muito obrigada – acrescentou baixinho.

Fui encontrar a oficial Moore a meio caminho no salão e pigarreei.

– Obrigada – disse-lhe, sem graça. Não fazia muito tempo que eu havia me tornado investigadora, e senti-me pouco à vontade por ter pedido a uma patrulheira que cumprisse aquele tipo de incumbência para mim.

– De nada – respondeu ela, enquanto eu pegava meus objetos.

– Você era a parceira de Genevieve Brown, não era?

– Sim – respondi – E ainda sou.

– Como vai ela?

– Não sei – respondi. – Não tenho falado com ela recentemente.

– Pois é, muitos de nós sentimos a falta dela.

– Ela vai voltar – garanti rapidamente.

– É mesmo? Quando?

Fui obrigada a recuar:

– Ela ainda não mencionou uma data. Eu só quis dizer que é uma licença por questões pessoais. Ela certamente vai voltar.

Moore balançou a cabeça, concordando.

– Claro, ela vai precisar de algum tempo. O que aconteceu foi pavoroso.

– Pois é – concordei. – Foi mesmo.

Genevieve Brown tinha sido minha primeira amiga nas Cidades Gêmeas. Não surpreende que a oficial Moore a conhecesse; Genevieve conhecia todo mundo.

Suas raízes estavam nas Cidades, e ela havia passado toda a sua carreira na delegacia do condado: primeiro na patrulha, depois em relações comunitárias, e agora na divisão de investigação. Seu verdadeiro ponto forte era o interrogatório. Genevieve conseguia conversar com qualquer um.

Nenhum criminoso jamais teve medo dela: era baixinha e não se impunha, sua voz baixa era macia como a camurça. Ela era lógica, educada, razoável; antes que os meliantes percebessem, estavam contando a ela coisas que nunca teriam dito aos homens. Alguns detetives chamavam-na de Polígrafo Humano.

Eu a conhecia desde meus tempos de patrulheira, e com ela tinha aprendido muita coisa. Eu lhe retribuía pela sabedoria compartilhada treinando com ela na academia, estimulando-a, mantendo-a no auge da forma física enquanto se aproximava da casa dos 40. Quando eu morava sozinha num conjugado barato em Seven Corners, Genevieve costumava me convidar de vez em quando para jantar na casa dela em St. Paul.

Possivelmente o dia mais feliz de minha vida foi aquele em que recebi meu distintivo e passei a trabalhar em companhia dela. Gen era uma ótima professora e mentora, mas, acima de tudo, era divertido trabalhar com ela.

Tínhamos o hábito de tomar café nas passarelas envidraçadas, a verdadeira colméia suspensa e interconectada de lojas, restaurantes e bancas de jornal que servia aos comerciantes de Minneapolis. Genevieve às vezes parava em uma dessas passarelas revestidas de vidro, normalmente numa manhã em que a temperatura era de, no mínimo, dez graus abaixo de zero. Segurando entre as mãos o copinho de papel de café tipo francês, ela ficava olhando a distância a cidade, onde um vapor esbranquiçado escapava do sistema de ventilação de cada edifício e a luz do sol se projetava, com enganoso fulgor, de cada montículo de neve e superfície coberta de gelo.

— É hoje o dia, garota — dizia ela. — Nós vamos desligar o rádio e dirigir para o sul até chegar a Nova Orleans. Vamos nos sentar ao sol e comer sonhos polvilhados de açúcar. — Por vezes, para variar, dizia em vez disso que iríamos até São Francisco para tomar um café irlandês junto à baía.

Mas nunca estava falando a sério. Depois de mais de uma década trabalhando na polícia, ela ainda adorava o trabalho.

Então Kamareia, sua filha única, foi estuprada e assassinada.

Eu conheci a Kamareia desde que ela era criança, dos dias iniciais de minha carreira, quando Genevieve tinha começado a me convidar para jantar em sua casa. Era filha de um casamento anterior de Genevieve com um estudante de direito de outra etnia, durante os anos em que cursava a faculdade. Kamareia era muito amadurecida para sua idade e em geral apoiava o trabalho exaustivo da mãe.

Às vezes ouvíamos outros detetives falarem dos filhos adolescentes: histórias de dever de casa incompleto, de pais chamados para conversar com o professor ou de voltar para casa e encontrar tudo bagunçado. Depois, Genevieve dizia:

— Meu Deus, às vezes não consigo imaginar por que dei tanta sorte.

Eu estava com ela na terrível noite em que chegara a sua casa e encontrara a filha terrivelmente machucada, mas ainda viva. Segui na ambulância com Kamareia e fiquei segurando sua mão até a equipe do pronto-socorro levá-la embora. Fiquei na sala de espera até um médico sair para dizer que Kamareia, que escrevia poemas e se candidatara ao programa de admissão antecipada da universidade Spelman, tinha morrido de hemorragia interna generalizada.

Genevieve voltou ao trabalho duas semanas depois da morte da filha.

— Eu preciso trabalhar — havia me confessado, na noite de domingo em que me telefonara para avisar que estaria no trabalho do dia seguinte. — Por favor, faça todo mundo entender.

Na manhã seguinte, Genevieve chegou para trabalhar quinze minutos antes do horário, de olhos vermelhos, porém vestida com esmero, uma fragrância herbal de limpeza se desprendendo dos cabelos úmidos, pronta para trabalhar. E se saiu bem, naquele dia e nas semanas seguintes.

O fato de ter havido uma detenção imediata parece ter ajudado: um pintor de paredes que trabalhava em um imóvel de St. Paul, o bairro de Genevieve. A própria Kamareia o havia identificado como o agressor. Enquanto ele estava sendo processado, e os promotores do condado de Ramsey preparavam a acusação, Genevieve ficou bem. Ela se enterrou no trabalho, concentrada nas tarefas como um passageiro que aperta bem os punhos durante um vôo turbulento ou um dependente químico que está abandonando o vício na pura força de vontade.

28 Jodi Compton

Então o processo foi indeferido por um casuísmo, e Genevieve perdeu a cabeça.

Eu a carreguei durante um mês. Ela perdeu peso e ia trabalhar com olheiras roxas sob os olhos, atestando as noites de insônia. Não conseguia se concentrar no trabalho. Ao interrogar testemunhas ou suspeitos, só conseguia fazer as perguntas mais básicas. Seus poderes de observação estavam piores que os dos civis mais distraídos. Não era capaz de fazer nem as mais simples conexões lógicas.

Eu não conseguia dizer a ela que desistisse e, no final, não precisei fazê-lo. Genevieve era justa o suficiente para perceber que não estava trazendo nenhum benefício ao departamento e pediu uma licença por tempo indeterminado. Saiu das Cidades e foi para o sul, ficar com a irmã mais nova e o cunhado numa propriedade rural ao sul de Mankato.

Quando tinha sido minha última visita a Genevieve? Tentei me lembrar, enquanto dirigia de volta para o centro da cidade. O pensamento me causou um aperto de remorso e deixei-o de lado.

De volta à delegacia, escrevi o relatório dos acontecimentos da manhã, tentando fazer com que meu salto na água parecesse um comportamento racional, uma coisa que qualquer detetive teria feito. Será que tinha "perseguido" Ellie para dentro do rio? Aquilo soava esquisito. Dei um retrocesso e, em vez daquilo, experimentei digitar *seguido*. Escrever era a parte do trabalho de que eu menos gostava.

– Pribek! – Levantei os olhos e vi o detetive John Vang, meu parceiro ocasional na ausência de Genevieve. – Ouvi alguma coisa muito estranha a seu respeito hoje de manhã.

Vang era um ano mais novo que eu e só recentemente fora promovido de patrulheiro a detetive. Tecnicamente, eu o estava treinando, uma situação que não me deixava inteiramente à vontade. Não parecia muito longe o tempo em que eu seguia atrás de Genevieve, deixando que ela tomasse a dianteira nas investigações...

Olhei em direção à mesa dela. Não tinha sido exatamente desocupada, mas Vang a usava agora.

Ele tinha colocado duas fotografias emolduradas em cima da mesa dela. Uma era o retrato de sua mulher e sua garotinha de nove meses, um close com a criança nos braços; a outra mostrava só a menininha no playground. Ela estava numa espécie de balanço, uma tipóia que a mantinha em ângulo com o peito e a cabeça para frente, os braços se agitando no ar. Tenho certeza de que no momento em que a foto foi tirada ela tinha a sensação de estar voando.

Um dia, enquanto Vang estava fora, inclinei a foto para poder vê-la de minha escrivaninha. Quando os infortúnios das Ellie da vida se amontoavam sobre minha mesa, eu gostava de levantar a cabeça e ver a foto do bebê voador.

— Se o que você ouviu é sobre mim e o rio, então é verdade.

— Você está brincando.

— Eu não disse que era inteligente, disse que era verdade.

Levantei a mão, meio constrangida, para meus cabelos. No hospital eu tinha prendido os cabelos num rabo-de-cavalo, cuja ponta dobrara para dentro, e ela agora formava uma alça pesada, mas não muito longa. Ao tocá-lo agora, meu cabelo dava a sensação de estar quase seco: não estava úmido, mas apenas frio ao contato.

Terminado o relatório, era hora de requisitar um novo pager. O velho ficara em meu blazer, que agora estava no fundo do rio. Alegrei-me de que minha carteira de dinheiro e meu celular estivessem em outra parte durante a loucura da manhã.

Antes que eu pudesse tomar aquela providência, meu telefone tocou. Era Jane O'Malley, uma promotora do condado de Hannepin.

— Venha até aqui — pediu. — Os depoimentos das testemunhas vão andar mais depressa do que esperávamos. Provavelmente vamos chegar a você hoje.

O'Malley estava na acusação de um caso que contava uma história triste e comum: um jovem cujo ex-namorado não queria abrir mão dele. A pessoa desaparecida era um rapaz que fora ao Gay 90s, uma casa noturna de grande popularidade entre homossexuais e heterossexuais, e tinha ido embora sozinho e sóbrio, depois de dançar com os amigos. Aquela foi a última vez em que alguém o viu.

Genevieve e eu tínhamos investigado o caso. Depois, à medida que as evasivas e quase álibis do ex-namorado foram ficando mais inconsistentes, recebêramos reforço de um detetive da Delegacia de Homicídios de Minneapolis. Jamais encontramos a vítima nem o corpo, mas só grande quantidade do sangue dele e um de seus brincos na mala do carro que o ex, no dia seguinte ao sumiço, tinha declarado como roubado e do qual não se livrara muito bem.

Enquanto eu atravessava o vestíbulo do Centro Administrativo do condado de Hennepin para chegar aos elevadores, uma voz conhecida me chamou.

— Detetive Pribek!

Christian Kilander me alcançou e fomos andando lado a lado. Promotor do condado de Hennepin, ele tinha uma altura imponente e era ferozmente competitivo — tanto no tribunal quanto na quadra de basquete, onde às vezes eu me confrontava com ele em partidas casuais.

Se a voz de Genevieve era de camurça, a dele era alguma coisa ainda mais leve, como chamois. E quase sempre maliciosa, uma qualidade que fazia sua conversação comum parecer provocadora e insinuante e sua acareação, irônica e descrente.

Basicamente, eu gostava de Kilander, mas um encontro com ele nunca devia ser tomado à ligeira.

— É bom encontrar você em terra firme — começou. — Como sempre, suas técnicas inovadoras de investigação policial causam assombro a todos nós.

— Todos nós quem? — perguntei, esticando o passo para acompanhar o dele. — Só estou vendo um de vocês. Você tem pulgas?

Ele riu imediata e gostosamente, desarmando a piada.

— Como está a garota? — perguntou quando chegamos ao hall dos elevadores.

— Está se recuperando — respondi. As portas duplas deslizaram para as laterais à nossa esquerda, e entramos no elevador atrás de dois funcionários.

Enquanto entrávamos, refleti que provavelmente seria a última vez em que ouviria falar de Ellie Bernhardt. Eu tinha feito por ela tudo o que podia; seus problemas restantes deviam ser resolvidos por outra pessoa que não eu. Se aqueles esforços teriam êxito ou não, provavelmente eu jamais saberia. Esta era a realidade da condição de detetive. Os policiais que não gostavam disso deixavam a corporação para fazer curso de assistente social.

Os funcionários saltaram do elevador no quinto andar. Esfreguei o ouvido esquerdo.

— Entrou água no seu ouvido, não foi? — perguntou Kilander quando começamos a subir de novo.

— Sim — admiti. Mesmo sabendo que era uma condição inofensiva, eu não estava habituada a ela. O leve crepitar da água naquele ouvido me desconcertava.

O elevador parou no meu andar, e no breve lapso entre a parada completa da cabine e a abertura da porta, ele me lançou um longo olhar do alto do seu 1,83m de altura. Então, comentou:

— Você, detetive, é uma moça sem subterfúgios. Com certeza que é.

— Obrigada — respondi enquanto a porta se abria, num tom neutro e sem ter certeza se aquela seria a resposta cabível. Alguns anos antes eu teria me arrepiado ante a idéia de ser chamada de moça e tentado em vão pensar em uma resposta cortante, que só iria me ocorrer uns quinze minutos depois de termos nos separado. Mas eu já não era uma novata insegura, e Kilander nunca tinha sido um machista, apesar da impressão que dava à primeira vista.

O corredor estava vazio, e eu caminhei devagar para as portas da sala do tribunal. Acomodei minha bolsa, e a mim mesma, num banco. Eu devia esperar que O'Malley saísse do recinto para vir me buscar. Eu conhecia o roteiro.

Só uma vez eu havia sido chamada para testemunhar num julgamento de crime, numa outra qualidade que não a minha oficial, e isso não tinha sido em Minneapolis. Tinha sido em St. Paul, na audiência pré-julgamento de Royce Stewart, acusado de matar Kamareia Brown.

Tinha sido para mim que ela, dentro da ambulância, o identificara como seu agressor.

Na tarde em que morreu, Kamareia estava sozinha em casa. Mas, na verdade, ela havia sido atacada na casa de uns vizinhos que estavam reformando o imóvel. Os dois pintores que estavam trabalhando lá tinham encerrado a tarefa por volta das quatro da tarde, mas só um deles dispunha de álibi para o período depois disso.

O outro era Stewart, um trabalhador de 25 anos, de fora da cidade. A placa do carro dele refletia seu apelido, Shorty. Na verdade, não era tão baixinho quanto fazia supor o apelido, pois media cerca de 1,74m; de estrutura franzina, usava os cabelos louros desgrenhados presos em um rabo-de-cavalo. Mas Kamareia o havia citado pelo apelido, quer fosse adequado ou não. Ela não chegara nem mesmo a saber o nome dele; só tinha visto a placa do carro que ele dirigia. Genevieve tinha me contado, uma semana antes da morte da filha, que Kamareia tinha apanhado Shorty a espreitando, o que lhe causara uma sensação desagradável.

Ninguém nunca entendeu como ele conseguiu atraí-la para a casa vizinha.

A ficha de delinqüente juvenil de Stewart estava lacrada, e como oficialmente eu não fazia parte da investigação da promotoria, nunca cheguei a vê-la. Já adulto, ele tinha sido apanhado fornecendo bebida alcoólica a menores e exibindo os genitais para garotas adolescentes nas imediações de uma escola secundária. Shorty gostava de garotinhas, segundo constava.

Jackie Kowalski, a defensora pública que representara Stewart, disse-me mais tarde que ele lhe havia revelado que estava pagando pensão alimentar para o filho de uma "garota negra com quem só tinha transado uma vez".

Ele não acreditava que o filho era seu. Achava que o resultado do exame de paternidade havia sido falsificado pelo pessoal do hospital, que, solidário, naturalmente havia tomado o partido de uma jovem mãe solteira contra um homem. "Porque, você sabe, os homens já não têm mais nenhum direito", explicara Stewart.

Shorty havia contado a história a Kowalski mais de uma vez, e ela havia percebido que para ele isso era parte de sua defesa. O fato de estar pagando pensão para uma criança mulata, nada menos que isso, mostrava que ele era um bom sujeito, que não teria agredido Kamareia, que também era birracial.

Shorty também havia sugerido à advogada que apresentasse a teoria de que um homem negro tinha matado Kamareia com o objetivo expresso de fazer um homem branco levar a culpa pelo crime.

Se ele tivesse feito a própria defesa, teria provocado a repulsa de qualquer jurado de qualquer tribunal e praticamente causado a própria condenação.

Mas o caso nunca foi a julgamento, e isso por minha culpa.

Eu estava no banco das testemunhas do Ramsey County Government Center, durante uma audiência de petição inicial. A defensora pública de Stewart havia pedido indeferimento do processo, como o promotor do condado de Ramsey, Mark Urban, tinha previsto que ela faria.

Urban estava sentado à mesa mais próxima dos bancos vazios dos jurados, mas não foi ele quem atraiu meu olhar. Christian Kilander também estava lá, sentado num banco do setor dos espectadores. Ele deve ter tirado a manhã de folga para me ver testemunhar. E isso me surpreendeu, embora talvez não devesse. A morte de Kamareia tinha causado comoção entre as muitas pessoas que conheciam Genevieve e gostavam dela.

Kilander me cumprimentou com um leve aceno de cabeça, que não pude retribuir, e seu rosto estava excepcionalmente sério.

Jackie Kowalski parou na minha frente, uma moça esbelta que acabara de se formar na escola de direito da Universidade de Minnesota, com seus cabelos castanho-claros e um terninho barato comprado por catálogo.

Até certo ponto eu sabia o que ela ia me perguntar — Urban havia me prevenido —, mas não facilitei em nada as coisas.

— Detetive Pribek... posso chamá-la de Sra. Pribek? Já que a senhora não está envolvida neste caso como representante da lei...

— Pode.

— Sra. Pribek, a senhora estava na casa pouco depois do crime, como já declarou. E viajou na ambulância com a Srta. Brown, correto?

— Sim.

— Por que a senhora e não a mãe dela?

— Genevieve estava em estado de choque na cena do crime, recebendo tratamento. Quando levaram sua filha embora, ela ainda estava perturbada. Eu achei que alguém devia ir com Kamareia, alguém que não estivesse tão nervosa que lhe fosse piorar o sofrimento.

34 Jodi Compton

– Entendo. Como foi que ela identificou o agressor? A senhora perguntou a ela?

– Não, ela deu a informação voluntariamente.

– O que foi que ela disse?

– Ela disse: "Foi o Shorty. O cara que fica sempre me observando."

– E a senhora entendeu isso como sendo o Sr. Stewart?

– Sim, entendi. Este era o apelido dele.

Jackie Kowalski fez uma pausa. Se nós estivéssemos no tribunal, na frente de um júri, ela provavelmente teria insistido na questão, tentando localizar furos na tênue identificação feita por Kamareia com base no apelido. Mas não havia jurados ali, só o juiz, a quem Kowalski estava pedindo que indeferisse as acusações. Ela tinha uma argumentação jurídica para fazer, de modo que prosseguiu.

– O que mais ela lhe contou sobre a agressão?

– Ela chegou a dizer que devia ter sido mais cuidadosa ou alguma coisa assim. E eu disse: "Tudo bem, você não podia saber."

– Esse foi todo o teor da discussão sobre a agressão?

Ela sabia que sim. Tinha lido o depoimento.

– Sim.

– Então a senhora nunca chegou a perguntar nada a ela.

– Não.

– A senhora chegou à cena como oficial da lei?

– Eu sempre sou uma oficial da lei.

– Isto eu reconheço – respondeu Kowalski. – Mas a senhora estava socialmente na casa de sua parceira, não estava?

– Sim.

– Vocês duas se encontram muito fora do trabalho e se consideram amigas?

– Sim.

– E em tal qualidade a senhora via muito Kamareia Brown, como amiga da mãe dela?

– Sim.

– E assim, quando Genevieve Brown ficou abalada demais para acompanhar a filha ao hospital, a senhora foi em seu lugar, porque estava... composta. Para mim, isso indica que seu objetivo era manter a serenidade de Kamareia Brown, reconfortá-la. A senhora concordaria com a afirmativa?

— Meu objetivo principal era garantir que ela não ficasse sozinha naquele momento.

Eu não ia facilitar as coisas para ela.

— Em algum momento a senhora lembrou a ela sua condição de oficial da lei?

— Ela foi criada no meio de...

— Por favor, responda às perguntas que lhe faço.

— Não, eu não lembrei.

Kowalski fez uma pausa, assinalando uma mudança de rumo.

— Senhora Pribek, a auxiliar da ambulância que estava com a senhora e a Srta. Brown declarou no depoimento que a senhora se esforçou para tranqüilizar a Srta. Brown. De fato, ela declarou que por duas vezes ouviu a senhora dizer: "Você vai ficar bem." É verdade?

Esta era a pergunta para a qual todas as outras estavam levando.

— Não me lembro se disse isso duas vezes.

— Mas a senhora sabe que disse "Você vai ficar bem" pelo menos uma vez.

Meu olhar encontrou os olhos de Kilander e vi que ele tinha visto o caso se desmoronar. Ele sabia o que significava a pergunta.

— Sim.

Genevieve, uma testemunha potencial, tinha sido barrada de comparecer a essa audiência, e naquele momento fiquei aliviada de que minha parceira não estivesse entre os espectadores.

— E em geral a senhora fez à Srta. Brown afirmativas tranqüilizadoras, levando-o a acreditar que ela sobreviveria aos ferimentos.

— Não sinto que a estivesse levando a acreditar em coisa alguma.

Kowalski ergueu as sobrancelhas.

— A senhora poderia explicar, então, que outra coisa ela poderia ter entendido da afirmativa "Você vai ficar bem"?

— Objeção — disse Urban. — A defesa está pedindo à testemunha para especular.

— Retiro o que disse — retratou-se Kowalski. — Sra. Pribek, a senhora disse à Srta Brown alguma coisa que indicasse a ela que seus ferimentos eram fatais?

Genevieve, eu sinto muito. Eu tentei fazer o que era certo.
– Não, eu não disse.

As declarações *in extremis* são notoriamente complicadas. Elas se baseiam na noção de que alguém que sabe que está morrendo não tem motivo para mentir. Por esta razão, a questão fundamental no julgamento costuma ser se o agonizante de fato acreditava que estava morrendo.

No estrado, Kowalski deixara claro para o juiz que Kamareia não me via como uma investigadora criminal, daí a insistência da defensora em ficar me chamando de "Sra. Pribek" em vez de usar minha patente. Além disso, e mais importante, Jaqueline estabeleceu que eu havia induzido Kamareia a acreditar que não morreria das lesões.

Certa vez, muito antes da morte de Kamareia, Kilander tinha me falado sobre declarações *in extremis*. Não era como se eu jamais tivesse ouvido falar dos aspectos jurídicos das acusações na iminência da morte; eles simplesmente não tinham me passado pela cabeça, nem mesmo remotamente, no dia em que eu tinha assistido à morte de uma moça.

Jaqueline tinha razão num ponto – eu havia entrado na ambulância como uma amiga. Eu tinha tentado ser uma boa amiga para Kamareia, fazer o que a mãe dela teria feito, confortá-la e lhe infundir segurança. Todas essas coisas comprometeram a acusação no processo penal de Kamareia e, ao fazê-lo, colocaram em risco um caso que, em seus outros aspectos, estava impreciso.

Apesar do estupro, nenhum sêmen tinha sido recuperado, ocorrência mais comum do que muita gente imagina. Talvez Shorty tivesse usado preservativo, talvez simplesmente não tivesse ejaculado. Para mim, esta era uma questão acadêmica. Eu considerei o assassinato de Kamareia um crime provocado pelo ódio em sua definição mais simples: o resultado do ódio. Até onde eu era capaz de julgar, Stewart havia estuprado Kamareia porque esta era apenas outra maneira de espancá-la.

Mas o resultado final foi que não havia DNA para coletar. Outros vestígios de cabelos e fibras não foram úteis, porque Stewart tinha estado pela casa toda, trabalhando, durante duas semanas. E o que foi colhido de sob as unhas de Kamareia não rendeu nada de útil. E evidentemente ela havia ficado demasiado atônita, e o ataque tinha sido demasiado abrupto, para que lutasse com valentia.

O processo inteiro se apoiava na acusação feita por Kamareia diante da morte iminente. Quando o juiz não levou em consideração a afirmativa de Kamareia, o resto da causa desabou como um castelo de cartas. O juiz considerou os motivos insuficientes para levar o caso a julgamento, e o pior que aconteceu a Royce Stewart foi perder a carteira de motorista por um delito desvinculado de dirigir embriagado.

– Sarah?

A porta do tribunal tinha sido aberta quase sem ruído. Jane O'Malley estava olhando para mim.

– Você está pronta?

– Sim – respondi.

Capítulo 3

Embora O'Malley tivesse dito que naquele dia a tarefa de recolher os testemunhos havia sido mais rápida que o esperado, eu levei algum tempo para relatar minha parte da história. Quando voltei ao trabalho, já passava das 5 horas da tarde. Vang ainda estava sentado à sua mesa, novamente ao telefone. Ele devia ter sido colocado na espera, pois afastou o fone da boca e disse:
– Seu marido passou por aqui, procurando por você.
– Shiloh passou por aqui? – repeti como uma idiota. – Ele está...
Mas Vang voltara a atenção para a conversa telefônica.
– Alô, comandante Erickson, quem está falando aqui...
Desliguei-me dele.
Evidentemente, Shiloh tinha passado por ali e ido embora, e apesar de meu expediente estar terminado, e de logo eu poder chegar em casa, fiquei decepcionada por não tê-lo encontrado. Até umas duas semanas antes, ele tinha sido um detetive lotado no Departamento de Polícia de Minneapolis. Embora tecnicamente não trabalhássemos juntos, de vez em quando nossas funções coincidiam. Agora eu nunca esbarrava com ele pela cidade e sentia falta disso.
Aquela era uma coisa à qual eu teria de me habituar. Na próxima semana, Shiloh estaria de partida para seu treinamento de quatro meses de duração com o FBI em Quantico.

Baixei os olhos, procurando mais uma vez por mensagens. Não havia nenhuma. Portanto, programei o telefone para cair na caixa postal depois do primeiro toque e apanhei minha bolsa. A caminho da porta de saída, acenei com o indicador uma despedida para Vang, que me retribuiu com um aceno de cabeça.

Meu Chevrolet Nova 1970 foi o primeiro carro que comprei. Alguns colegas de trabalho se encolhiam ao vê-lo; eu sabia que eles estavam imaginando o trabalho de restauração que fariam no carro, se fosse deles. A pintura cinza metálica havia desbotado por falta de aplicação regular de uma camada de cera que um aficionado teria feito, e havia pequenas rachaduras no painel de controle. No entanto, era um carro surpreendentemente confiável, e eu estava perversamente apegada a ele. Todo inverno eu imaginava que o trocaria por alguma coisa mais firme em condições de neve e gelo, um utilitário ou um 4x4 como aqueles dirigidos por tantos de meus colegas oficiais. Mas agora era de novo o outono – outubro –, e eu ainda não tinha me decidido seriamente a colocar um anúncio.

Não fui direto para casa. A agulha do medidor de gasolina estava marcando abaixo de um quarto de tanque, e fui reabastecer no posto mais barato que conhecia; depois, levei minhas botas ao sapateiro. Elas iam precisar de atenção profissional para sobreviver ao inesperado mergulho no Mississipi. Minhas tarefas levaram mais de meia hora, mas afinal entrei na plácida rua do nordeste de Minneapolis onde morávamos.

Outrora, aquela tinha sido uma região da cidade intensamente povoada por gente do leste europeu; com os anos, tinha se tornado mais integrada. Cortado ao meio pela ferrovia, o setor tinha velhas casas marcadas pelo tempo, com grandes varandas cobertas de tela fina, negócios de indústria leve e bares de esquina cujas placas anunciavam rifas de carne e loterias de números. Imediatamente eu havia gostado do lugar, gostado da velha casa de Shiloh com os trens que trovejavam ao passar atrás do quintal estreito e a qualidade sonhadora e submarina que a casa assumia no verão por causa do mosqueado da alternância de sol e sombra criado pelos ramos pendentes dos álamos. Mas eu também sabia que nesta área Shiloh tinha tomado uma faca de mola de um menino de 11 anos, e no último Dia das Bruxas alguém havia rabiscado com giz vermelho em nossa entrada de garagem palavrões hostis à polícia. Tratava-se, indubitavelmente, de um bairro do centro urbano.

A velha Sra. Muzio, nossa vizinha do lado, estava saindo de casa com seu velho cachorro mestiço de lobo, Snoopy. Pensei em acenar para ela, mas com freqüência para atrair a atenção de Nedda Muzio era preciso ficar cara a cara, por isso passei diante da casa dela e segui para a nossa. O velho Pontiac Catalina de Shiloh não estava na rampa, então entrei de carro para ocupar a vaga.

Talvez ele tivesse levado o carro à oficina. Como o Nova, aquele também era um primeiro carro, que nunca fora substituído. Mais por preguiça que por sentimentalismo, sustentava Shiloh. Era um modelo 1968 e herdeiro de todos os problemas dos carros velhos — mais recentemente, a regulagem de velocidade estava com defeito. De vez em quando Shiloh mencionava a possibilidade de vendê-lo e comprar um veículo mais confiável, mas ainda não o fizera.

Entrei pelos fundos da casa. Tecnicamente, a porta da cozinha não abria direto para a cozinha, mas sim para uma entrada de piso de linóleo eternamente encardido, com uma lavadora e uma secadora de roupas à direita. Joguei o saco de plástico sobre a secadora e decidi lavar minhas roupas naquela hora mesmo.

Coloquei as peças no tambor da máquina e estava a ponto de derramar nelas meia medida de detergente quando vi alguém me observando, uma silhueta contra o branco da parede da frente.

Assustada, dei um pulo; a mão do revólver, em particular, deu um salto no ar, derramando um pouco do sabão em pó da xícara que eu segurava. Então percebi quem era e virei o rosto diretamente para Shiloh.

— Puta merda! — exclamei. — Não me assuste desse jeito. — Respirei fundo para me acalmar. — Achei que você não estava em casa, seu carro...

Parei de falar, subitamente amedrontada.

Embora tivesse mais de 1,90m de altura, meu marido nunca havia sido a presença física mais intimidante entre os policiais com quem eu tinha trabalhado — seu corpo era longilíneo e magro. Os traços do rosto ajudavam a compensar isso. Shiloh tinha feições que eu considerava eurasiáticas, de pele clara e ossatura forte e angulosa. O mais insólito eram seus olhos: tinham uma ligeira prega nos cantos, como se há muitas gerações passadas seus ancestrais tivessem vivido nas estepes. Os olhos tornavam-no difícil de decifrar. Mas neste exato momento o que eu via neles era reprovação.

— Qual é o problema? — perguntei.

Shiloh balançou a cabeça devagar, decididamente uma reprimenda.

— Você é uma idiota — respondeu em voz baixa.

— Do que você está falando? — falei, mas ele continuou a me olhar firme e reprovadoramente.

Shiloh e eu nunca tínhamos trabalhado juntos num caso, de modo que eu nunca tinha tido a oportunidade de observar suas técnicas de interrogatório. Achei que talvez as estivesse vendo agora.

— Você sabe quanta gente morre todo ano naquele rio?

— Ah, o Vang contou a você? — Minha voz saiu um pouco esganiçada. A raiva de quem raramente se zanga é profundamente perturbadora. — Eu estou bem — garanti.

— Onde você estava com a cabeça? — insistiu ele.

— Você teria feito a mesma coisa, respondi.

Ele não negou.

— Eu não aprendi a nadar aos 23 anos.

— Eu tinha 22 — corrigi.

— Não é esta a questão.

Dei-lhe as costas e com a mão varri para dentro da máquina o sabão derramado. Girei o botão para água quente, ouvindo o chiado abafado do começo do ciclo.

Shiloh chegou por trás de mim e colocou as mãos em meus quadris.

— Quase tive um ataque do coração quando o Vang me contou — disse ele baixinho.

Perdoada, senti alívio, ou uma necessidade retroativa de pedir desculpas. Em vez disso, disse:

— Hoje você teria sido muito útil por lá. — Ele tinha experiência com suicidas; mais que experiência, tinha um histórico de bom desempenho. — Ela foi minha primeira saltadora.

A 37ª hora 43

Dei a Shiloh uma abertura para completar: *E quase foi a sua última*, mas ele parecia ter esquecido o assunto. Debruçou-se para junto de meu ouvido e disse, em vez disso:

— Ainda posso sentir o cheiro do rio em seus cabelos. — Então, levantando o meio rabo-de-cavalo, beijou-me a nuca.

Eu sabia o que significava aquele gesto.

Em nosso quarto, depois, Shiloh estava tão calado que por um momento achei que havia caído no sono. Levantei a cabeça de seu peito e olhei para o rosto dele: estava de olhos fechados.

Então começou a acariciar minhas costas com uma das mãos, ainda sem abrir os olhos. Se eu não o conhecesse tão bem, teria pensado que essa era sua maneira de fazer tudo: lânguida e relaxadamente.

Mas eu o conhecia bem. Durante anos eu havia observado Mike Shiloh, tanto de longe quanto de perto. Às vezes eu achava que ele deliberadamente adotava o curso de maior resistência, sempre recusando-se a tomar o caminho fácil.

A carreira de Shiloh tinha seguido um trajeto mais tortuoso que a minha. Quando o conheci, ele tinha sido agente secreto da delegacia de narcóticos. Mais adiante, candidatara-se a treinamento especial para negociador de seqüestros. Não foi escolhido para o treinamento. Em vez disso, deram-lhe uma função que ele não pediu nem queria, um papel adjunto na Homicídios. Shiloh tornou-se um detetive de casos arquivados, ou seja, casos sem solução.

Investigadores de casos arquivados são até certo ponto um luxo. Em tempos de economia próspera, de folga no orçamento e índices decrescentes de homicídios, muitos departamentos de polícia das grandes cidades podem se permitir destacar detetives para analisar e investigar novamente velhos casos sem solução, em geral assassinatos. Em muitos aspectos, era um trabalho ideal para Shiloh, que gostava de intratáveis quebra-cabeças intelectuais. Ele entendia, porém, que sua designação para casos sem solução, notoriamente com a falta de um parceiro, representava uma mal disfarçada crítica.

Shiloh tinha 17 anos quando saiu de seu estado natal, Utah, sem concluir o curso secundário. Estava em Montana, trabalhando numa equipe de madeireiros, quando fez seu primeiro trabalho policial: participou de uma unidade de busca e resgate do xerife.

Sua vida profissional o fizera atravessar o Meio-Oeste. De patrulheiro, ele passara a missões como agente infiltrado a serviço da delegacia de entorpecentes. Através da região superior das Planícies e do Meio-Oeste, ele havia trabalhado em esquadrões de combate a drogas que sempre precisavam da participação de alguém com cara inédita e irreconhecível para a suposta compra de drogas. Em cidades como Gary, Indiana e Madison, Wisconsin, em diversas ocasiões ele havia trabalhado sozinho. Às vezes seus colegas eram gente decente. De outras vezes, eram prepotentes ou caubóis rápidos no gatilho. Nem sempre os superiores eram muito melhores.

Na época em que chegou a Minneapolis para lançar raízes semipermanentes e cursar a faculdade de psicologia, Shiloh era um solitário que tinha aprendido a confiar mais em seus próprios instintos e opiniões que nos dos outros.

Debaixo de tudo isso, havia o filho de um pregador. No coração da comunidade mórmon de Utah, o pai de Shiloh tinha dirigido uma pequena igreja sem denominação, cujo credo severo dividia o mundo em salvos e não-salvos. E embora o próprio Shiloh, em talvez mais de uma década, nunca tivesse entrado numa igreja no domingo de manhã, eu achava que parte do rígido moralismo de sua infância e adolescência continuava a viver dentro dele, mas agora fundido com atitudes mais politicamente liberais que aquelas adotadas pela maioria dos policiais.

No ambiente confinado e corporativo de um departamento de polícia metropolitano, as opiniões de Shiloh não lhe conquistaram muitos amigos. Ele tivera atritos com promotores e detetives supervisores de cujas idéias e táticas discordava. Suas simpatias causavam espanto: era compassivo com usuários de drogas e prostitutas que os colegas consideravam sem serventia e conciso e pouco amistoso com os informantes de colarinho branco que seus superiores valorizavam. Um engraçadinho anônimo certa vez lhe enviara impressos da ACLU [American Civil Liberties Union] como se fossem uma forma vergonhosa de pornografia.

Eu própria discutira com ele em mais de uma ocasião, acabando por me irritar e ficar na defensiva diante de sua cobrança quanto a virtudes e valores de policiais que a mim desagradava questionar. Debates desse teor entre nós nunca eram rancorosos, mas se trabalhássemos no mesmo departamento, seria improvável acabarmos parceiros um do outro, que dirá nos casarmos.

– Ninguém "entende" essa história de você e Shiloh – dissera Genevieve um dia. – Quando nos conhecemos, você dizia "trenamento" em vez de "treinamento". E Shiloh... – Ela havia feito uma pausa para pensar. – Shiloh uma vez teve uma discussão com outro detetive que estava dando informação relevante a uma repórter da TV... acho que se suspeitava que o tal cara estava dormindo com a repórter. Pois bem, Shiloh chamou o detetive de "um maldito quisling". Depois que os dois saíram, quem tinha ouvido a discussão foi procurar no dicionário o que significava "quisling". Todos achamos que era alguma obscenidade. – Genevieve dera uma risada. – Acontece que significa "um traidor".

– É a cara do Shiloh – dissera eu. – Esculhambando alguém e, ainda por cima, em alto nível.

Entretanto, ninguém conseguia achar defeito em seu trabalho. No departamento, tinha gente que apreciava a inteligência e a ética profissional que ele colocava na tarefa. Mas tinha muito mais gente que achava que já era hora de Mike Shiloh ser posto em seu lugar, e ele o foi.

A investigação de casos sem solução oferece poucas oportunidades de brilhar. Envolve grande quantidade de trabalho infrutífero de reler e repetir entrevistas. Se o caso tem mais de um ano, os avanços só acontecem quando uma testemunha se manifesta anos, ou mesmo décadas depois, em razão de conversão religiosa ou de tormentos da consciência.

A carreira de Shiloh estava se estagnando, ao mesmo tempo em que Genevieve e eu estávamos resolvendo casos em velocidade notável.

– É questão de sorte – dizia eu a ele na ocasião. – A sorte vai dar uma virada.

E dera: ele apanhara Annelise Eliot, assassina e fugitiva havia mais de uma década, e recebera de um agente do FBI a sugestão de preencher um formulário de candidato.

Nossa própria relação tinha seguido uma trajetória sinuosa em direção ao casamento, cobrindo um período de quase cinco anos. Nós certamente não éramos uma combinação óbvia, conforme havia assinalado Genevieve. – Havíamos namorado, terminado, nos reconciliado e finalmente fomos morar juntos antes de nos casar, o que fizemos recentemente. Mas ao longo do processo, havia uma certa inexorabilidade que me atraía para ele. Eu tinha muita dificuldade para explicar isso até mesmo para Genevieve, que entendia melhor que ninguém a relação entre nós dois.

Eu havia contado a ela, logo no começo, que estava saindo com ele, mas *contar* não era bem a expressão para isso; tinha sido um ato falho.

Naquele tempo, eu ainda era patrulheira, e Genevieve estava sempre atenta à ocasião de me ajudar a subir na vida. Certa noite, em que havia sido convidada para ir à sua casa em St. Paul, ela estava refletindo sobre uma dessas oportunidades.

– O chefe do esquadrão antidrogas interinstitucional tem você em alta conta – dissera ela. Genevieve era uma mulher baixinha, com um avental a lhe cobrir parcialmente o velho suéter e os jeans que estava usando enquanto cozinhava. Mesmo picando tomates e azeitonas para uma receita de massa, ela dirigia freqüentes olhares para onde eu me sentava junto ao balcão de sua cozinha, e seus olhos cor de avelã estavam acesos de reflexão e especulação. Ela era ótima no contato visual; sem isso uma conversa, para ela, era como dirigir sem acender os faróis.

– Alguma vez você já pensou nesse tipo de trabalho? – perguntou, olhando em minha direção. – Radich tem dois veteranos, Nelson e Shiloh, que provavelmente um dia desses vão querer se transferir.

– Shiloh não me disse nada sobre isso – respondi descuidada, e então disse a mim mesma: *Ai, ferrou.*

– Por que o Shiloh mencionaria isso a você? – quis saber Genevieve. Eu tinha participado de uma rápida missão com o esquadrão antidrogas, mas fora há muito tempo, e Genevieve sabia disso.

Então, ela entendeu.

– Minha nossa, você só pode estar brincando.

– Nós estamos mantendo segredo no trabalho – respondi sucintamente, com vergonha do escorregão.

– A gente está falando do mesmo cara, não é? – disse ela, provocando. – Altura 1,90m, cabelo castanho-arruivado, fala pouco e sempre te dá uma surra na quadra de basquete?

– Isto não é verdade – contestei.

– É, sim, Sarah, mas você não consegue admitir que não joga o suficiente para marcá-lo.

– Não, eu quis dizer sobre ele falar pouco – esclareci. – Ele fala. Comigo, ele fala.

Seus olhos castanho-claros se arregalaram, e um tomate fervido escorregou languidamente da espátula que ela segurava, sem que notasse. Ela acreditou em mim.

– Puxa vida! Eu não teria jamais, nem mesmo em cem anos, ligado vocês um ao outro. Os dois parecem tão diferentes... bem, na superfície. Acho que não conheço o Shiloh tão bem assim. – Fez uma pausa, refletindo. – E aí, como ele é?

Meu primeiro impulso foi fazer piada e dizer: *Você quer dizer, de cama?* Mas não consegui. Em vez disso, falei sem premeditação.

– Ele é um rio de águas profundas.

Não foi um resumo adequado. Mas o que eu não conseguia explicar direito a Genevieve é que eu precisava dele e o queria não apesar do fato de sermos tão diferentes, mas justamente por causa disso. Ele não era como eu e nem era como os homens que normalmente me deixavam à vontade.

Quando estávamos juntos, ele não precisava ficar segurando minha mão nem me tocando constantemente. Não precisava que eu compartilhasse seus interesses ou gostasse das mesmas coisas que ele. E desde o começo eu vi que precisava melhorar para acompanhar seu conhecimento e seu modo de pensar.

Se eu o tivesse encontrado até mesmo um ano antes em minha vida, essas coisas provavelmente teriam sido suficientes para me assustar e me afastar. Mas, em vez disso, vi nele a possibilidade de uma relação baseada em alguma coisa muito mais profunda que os interesses comuns, algo que fizesse aqueles velhos critérios parecerem irrelevantes e até mesmo prosaicos. Havia nele profundidades que me entonteciam e excitavam, que me faziam sentir como alguém que, criado na planície, via o oceano pela primeira vez. Depois que o encontrei, o tipo de homem com quem eu saía normalmente, um sujeito de cabelo cortado rente e picape 4x4, parecia um pouco menos dimensional, um pouco menos atraente para mim.

Agora Shiloh se mexeu e escorregou de sob o braço que eu tinha passado sobre seu peito. Fiquei observando enquanto ele ia até a cômoda e retirava um cortador de unhas.

– Você vai aparar as unhas? Você já cortou o cabelo hoje, não foi? – perguntei, em tom de acusação. Ele sabia que eu sentia falta do cabelo mais longo que ele usava quando nos conhecêramos. Quando o cortava curto, o sol não tinha chance de fazer destacar os tons mais claros de ferrugem da cabeleira acaju-escuro.

Ele ignorou a crítica amável.

– Não, eu vou cortar as suas unhas – respondeu, sentando-se na beira da cama e pegando uma de minhas mãos.

Puxei a mão.

– Por quê?

– Porque você me arranhou. Não sei se em Quantico eles costumam dar trote, mas não quero chegar lá com as costas cheias de arranhões. – Agarrou novamente minha mão.

– Minhas unhas não estão tão compridas assim.

– Não, mas estão ásperas. Porque você fica roendo.

– Eu parei de roer – menti. Quando senti os lados do cortador contra a primeira unha, minha mão se contorceu voluntariamente.

Shiloh me olhou no rosto.

– Você confia em mim para fazer isso?

– Sim – respondi, e desta vez não mentia.

Ouviu-se um ruído metálico enquanto o cortador foi me mordendo a unha do indicador; Shiloh soltou aquele dedo e passou ao seguinte. Uma sensação de dissociação me percorreu o corpo, uma memória física, e então fechei os olhos para isolá-la. Claro: nas mãos de Shiloh, eu senti o toque de minha mãe. Ela tinha sido a única pessoa a fazer isso por mim, nos tempos em que eu era criança. Mesmo naquela época o câncer de ovários já estava se espalhando por suas vísceras qual o mofo negro no interior de uma mina.

Com a mão, Shiloh varreu para o chão, de cima da manta indígena que cobria a cama, os fragmentos de unha. Tornei a abrir os olhos.

— Prontinho — disse ele com suavidade.

— Muito obrigada — disse eu. — Eu acho. — Saí da cama e fui procurar minhas roupas. — Acho que a gente devia começar a pensar no jantar — comentei, enfiando uma camiseta pela cabeça.

Shiloh rolou de lado e ficou observando enquanto eu me vestia.

— Não fique faminta demais — advertiu. — Não quero deixar você em pânico, mas as prateleiras da cozinha pareceram bem vazias na última vez que conferi.

— Sério? Puxa, esta é uma má notícia.

Entrei na cozinha. Vi pela janela que lá fora o crepúsculo estava cada vez mais escuro. Quando Shiloh apareceu, eu estava agachada no chão, conferindo o conteúdo da geladeira. Ele tinha razão: não era promissor.

— Posso dar uma chegada no Ibrahim — falei.

Ibrahim era nosso nome para um posto de gasolina da Conoco e minimercado do bairro. Apesar do fato de haver muitas mercearias em Minneapolis que ficavam abertas até mais tarde, se não a noite inteira, o Ibrahim nos parecia irresistivelmente conveniente quando precisávamos de leite ou queríamos café em horários inusitados. Comprávamos lá com tanta freqüência que Shiloh certa vez havia comentado que era uma pena não termos feito um casamento tradicional; poderíamos ter encomendado à Conoco a organização da festa.

— Talvez — respondeu Shiloh. Não parecia entusiasmado com o tipo de comida disponível no freezer de um minimercado.

— Ou — propus, pensativa — temos amêndoas fatiadas, azeitonas e um pouco de arroz. Se sairmos para comprar uns tomates e limões...

— Ah, um frango, pois é — interrompeu Shiloh. — Já vi aonde isso leva.

Para nenhum de nós dois, a atividade de cozinhar ocupava o topo da lista de prioridades, mas nela Shiloh era melhor que eu. Das diversas receitas básicas que ele fazia de cor, minha favorita era o frango à moda basca. A cada duas ou três semanas ele o preparava, mas pelo jeito era preciso que eu pedisse. Achava que ele gostava de minha insistência, gostava de me ver apreciar tanto a comida que ele fazia, e por isso desconfiei que sua presente relutância não era genuína. Insisti um pouco mais com lisonjas.

— Sei que dá um certo trabalho, com toda a preparação prévia — falei.

Como esperava, ele sacudiu a cabeça, negligente.

— Não, eu vou fazer. Se você estiver disposta a ir de carro ao mercado buscar o que precisamos.

— Mas claro que não me importo — respondi, já a caminho do quarto para buscar os sapatos. Suas palavras, entretanto, me fizeram lembrar de uma coisa. — E, a propósito, onde você deixou seu carro?

— Ah, sim — respondeu ele da cozinha; escutei quando tirou uma lata de Coca-Cola do refrigerador, preparando uma dose para si. — Eu vendi.

— É mesmo? — Fiquei espantada. — Isto foi meio de repente — comentei.

Apesar de suas ameaças de se livrar do carro, foram tantas as enfermidades mecânicas de que Shiloh o resgatara que a notícia da venda me pegou de surpresa. Apanhei os tênis e um par de meias e voltei à entrada da cozinha, sentando-me no chão para calçá-los.

— Não achei que ele fosse conseguir me levar o caminho todo até a Virgínia — explicou. — Em vez de ir de carro, irei de avião. Mais tarde, quando eu tiver terminado em Quantico, aí eu me preocupo com um carro novo.

— Você ainda tem algum tempo antes de viajar — lembrei-lhe, amarrando o cadarço do sapato. — Você poderia comprar um carro novo nesse período.

— Eu tenho uma semana — disse Shiloh, removendo a película fina como papel que envolvia um dente de alho. — Nesse período, eu poderia comprar um carro, mas também posso viver sem carro.

A 37ª hora 51

– Eu ficaria maluca – declarei, levantando do chão. – Não porque me incomode em caminhar, mas só de saber que se eu precisasse de um carro, não teria, isso me preocuparia.

– Entendo o que você quer dizer. Um carro é muito mais que um transporte. É um investimento, um escritório, um vestiário, uma arma.

– Uma arma? – perguntei, confusa.

– Se as pessoas realmente pensassem na física que envolve dirigir um carro, nas forças que elas controlam, algumas teriam medo de sair da garagem. Você já viu cenas de acidentes – disse ele, reunindo com as costas da faca os pedaços espalhados do alho picado.

– Já vi até demais – concordei. Então outro pensamento me atingiu. – Quando você foi ao centro, estava querendo carona para casa?

– Sim – admitiu. – Tive que levar o carro para o pessoal que comprou, depois fui procurar você. Mas o Vang disse que você estava no tribunal.

– Você devia ter esperado – disse eu. – Foi uma longa caminhada.

– Pouco mais de três quilômetros. Não é tão longa. – Então, acrescentou: – Você teve notícias da Genevieve?

A pergunta parecia ter saído do nada. Apanhei o copo de Coca-Cola dele e busquei refúgio num gole da bebida antes de responder.

– Não, ela nunca me telefona. E quando sou eu quem liga, ela é quase monossilábica. Não sei se isso é estar melhor ou pior do que estava antes. Durante algum tempo, tudo o que ela queria era falar sobre o Royce Stewart.

Genevieve estava morando uma hora ao norte do lugar onde o assassino de sua filha tinha ido se esconder, na cidade natal dele, Blue Earth. Mas ela conhecia os auxiliares do xerife da localidade, e pelo jeito alguns deles estavam dispostos a lhe dar informações sobre o paradeiro e as atividades de Shorty. Genevieve havia dito que durante o dia ele estava trabalhando na construção civil outra vez. À noite, era freqüentador habitual de bares. Embora sua carteira de motorista tivesse sido apreendida, e ele vivesse fora da cidade, preferia beber em seu bar favorito que em casa. Com freqüência, informaram as fontes de Genevieve, podia ser visto andando para casa ao longo da rodovia municipal tarde da noite. Ninguém jamais conseguiu apanhá-lo dirigindo sem carteira, e ele era, ao que tudo indicava, um bebedor suficientemente educado, pois não tinha nenhuma detenção por desordens ou coisas do gênero.

— Eu me lembro — disse Shiloh. — Você tinha me contado.

— Ela parou de falar sobre ele. Não sei se isso significa que parou de pensar nele. Eu gostaria que ela tivesse voltado a trabalhar. Ela precisa se ocupar.

— Vá fazer uma visita a ela.

— Você acha? — perguntei vagamente.

— Você disse que andava pensando nisso.

Eu tinha mencionado a questão para ele. Há quanto tempo tinha sido? Semanas, percebi, e neste meio-tempo eu não tinha posto a idéia em prática. Senti vergonha. Eu tinha estado ocupada, naturalmente. Esta era uma desculpa clássica, e os policiais usavam-na com a mesma freqüência que os diretores de empresa. *Estou ocupado, meu trabalho tem muita cobrança, as pessoas contam comigo.* Então você percebe que as necessidades dos estranhos se tornaram mais importantes para você que as necessidades das pessoas que você vê todos os dias.

— Você tem uns dias de licença para assuntos pessoais à sua frente — acrescentou ele.

Eu estava me entusiasmando com a idéia.

— Sim, eu gostaria de fazer isso. Quando exatamente você acha que nós devíamos ir lá?

— Eu, não. Só você. — Ele estava junto à geladeira, de costas para mim, de modo que eu não via seu rosto.

— Você está falando sério? — perguntei, perplexa. — Eu tinha pedido esses dias de folga para passar com você, antes da sua viagem para a Virgínia.

— Eu sei disso — respondeu Shiloh, paciente, virando o rosto para mim de novo. — E nós teremos tempo para ficar juntos. Mankato não é tão longe assim. Você podia ir por um dia só.

— Por que você não quer ir comigo?

Shiloh abanou a cabeça.

— Eu tenho coisas para fazer aqui antes da viagem. Além disso, pedir a irmã de Genevieve que receba em casa uma pessoa é uma coisa, duas já é muito diferente. Eu só iria atrapalhar.

— Não, você não atrapalharia — objetei. — Você conhece a Genevieve há mais tempo que eu. Você até ajudou a carregar o caixão no enterro de Kamareia, pelo amor de Deus.

— Sei disso — respondeu. Um breve lampejo de dor se registrou em seus olhos, e eu lamentei ter tocado no assunto.

— Estou tentando dizer — acrescentei depressa — que se você não puder ir comigo, vou adiar a visita até você ter ido embora para Quantico. Depois que você estiver na Virgínia, eu terei tempo de sobra para visitar Genevieve.

Shiloh olhou para mim em silêncio. Um olhar que me deixou intimidada, do jeito que eu havia ficado quando estava tentando explicar meu salto da ponte ferroviária.

— Você é a parceira dela, e Genevieve está precisando de você, Sarah. Ela está mal.

— Eu sei — respondi lentamente. — Eu vou pensar na questão.

Shiloh não estava tentando me envergonhar, pensei, observando-o tirar o vidro de azeitonas do refrigerador. Estava apenas sendo Shiloh — direto, beirando à insensibilidade.

— Não quero apressar você, mas logo vou precisar do frango e das outras coisas — lembrou-me. Então me deu uma azeitona direto do vidro, molhada de salmoura. Ele sabia que eu gostava de azeitonas.

Já na rua, enquanto eu dirigia para a mercearia, as primeiras lâmpadas estavam brilhando nas janelas das casas altas e pálidas de Northeast. Elas pareciam aquecidas e convidativas, e me fizeram pensar no inverno e no período das festas que se aproximava.

Eu me perguntava como iríamos celebrá-las este ano.

— *Não, eu estou ouvindo* — *disse Genevieve.* — *Elias no deserto. Continue.*

A casa de Genevieve em St. Paul tinha uma cozinha enorme, com muito espaço para bastante gente trabalhar, e quantidades de instru-

54 Jodi Compton

mentos para quem cozinha a sério. Ela morava só com a filha, motivo pelo qual Shiloh e eu tínhamos vindo passar a véspera do Natal com as duas.

Enquanto a carne envolta em uma espessa camada de ervas estava assando ao forno, na velha assadeira de esmalte salpicado de Genevieve, Shiloh estava amassando um purê de batatas ao alho, e Genevieve fatiava pimentões vermelhos e brócolis que seriam cozidos no último minuto. Eu, a menos talentosa em assuntos de culinária, tinha sido destacada para descascar e partir em quartos as batatas de casca dourada; portanto, meu trabalho estava pronto. Kamareia, que tinha preparado com antecedência um cheesecake, havia sido dispensada de outras obrigações e agora estava na sala de estar, absorta na leitura de um livro.

Shiloh tinha mencionado a Genevieve uma teoria de trabalho investigativo elaborada por ele com base na história de Elias no deserto, do Antigo Testamento.

— Explique para mim, por favor — disse Genevieve, abrigando um copinho de gemada no côncavo da mão. Era uma bebida sem álcool; o rubor nas faces dela era do calor da cozinha, e não da bebida.

— Pois bem — concordou Shiloh, com o tom contemporizador de alguém que recolhe mentalmente os elementos de uma história que conhece bem, mas que passou muito tempo sem contar. — Elias saiu para esperar que Deus falasse com ele — começou. — Enquanto esperava, veio um vento forte, e Deus não estava no vento. E veio um terremoto, e Deus não estava no terremoto. E veio um fogo, e Deus não estava no fogo. E então veio um murmúrio tranquilo e suave.

— E o murmúrio tranquilo e suave era Deus falando — disse uma voz branda atrás de nós.

Nenhum de nós tinha ouvido a aproximação de Kamareia, e todos olhamos em direção ao arco divisório da cozinha, no qual ela estava parada nos observando com seus olhos cor de avelã.

Kamareia era mais alta que a mãe e delgada onde Genevieve tinha a redondeza da musculação. Vestida de collant azul-lavanda e de calça jeans desbotada — tínhamos combinado que ninguém se arrumaria para aquele jantar — e com suas dezenas de trancinhas rasteiras puxadas para trás e presas na altura da nuca, Kamareia parecia mais uma bailarina que uma candidata a escritora.

– Exatamente – concordou Shiloh, reconhecendo a erudição dela. Em geral Kamareia era confiante e loquaz quando estava com a mãe e comigo. Quando Shiloh estava conosco, ela ficava muito mais calada, embora eu notasse que costumava segui-lo com o olhar.

– E a questão é que...? – cobrou Genevieve.

– A questão – Shiloh jogou um pouco de alho no azeite de oliva que estava aquecendo numa frigideira – é que a investigação de um crime importante por vezes lembra um circo.

– Um circo? – repetiu Genevieve com jovialidade. – Mas Elias não estava no deserto? Eu adoro metáforas misturadas na hora.

– Bem, na verdade Elias estava na montanha – respondeu Shiloh. – Mas o que eu quero dizer é que uma investigação importante é frenética e perturbadora. No meio de tudo, você precisa ignorar o fogo e o redemoinho e tentar ouvir um murmúrio tranqüilo e suave.

– Você devia ter nascido católico, Shiloh – disse Genevieve. – Podia ter sido jesuíta. Nunca encontrei ninguém tão capacitado para citar a Bíblia quanto você.

– Até o Diabo pode citar as Escrituras para seus propósitos – exclamou Kamareia.

Sem aparentar perturbação por ter sido comparado a Satanás, Shiloh piscou o olho para ela. Kamareia rapidamente desviou a vista, fingindo interesse pelos legumes que a mãe estava preparando, e pensei que se ela tivesse a pele clara de uma menina branca, sua própria audácia lhe teria deixado o rosto ruborizado.

Então, para minha surpresa, ela tornou a fazer contato visual com ele.

– Você está dizendo que, em seu trabalho, procura escutar a voz de Deus?

Shiloh derramou um pouco de leite na frigideira, reduzindo o calor e o barulho do alho que estava dourando. Não respondeu imediatamente, mas ficou pensando na pergunta dela. Genevieve também olhou para ele, à espera de uma resposta.

– Não – disse ele. – Eu acho que o murmúrio suave vem da parte mais antiga e sábia da mente.

– Gostei da idéia – declarou Kamareia baixinho.

Naquela noite Shiloh e eu não voltamos a discutir Genevieve, nem assuntos de trabalho, nem a ausência dele por quatro meses, que estava pendente. Seu frango à moda basca estava tão gostoso quanto da primeira vez em que o provei, e nós comemos no relativo silêncio da fome genuína. Mais tarde, num dos canais de assinatura, achamos *Otelo*: a versão de 1995, com Laurence Fishburne no papel principal. Shiloh caiu no sono antes do final, mas eu fiquei acordada na penumbra da sala de estar para ver o domicílio trágico do leito.

Capítulo 4

Shiloh era madrugador. Eu costumava ficar acordada até tarde da noite. Durante o tempo em que vivemos juntos, atraíamos um ao outro como as marés se atraem. Passei a acordar mais cedo por causa dele; ele ficava acordado até mais tarde por minha causa. No dia em que viajei para Mankato, porém, ele não me acordou; não percebi o momento em que saiu da cama.

No final, as palavras de Shiloh tinham pesado em minha consciência – *Você é a parceira dela* – e eu havia aceitado a sugestão que me deu. Telefonara para Genevieve e também tinha falado com a irmã dela, Deborah. Estava tudo combinado: uma rápida viagem de um dia, no sábado, tempo suficiente para avaliar o estado de espírito de Genevieve e, quem sabe, levantar seu ânimo. Um período não tão prolongado que fizesse o tempo se arrastar, se eu não conseguisse dizer nada capaz de tirá-la do ânimo sombrio.

Quando saí do banheiro, vestida e com os cabelos molhados do chuveiro, Shiloh estava sentado na janela da sala de estar, que tinha um beiral largo e era virada para o nascente. Tinha aberto a janela e o ar fresco estava esfriando a sala.

À noite chovera. Além disso, a temperatura tinha caído o suficiente para formar geada; tinha havido uma curta tempestade de neve. Do lado de fora da janela, os galhos nus de nossas árvores estavam revestidos de camadas prateadas de gelo. As nevadas ainda

58 Jodi Compton

iriam demorar mais duas semanas ou por aí, e, no entanto, nosso bairro já tinha se transformado num gelado país das maravilhas, do qual se orgulharia um cenógrafo.

– Está tudo bem com você? – Alguma coisa na imobilidade dele me fez perguntar.

Shiloh olhou para mim.

– Está tudo ótimo – respondeu. Baixou as pernas do beiral. – Você dormiu bastante? – Entrou na cozinha atrás de mim.

– Sim, mas eu queria que você tivesse me acordado mais cedo.

– Eram quase 10 horas no relógio acima do fogão.

– Você não está com uma agenda cheia. Tem o dia inteiro para chegar lá, e o percurso leva apenas umas duas horas.

– É, eu sei. Olha, não é tarde demais para você vir comigo.

Despejei água no recipiente da máquina de café.

– Não, obrigado – declinou.

– Eu só estou com medo de não saber sobre o que conversar. Você sempre sabe o que dizer nas situações difíceis. Eu nunca sei.

– Ah, você vai se sair bem. – Shiloh esfregou a parte de trás do pescoço, seu gesto típico para ganhar tempo e pensar na formulação do enunciado. – Estou sendo esperado em Quantico na segunda-feira. Não quero ficar sem folga no horário, se tivermos problemas na volta para cá. Minha passagem de avião não é transferível... nem reembolsável.

– Que tipo de problema teríamos? Quer dizer, você já está disposto a contar comigo para lhe dar uma carona até o aeroporto.

– Eu não estou contando com você. A saída do vôo é às 14h30. Se até uma da tarde eu não tiver notícia de você, vou chamar um táxi.

A cafeteira começou a fazer seus gorgolejos sufocados. Eu já sabia que não conseguiria convencê-lo. Quando ele se decidia, era como tentar fazer a água subir ladeira, para variar. Ele tirou da prateleira minha caneca de viagem e entregou-a a mim.

No quarto, puxei de sob a cama a mochila de viagem e conferi o que tinha arrumado. Uma muda de roupa, alguma coisa para dormir, alguma coisa para usar se quisesse praticar corrida. Aquilo era tudo de que eu precisava, mas quando experimentei levantar uma das alças, as laterais afundaram, formando um côncavo. A sacola estava com um terço da capacidade, ridiculamente magra.

Senti e ouvi Shiloh se ajoelhar a meu lado no chão do quarto. Ele levantou meu cabelo da nuca e me beijou o pescoço.

Foi uma rapidinha, nem sequer tiramos a roupa.

Muitas coisas tinham mudado para nós no último ano: Kamareia se fora, Shiloh estava a caminho da Virgínia, depois dali a carreira dele iria levá-lo sabia Deus para onde. Tanto quanto eu, ele deve ter sentido que o mundo estava perdendo o equilíbrio. Fora ele quem primeiro mencionara casamento, na mesma conversa em que me contara de sua aprovação na Fase II dos testes, o que lhe garantira uma vaga na próxima turma em Quantico.

A proposta de casamento de Shiloh tinha sido uma tentativa de solidificar pelo menos uma parte de um mundo que estava se tornando demasiadamente fluido. Eu tinha entendido aquilo e percebido que, ao cogitar casamento, provavelmente estávamos agarrando com demasiada força alguma coisa destinada a ser sutil.

Então eu havia dito sim e me casado com ele assim mesmo. Aliás, eu nunca fui pessoa de sutilezas.

Ele ainda estava ofegante quando disse:

— Só para o caso de você resolver ficar por lá um pouco mais e eu não poder dizer adeus.

Adeus para você também – respondi, afastando dos olhos uma mecha dos cabelos.

Shiloh foi comigo até a entrada de garagem e raspou o gelo do pára-brisa do Nova, enquanto eu jogava minha mochila magra e leve no banco traseiro e destrancava a porta do motorista.

— Se sentir que não vou chegar a tempo de levar você ao aeroporto, eu telefono – prometi quando ele deu a volta e parou perto de mim. – Mas tenho certeza de que chegarei. – Inclinada sobre a porta aberta, dei-lhe um beijo na face.

Antes que eu pudesse me afastar, Shiloh tomou meu rosto entre as mãos e me beijou na testa.

— Dirija com cuidado – recomendou.

— Pode deixar.

60 Jodi Compton

– Estou falando sério. Eu sei como você dirige. Não me faça ficar preocupado com você.

– Eu vou estar segura – prometi. – Em breve a gente se vê.

A chuva gelada que tinha caído sobre as Cidades também caíra na parte meridional do estado, e tão logo entrei na zona rural reduzi a velocidade, pois ainda havia trechos da estrada com gelo, embora estivessem diminuindo e derretendo sob o atrito das rodas dos carros. No rádio, a previsão do tempo anunciava mais chuvas no sul do estado para mais tarde, com a temperatura provavelmente caindo ao ponto de congelamento durante a noite. Mas àquela altura eu já estaria fora da estrada há muito tempo. Ao meio-dia cruzei a divisa do condado de Blue Earth.

Por um desses caprichos da geografia que deixam em apuros os recém-chegados à região, Mankato era a sede administrativa do condado de Blue Earth, enquanto a cidade de Blue Earth, próxima da divisa com o estado de Iowa, era a sede do condado de Faribault.

Blue Earth era onde morava e circulava em liberdade Royce Stewart, que tinha matado Kamareia. Melhor não pensar nisso.

A irmã e o cunhado de Genevieve moravam numa casa de fazenda ao sul de Mankato, embora só possuíssem pouco mais de oito mil metros quadrados de terreno que não cultivavam. Esta era a primeira vez que eu ia à casa deles, embora nas semanas seguintes à morte de Kamareia eu tivesse visto Deborah Lowe muitas vezes. Ela viera para as Cidades ajudar com as providências necessárias, retirando de cima da irmã todo o peso que lhe fosse possível.

Podia-se levantar a pista da família delas, de origem italiana ou croata, a quatro gerações em St. Paul. Os pais de Genevieve eram liberais da classe trabalhadora, ambos militantes sindicais. Mandaram quatro dos cinco filhos à universidade e um ao seminário. Quando Genevieve se tornou policial, os pais aceitaram sua escolha profissional da mesma forma como aceitaram o casamento com um negro que tinha resultado numa neta birracial.

Deb, segundo eu soube, tinha flertado durante a adolescência com a idéia de se tornar freira, mas depois havia desistido ("rapazes", explicara sucintamente).

Em vez disso, tornara-se professora, começando a lecionar em St. Paul e depois se mudando para o interior em busca de um estilo de vida que por mais de um século a família tinha abandonado.

Ela e Doug Lowe não aravam a terra, mas tinham uma extensa horta e um galinheiro, para reduzir a conta do armazém e complementar os salários de dois professores do ensino fundamental.

Foi Deborah quem ouviu o motor do carro e saiu de dentro da casa para me receber, quando eu estava apanhando a mochila no banco traseiro do Nova, que estacionei diante da macieira do quintal deles.

Deborah era um fio de cabelo mais alta que Genevieve, um pouco mais magra, porém, sob outros aspectos as duas eram muito parecidas. Ambas tinham olhos e cabelos escuros – o de Deborah era longo, usado hoje em rabo-de-cavalo – e a pele de um tom moreno-claro. Deborah desceu as escadas da frente, seguida por um cachorro, um corgi caramelo e branco que ladrava intermitentemente sem muito interesse. O animal parou ao pé da escada, contentando-se em observar de uma posição segura o comportamento da intrusa.

Ao chegar ao carro, Deborah me abraçou enquanto eu ficava imóvel, um pouco surpresa, no círculo de seus braços musculosos.

– Muito obrigada por ter vindo – exclamou ao me soltar.

Abri a boca para perguntar

– Como vai ela? – mas no momento em que o fazia, a porta de tela se abriu de novo e Genevieve saiu e ficou parado na varanda, olhando para nós.

Ela estava deixando crescer o cabelo curto e escuro – ou, o que era mais provável, ela simplesmente não tinha cogitado de cortá-lo desde que a filha morrera. Os quilinhos que tinha a mais que a irmã não eram de gordura; eram músculos desenvolvidos em academia. O físico de Genevieve me lembrava a hígida redondeza dos pôneis que trabalham nas minas de carvão.

Pendurando a mochila no ombro, contornei Deborah e me encaminhei à varanda. Genevieve ficou sustentando meu olhar enquanto eu subia os degraus da frente.

Um abraço de cumprimento me parecia perfeitamente cabível, mas ela ficou tão rígida em meus braços quanto eu tinha ficado nos braços de Deborah.

Da sala da frente vinham os sons de um jogo de basquete na TV. O marido de Deborah, Doug, acenou um cumprimento com a mão, mas não se levantou da poltrona. Deborah me conduziu corredor afora.

— Pode deixar a mochila aqui — instruiu, mostrando com um gesto o interior do quarto de hóspedes.

Lá dentro havia duas camas geminadas. A colcha de uma delas estava ligeiramente enrugada, como se alguém tivesse se deitado nela em pleno dia, e entendi que este era o quarto de Genevieve que eu iria compartilhar. Depositei minha sacola aos pés da outra cama. Sobre a cômoda, num antiquado porta-retratos de estanho, havia um familiar retrato de Kamareia. A foto tinha só um ano; uma Kamareia de 16 anos olhava para mim com seus olhos cor de avelã bem separados. Ela estava sorrindo, quase rindo, e segurando parcialmente no colo o cachorro dos Lowe. O animal queria se libertar, e Kam tentava sujeitá-lo até a foto ser tirada; era esse o motivo de sua diversão.

Eu tinha visto a mesma foto na casa de Genevieve e me perguntei se ela a trouxera consigo ou se os Lowe sempre haviam tido a mesma foto em seu quarto de hóspedes.

— Você aceita alguma coisa para beber? — perguntou Deborah da porta. — Temos Coca-Cola e água mineral, eu acho. E cerveja, se não for muito cedo para você. — Já era quase uma da tarde.

— Coca-Cola está ótimo, obrigada.

Na cozinha grande e ensolarada dos Lowe, Deborah me preparou um copo de Coca-Cola com gelo. Genevieve estava tão calada que poderia perfeitamente não ter estado na mesma peça conosco. Atraí deliberadamente seu olhar.

— E então — perguntei a ela —, o que as pessoas daqui fazem para se divertir?

— Achei que você tivesse vindo só por um dia — disse Genevieve.

Um pouco de calor me surgiu sob a pele; era constrangimento. Eu tinha procurado ao léu um pé de conversa e tinha me agarrado com aquele.

— Eu quero dizer, em geral.

Quando Genevieve pareceu não ter resposta, Deborah interveio.

— Na cidade tem um cinema multiplex, e isso é praticamente tudo, respondeu. Quando queremos vida noturna, precisamos ir a Mankato. Lá tem uma universidade estadual, então são eles que têm o tipo de coisa que faz a alegria da garotada da faculdade.

— A garotada da faculdade só precisa de bares — disse eu.

— Bares e música — concordou Deborah.

Seguiu-se um momento de silêncio. Então Deborah tornou a falar.

— Como está o seu namorado... como é mesmo o nome dele?

Não pude deixar de olhar para Genevieve, só para ver se ela iria corrigir a irmã. Ela sabia que Shiloh e eu éramos casados. Mas ela ficou em silêncio.

— Marido — corrigi. — Shiloh está bem. — Fiquei bebericando minha Coca-Cola e me virei para encarar Deborah. Estava claro que Genevieve não tinha muito a contribuir.

Não é que Genevieve estivesse catatônica — ou mesmo semi-catatônica. Ela andava pelo recinto, respondia perguntas, realizava tarefas que estivessem imediatamente à mão. Mas, por outro lado, estava em pior forma do que tinha parecido estar no trabalho em Minneapolis. Talvez se retirar para o interior fosse ajudá-la no final, mas isso ainda não tinha acontecido.

O diálogo entre Deborah e eu, focalizando principalmente o crime e a política das Cidades Gêmeas, arrastou-se por outra meia hora. Eu tomei minha Coca-Cola. Genevieve limitou-se a ficar ouvindo. Passado algum tempo, Deborah informou que tinha umas provas para corrigir, e Genevieve e eu nos juntamos a Doug Lowe na sala de estar, onde ele ainda estava assistindo a um jogo.

Ela não pareceu se importar quando me levantei e me esguei-rei da sala.

Deborah ainda estava na cozinha, com as provas em duas pilhas à sua frente: provas corrigidas e provas por corrigir.

Uma folha de prova estava diante dela, que corria os olhos pela página, a caneta vermelha a postos em sua mão. Ergueu o olhar quando escorreguei para a cadeira em frente a ela.

— Você acha que a Genevieve está zangada comigo? — perguntei.

64 Jodi Compton

Deborah baixou a caneta e passou a ponta da língua pelos dentes, pensativa.

— Ela agora está assim com todo mundo – garantiu. – Você praticamente precisa chutá-la para conseguir que diga alguma coisa.

— É, eu imaginei isso. Mas você sabe do caso do Royce Stewart e a audiência, não sabe?

— Qual foi o caso?

— A identificação que a Kamareia fez de Stewart, a caminho do hospital. Foi culpa minha isso ter sido descartado.

Deb negou com um gesto de cabeça.

— Eu sei do que você está falando, e não foi culpa sua.

— Se eu tivesse conduzido bem as coisas na ambulância, Stewart agora estaria na prisão.

Ela baixou a caneta e me olhou com firmeza.

— Se você tivesse conduzido bem as coisas... "bem" para um policial... o que teria sido essa boa condução? Dizer a Kamareia que ela ia morrer?

Fiquei calada.

— Você acha que Genevieve teria feito isso, se estivesse junto da filha? – insistiu ela.

— Não – disse eu, balançando a cabeça.

— Está vendo? E se você tivesse feito isso, a Genevieve não lhe perdoaria nunca. Mas nunca mesmo.

— Não me arrependo do que disse a Kamareia a caminho do hospital – expliquei devagar. – Mas...

— Mas o quê?

— Genevieve pode não estar raciocinando muito bem.

Deborah estendeu a mão sobre a mesa e apertou minha mão crispada.

— Ela não culpa você. Disso eu tenho certeza.

— Bem, acho que isso é bom. Desculpe-me por ter interrompido seu trabalho.

— Acho que ela está contente por você estar aqui – disse Deborah. – Você precisa ter paciência com ela.

Por volta das dez e meia, depois de um tranqüilo anoitecer, apanhei-me no quarto de hóspedes com Genevieve.

Dezenas de vezes, em vestiários no trabalho e na academia, eu tinha trocado de roupa na frente dela, mas esse contexto íntimo de irmãs fez com que me sentisse exposta e acanhada. De cabeça baixa, tentei trocar a roupa toda numa posição sentada na estreita cama geminada.

— Diabos — exclamei, baixando a meia soquete por cima do calcanhar calejado —, na cama às dez. Agora eu sei que estou na roça.

— Com certeza — disse Genevieve, como quem lê um roteiro.

— Viver aqui não é monótono? — perguntei, puxando a camiseta pela cabeça. Esperando, imagino, um: *Sim, com certeza; acho que voltar para as Cidades me faria bem.*

— É gostoso aqui. É um silêncio só — disse Genevieve.

— Bem, isto lá é mesmo — concordei desanimada, afastando as cobertas da cama.

— Você ainda vai precisar da luz acesa? — perguntou.

— Não — respondi.

Genevieve apagou o abajur com um estalido.

Numa coisa ela tinha razão: era mesmo silencioso. Apesar de não ser tarde, vi que o sono começava a puxar meu corpo. Mas resisti. Eu queria ficar acordada pelo tempo necessário para ouvir a mudança na respiração de Genevieve. Se ela conseguisse pegar no sono dentro de um prazo normal, aquilo pelo menos seria um bom sinal.

Não sei quanto tempo passou, mas ela deve ter pensado que eu tinha adormecido. Ouvi o sussurro dos lençóis, depois os passos abafados quando ela saiu do quarto. Levei alguns minutos para perceber que ela não tinha só atravessado o corredor para ir ao banheiro. Levantei-me para segui-la.

A luz da cozinha se derramava pelo corredor, numa forma que se estreitava. Não precisei me perguntar para onde ela havia ido. Caminhei com cautela sobre a passadeira de carpete plástico, e meus passos só eram audíveis para mim. Parei pouco antes da porta da cozinha.

De costas para mim, Genevieve estava sentada à mesa larga em que Deborah tinha corrigido os trabalhos. Uma garrafa de uísque e um copo com dois dedos de bebida estavam à sua frente.

66 Jodi Compton

Como fazer para aconselhar nosso próprio mentor, para ser uma autoridade para nossa figura de autoridade? Senti um súbito desejo de voltar para a cama.

Você é a parceira dela, Shiloh tinha dito.

Em vez de voltar para a cama, entrei na cozinha, puxei uma cadeira e me sentei com ela. Genevieve olhou-me sem grande surpresa, mas havia uma luz sombria em seus olhos que acho que nunca tinha visto antes. Então ela disse:

– Ele está de volta em Blue Earth.

Ela queria dizer Shorty. Royce Stewart.

– Eu sei

– Tenho uma amiga no registro de ocorrências de lá. Ela disse que se pode contar com certeza que ele vai estar no bar toda noite. Com os *amigos* dele. Como é que um sujeito como esse tem amigos? – Sua fala não estava enrolada, mas havia nela certa imprecisão, como se seu olhar, seu discurso e seus pensamentos não estivessem inteiramente alinhados entre si. – Como você acha que é? – exigiu saber. – Você acha que eles não *sabem* que ele matou uma adolescente? Ou será que simplesmente não se importam?

Balancei a cabeça.

– Não sei.

Genevieve ergueu o copo e bebeu, em goladas maiores que o normal quando as pessoas estão tomando uma bebida forte.

– Ele vai para casa a pé, tarde da noite, embora esteja morando fora da cidade, na rodovia.

– Você me contou isso antes, lembra?

E ela tinha me contado. Sua obsessão por Stewart era compreensível; contudo, me deixava inquieta.

– Deixe-a falar sobre a questão – havia me aconselhado Shiloh pouco antes de minha partida. – Ela provavelmente vai falar até depurá-lo do sistema e seguir adiante em seu próprio tempo. Kamareia está morta, ele está vivo e em liberdade... Ela não vai conseguir superar isso da noite para o dia.

Mas eu tinha uma preocupação mais imediata.

– Gen, o jeito como você fala dele está começando a me preocupar.

Ela bebeu de novo, baixou o copo e me lançou um olhar questionador por cima da borda.

– Você não estaria pensando em fazer uma visita a ele, estaria?

– Para fazer o quê? – Sua expressão era franca, como se ela realmente não soubesse o que eu queria dizer.

– Para matá-lo. – *Meu Deus, permita que eu não esteja plantando na cabeça dela uma semente que não estava lá.*

– Eu devolvi minha arma de serviço lá nas Cidades.

– E nada a impede de comprar outra. Ou de conseguir uma arma com algum amigo. Tem muita arma nesses lugares.

– Ele não matou Kamareia com um revólver – disse Genevieve calmamente. Tornou a encher o copo.

– Com os diabos, Gen! Isto é importante. Não tente bancar a maluca pra cima de mim – retruquei. – Preciso saber que você não irá até lá.

Ela esperou um momento antes de falar.

– Eu já dei aconselhamento aos sobreviventes de vítimas de assassinato. Eles não conseguem retribuição, mesmo que a gente pegue o sujeito que matou. Não há pena de morte em Minnesota. – Ela ficou pensativa. – Provavelmente eu também não conseguiria escapar de punição, depois de matá-lo.

Estas eram respostas padronizadas, e não de todo tranqüilizadoras.

– A vingança existe – assinalei. – Mesmo que se chame a isso encerramento.

– Encerramento? – disse Genevieve. – Que vá pro inferno o *encerramento*. Eu quero é minha filha de volta.

– Tudo bem – respondi. – Eu entendo. – Havia tanta amargura na voz dela que eu acreditei que estava dizendo a verdade: que ela não queria matar Royce Stewart.

Genevieve olhou para o espaço vazio à minha frente, como se só agora reparasse que eu não tinha estado bebendo com ela.

– Você quer que lhe arranje um copo?

– Não, acho que nós devíamos voltar para a cama.

Genevieve me ignorou e baixou a cabeça para apoiar o queixo nos braços, que havia dobrado sobre a mesa.

68 Jodi Compton

— Você e o Shiloh estão querendo ter filhos?

— Isto é... ãhn... — Fiquei tão surpresa que cheguei a gaguejar — ... isso está lá adiante no futuro. — A pergunta me lembrou de alguma coisa, e num instante minha mente a recuperou: Ainsley Carter perguntando: *A senhora tem filhos, detetive Pribek?* — Com certeza vamos ter um — disse eu.

— Não — disse Genevieve, balançando a cabeça enfaticamente, como se ela tivesse feito uma pergunta cuja resposta era sim ou não e eu tivesse respondido errado. — Não tenham só um. Não se limitem a ter *só um.* Tenham dois. Ou mesmo três. Se você só tem um filho, e o perde... é demais.

— Ai, Gen — disse eu, pensando: *Shiloh, me ajude.* Ele teria sabido o que dizer.

— Procure fazer o Shiloh concordar em que vocês tenham mais de um — prosseguiu ela. Esticou o braço e apertou com força meu braço, com um fervor quase fanático. — Eu sei que eu não deveria estar dizendo isso — acrescentou.

— Dizendo o quê?

— Sei que deveria dizer que me alegro por ter tido a Kam comigo durante o tempo que tive. É como num funeral: quando é de pessoa jovem, eles agora já não chamam de funeral, mas sim de "celebração da vida". — Os olhos dela ainda estavam secos, mas de certo modo enevoados. — Se eu pudesse fazer tudo de novo, não teria tido filho nenhum. Não teria colocado uma criança no mundo só para acontecer isso com ela.

— Eu acho — comecei, lutando para encontrar as palavras certas —, acho que algum dia você vai mudar de sentimento em relação a isso. Talvez não agora, mas algum dia.

Genevieve levantou a cabeça e respirou fundo, fechou os olhos e tornou a abri-los. Ela parecia ter mais clareza.

— Algum dia está a uma longa distância — declarou. Olhou para a garrafa de uísque, achou a tampa e fechou-a. — Mas eu sei que sua intenção é boa.

— Olhe, o Shiloh vai estar em Quantico durante quatro meses — falei. Uma idéia estava começando a se formar enquanto eu falava. — Você poderia voltar para as Cidades e ir morar comigo lá em casa. Talvez seja mais fácil que voltar direto para a sua.

Fiz uma pausa.

– Você não precisaria voltar direto ao trabalho. Apenas me faça companhia enquanto o Shiloh estiver longe.

Genevieve não reagiu imediatamente, e para fechar o trato, eu acrescentei

– Sei que ele gostaria de vê-la antes de viajar.

Por um momento achei que tinha conseguido convencê-la. Então ela balançou a cabeça em negativa.

– Não, eu ainda não estou pronta.

Eu me levantei e ela fez o mesmo.

– Bem – falei –, a oferta vai continuar de pé.

Ela guardou a garrafa de uísque, mas em vez de colocar o copo dentro da pia, como se faz com a louça usada tarde da noite, ela o lavou e guardou no armário. Sua ação me dizia que beber tinha se tornado para ela um ritual comum, que estava tentando esconder da irmã e do cunhado.

Quando voltamos para a cama, Genevieve caiu no sono quase de imediato, indubitavelmente ajudada pelo uísque. Mas eu não dormi. Fiquei agitada com nossa conversa. Fechei os olhos, achando que com certeza minha lassidão anterior voltaria logo.

Não voltou. Fiquei deitada um longo tempo na cama estreita, respirando o cheiro de água sanitária dos lençóis. O quarto tinha um antiquado relógio digital, com números brancos que rolavam, e a cada dez minutos o primeiro dos dois minúsculos marcadores girava com um estalido audível. No cômodo principal do trailer em que eu morava na infância havia um relógios daqueles.

Quando rolaram os marcadores das 11h30, iluminados por uma luz alaranjada que saía da lateral, sentei-me na cama e quase com surpresa senti meus pés tocarem o piso.

Eu tinha vivido demasiado tempo em cidades, ficara demasiado acostumada a ter um pouco de luz e algum nível de barulho a qualquer hora. Desde o Novo México eu não vivia num lugar como aquele. Além das cortinas transparentes, que afastei de lado com a mão, estava o céu escuro da zona rural que eu sabia que estaria, ricamente salpicado de estrelas apesar da pálida aguada de luz da lua cheia. A última vez em que eu tinha olhado pela janela de um quarto para um céu como aquele, eu nunca tinha tocado numa arma, nunca tinha tido dinheiro próprio, nunca tinha compartilhado minha cama com um amante.

Tornei a me deitar, rolando para ficar em cima do travesseiro, ansiando por Shiloh. Se ele estivesse ali, poderíamos fazer alguma coisa perversa e adulta para manter ao largo daqueles sentimentos infantis.

A distância ouvi o apito do trem. Neste horário, provavelmente um trem de carga. Este trem estava demasiado distante para que eu ouvisse o ritmo tripartido de sua passagem pelos trilhos, mas o apito voltou a soar, um vago som tranqüilizante de Minneapolis.

Genevieve concordou em fazer uma corrida comigo de manhã, três quilômetros fáceis. Ao voltar, encontramos Douglas e Deborah aprontando-se para sair e ir tomar um café reforçado de domingo com os amigos.

— Tem café pronto — avisou Deborah, apressada, quando Genevieve eu chegamos à cozinha, e o cheiro do café inundou a casa.

Na cozinha, pouco antes de eles saírem, consegui dar um jeito de conversar com os dois enquanto Genevieve não estava dali.

— Sabem? — Comecei, cautelosa. — Ontem à noite eu estava conversando uma coisa com a Genevieve... vocês têm alguma arma em casa?

— Arma? — perguntou Doug. — Não, eu não caço.

— Por quê? — perguntou Deborah.

— É só que estou preocupada com a Genevieve. Vocês vivem terrivelmente perto de Royce Stewart. E às vezes me pergunto se ela estará raciocinando direito.

Douglas me deu um olhar incrédulo.

— Você não pode estar pensando seriamente que...

— Não, provavelmente estou bancando a paranóica. Isso às vezes faz parte do meu trabalho.

Genevieve entrou de novo na cozinha, e eu me calei. Deborah se fingiu de ocupada na frente da geladeira, examinando o conteúdo.

– Querido, achei que nós tínhamos mais Diet Coke do que temos. Não me deixe esquecer de dar uma parada para comprar mais na volta, tá certo?

Enquanto o marido aquecia o motor do carro na garagem, Deborah me puxou de lado.

– Venha aqui em cima no meu quarto um minuto – chamou.

Segui-a ao quarto de dormir e observei enquanto ela afastava as roupas penduradas no armário e tirava uma pequena bolsa preta de um gancho lá no fundo. Embora a bolsa parecesse vazia, com as laterais ligeiramente afundadas, ela a manipulava com delicadeza. Sentando-se na cama, abriu o zíper da bolsa e meteu a mão dentro. Curiosa com sua cautela, eu me aproximei.

Deborah fez uma pausa com a mão dentro da bolsa e olhou para mim.

– Acho que o Douglas não sabia que eu tinha isso aqui – declarou. – Então tenho certeza de que Genevieve também não sabe.

Retirou um pequeno revólver de dentro da bolsa, uma arma calibre 25 revestida de metal brilhante e ordinário.

– Quando eu consegui meu primeiro emprego de professora em East St. Louis, a escola ficava num bairro bem barra-pesada. Um amigo meu que havia morado a vida toda naquela área me deu isso. Não está registrada em meu nome... Aliás, nem sei em nome de quem é o registro.

Deborah Lowe vestia uma blusa branca e uma saia justa preta, e seus lábios estavam caprichosamente pintados de batom vermelho-claro. Fiquei maravilhada.

– A professora anda com um ferro – comentei.

– Pois é, que coisa horrorosa. É por isso que eu quero que você leve isto embora. Não é necessariamente por causa da Genevieve. Só quero tirá-lo daqui e não sei como me livrar dele.

Ela o ofereceu a mim.

A voz de Douglas veio num eco escada acima.

– Deb! Nós já estamos atrasados! – gritou.

Peguei a arma em sua mão.

– Claro, pode deixar que eu cuidarei disso.

72 Jodi Compton

Depois que eles saíram, fiquei um pouco mais com Genevieve. Tentei interessá-la nas novidades e fofocas do departamento, até onde eu tinha conhecimento de alguma. A verdade era que eu sempre tinha contado com ela para esse tipo de coisa. Ela tinha sido o meu fio de ligação com a rede dos mexericos.

Quando saí, Genevieve me seguiu até a varanda da frente. Parada ali, eu lhe disse:

— Sempre que você quiser conversar, basta me telefonar. Você sabe que eu durmo tarde.

— Eu prometo que sim.

— Você devia pensar em voltar ao trabalho – acrescentei. – Ficar ocupada pode ajudá-la. E nós precisamos de você.

— Eu sei. Estou fazendo um esforço – disse ela.

Mas em seus olhos eu via que ela estava num lugar escuro, e que algumas palavras animadoras que eu dissesse não iriam resolver.

As primeiras gotas de chuva salpicaram o pára-brisa minutos depois que a casa desapareceu do retrovisor.

Eu achava que havia saído com bastante tempo para chegar às Cidades. Devia saber que sempre se deve contar que vai ter azar na estrada. Principalmente quando chove.

O azar se manifestou vinte minutos ao norte de Mankato. O trânsito na rodovia 169 estava reduzido a uma vagarosa onda de automóveis. Impaciente, abaixei o volume do rádio, que subitamente parecia exagerado, e aumentei a calefação para o motor desligado não esfriar demais.

Por 25 minutos o tráfego se arrastou. Finalmente, pude ver o motivo: uma carreta parecia dobrada ao meio, sua carroceria estava desalinhada. Dois oficiais da polícia rodoviária estavam desviando o fluxo de veículos. Não parecia um acidente com vítimas. Só um transtorno.

Ultrapassada a obstrução, enquanto o engarrafamento se desfazia, entrei apressada pela rodovia 87, ignorando a chuva. Eu precisaria correr muito se quisesse chegar a tempo de apanhar Shiloh.

Pouco mais de meia hora depois, entrei no longo acesso à garagem de nossa casa. Faltavam 15 minutos para as treze horas. Que bom, pensei, bem a tempo.

Fiz bastante barulho, batendo com a porta da cozinha, o que Shiloh certamente ouviria, onde quer que estivesse dentro da casa. Mas o único ruído em resposta foi o tique-taque do relógio da cozinha.

– Oi, Shiloh?

Silêncio. Da cozinha se enxergava metade da sala de estar, que estava desocupada.

– Merda – resmunguei. Tinha chegado a pensar em telefonar da casa dos Lowe para lhe garantir que estaria em casa a tempo de levá-lo ao aeroporto. Talvez eu devesse ter telefonado.

Em questão de minutos me convenci de que ele não estava em casa. Mas ainda parecia cedo. Ele não deveria já ter saído.

Por dentro a casa parecia igual ao que normalmente era, nem muito limpa e nem muito suja. Shiloh tinha dado uma leve arrumada. Não havia louça suja na pia, e no quarto a cama estava arrumada, a manta índia bem esticada.

Coloquei minha mochila de viagem no chão do quarto e saí para a frente da casa. Na entrada, o gancho onde ficava pendurado o chaveiro dele estava vazio. A jaqueta de todo dia também desaparecera. Ele havia exagerado com a prudência e fora embora sem me esperar.

Não havia nenhum bilhete.

Geralmente, Shiloh e eu combinávamos bem em nossa falta de sentimentalismo. Entretanto, o jeito abrupto de Shiloh, sua pouca preocupação com as convenções, às vezes tinha a capacidade de me magoar um pouco. E magoou naquela ocasião.

– Pois bem – disse eu em voz alta, a sós. – Adeus para você também, seu filho da puta.

Capítulo 5

Sempre que tiramos folga durante o expediente, compensamos as horas tiradas trabalhando extra, seja antes ou depois do horário. Na segunda-feira fui trabalhar mais cedo, pois sabia que precisava compensar o período em que havia me afastado.

Quando cheguei, Vang não estava lá, mas tinha deixado sobre minha mesa relatórios dos desaparecimentos recentes.

Nenhum deles me pareceu extraordinário. Podiam ser enquadrados em algumas categorias gerais: Cansado de Estar Casado, Cansado de Viver Sob as Normas de Meus Pais ou Distraído Demais para Dizer a Todos que Vou Sair da Cidade por Uns Tempos.

Por volta das nove horas, Vang apareceu com uma xícara de café.

– Que tal foi sua folga? – perguntou.

– Legal – respondi, lacônica. Eu não tinha dito a ele que havia visitado Genevieve. Ela estava vivendo numa espécie de limbo departamental, sem prazo definido para voltar. Nosso tenente estava permitindo isso porque Gen era uma veterana muito querida. Mas eu ainda não estava querendo chamar a atenção do departamento para a ausência dela e para a questão de sua data de retorno. – Qual é a grande novidade do momento? – perguntei.

– Não tem muita coisa acontecendo. Eu preparei toda a papelada sobre a Sra. Thorenson. Você viu o relatório? Deixei em cima de sua mesa.

76 **Jodi Compton**

— Eu já li — respondi, colocando o caso no alto da pilha.

Annette Thorenson tinha ido para o interior do estado numa excursão de fim de semana com uma amiga, num balneário ao sul de St. Cloud. Ela não tinha voltado. Tampouco dissera à amiga nada que implicasse que não voltaria direto para a casa de dois pavimentos onde vivia com o marido e sem filhos. O Sr. Thorenson estava fora de si.

— Os cartões de abastecimento de gasolina foram usados — informou Vang. — O caixa eletrônico foi usado quatro vezes. Duas vezes no trajeto para o leste, a caminho de Wisconsin. Duas vezes em Madison.

— E? — perguntei.

— Os amigos dele dizem que o casamento está firme. Os amigos dela dizem todos que não. Uma das amigas, que recentemente se divorciou, disse que Annette fazia muitas perguntas do tipo: "Como é estar divorciada e começar de novo?"

— Você viu só? Cansada de Estar Casada — qualifiquei. Eu tinha contado a ele sobre minhas categorias.

— Assim, eu perguntei se Annette conhecia alguém que morasse em Madison — prosseguiu ele. — Acontece que é a cidade onde ela estudou nos tempos de escola. Depois de formada, morou ali mais um ano, trabalhando.

— E ela ainda tem amigos lá?

— Não consegui obter nenhum nome. Meu palpite é que na cidade ainda deve haver algum namorado antigo. O problema é que, pelo visto, ela está mantendo em sigilo sua presença por lá. Dei aos policiais de Madison o número da placa do carro dela, na esperança de que eles pudessem detê-la e levá-la à delegacia para obrigá-la a telefonar para o marido e lhe contar diretamente o que anda acontecendo. Mas eles não viram o carro. E ela não tem usado o caixa eletrônico nos últimos dias.

— "Deixa que eu pago, meu bem" — falei. Pelo jeito, o namorado antigo estava bancando as despesas.

— É, mas o Sr. Thorenson não acredita em nada disso. Ele diz que alguém deve estar obrigando a mulher dele a dirigir rumo ao leste e a sacar dinheiro do caixa eletrônico. Tentei dizer a ele que tudo indica que ela está tirando uma folga da vida que leva por aqui, mas ele não se convenceu. Telefona para cá a toda hora e a palavra *negligência* fica surgindo na conversa. Ele quer falar com meu supervisor.

– Desconfio que você tenha um formulário rosa de mensagem para mim.

– Tenho vários.

– Só preciso de um.

Telefonei para o Sr. Thorenson em seu escritório e fiquei ouvindo enquanto ele contava de novo suas conversas insatisfatórias com Vang. Desgostou-se quando eu lhe disse que Vang tinha feito exatamente tudo o que eu teria feito.

– Talvez seja hora de introduzir alguma ajuda particular – aconselhei. – Posso lhe fornecer os telefones de diversos detetives muito competentes.

– A essa altura já estou pensando em contratar um advogado, Srta. Pribek – respondeu ele e desligou.

Mau sinal, pensei. Eu conhecia mais advogados que investigadores particulares; também naquela área poderia ter lhe dado referências. *Srta. Pribek.* Se aquele pejorativo título de cortesia era sua concepção de guerra psicológica sutil, dava para ver por que a mulher talvez tivesse se cansado dele.

O ponto alto do dia foi uma excursão ao outro lado da cidade para examinar o apartamento limpo e vazio de um rapaz que tinha muitas dívidas de jogo. Mais alguém que tinha deixado a cidade por vontade própria, pensei.

– Você viu as marcas do aspirador no tapete? – perguntei a Vang no caminho de volta. – É o apagar do rastro. É a consciência pesada. – Muitas vezes, quando não estão planejando voltar, as pessoas deixam tudo limpo.

– Eu sei. Quando nós saímos de férias, minha mulher faz até faxina na casa, para que caso a gente sofra um acidente fatal na rodovia as famílias não cheguem lá e encontrem uma casa suja. É a versão dela da roupa íntima limpa.

Ficamos em silêncio, e eu pensei na noite que tinha à minha frente.

78 Jodi Compton

Se Genevieve estivesse no trabalho, ela teria sugerido que fizéssemos alguma coisa depois do expediente, já que seria minha primeira noite sem Shiloh por perto. Ela saberia que eu havia me desacostumado a viver sozinha, mas não faria nenhum estardalhaço em relação a isso.

Talvez fosse o momento de conhecer um pouco melhor meu novo parceiro.

— Você quer tomar um café depois do expediente? — perguntei, enquanto manobrava para descer a rampa da garagem subterrânea no centro da cidade.

Vang olhou para mim de esguelha, talvez surpreso.

— Não, obrigado. Tenho de ir para casa jantar. Vamos deixar para outro dia, combinado?

— Combinado — respondi, soando velha e nativa de Minnesota a meus ouvidos.

Fiquei até tarde no trabalho, ocupando-me de uma miscelânea de pequenas tarefas que provavelmente poderiam ter esperado. Quando terminei, fui para as quadras onde o pessoal do condado de Hennepin normalmente jogava basquete em partidas de escolha de campo, na esperança de ser recrutada para o jogo. Shiloh e eu tínhamos estado entre os jogadores habituais.

Mas ninguém que eu conhecesse estava na quadra. Em vez disso, havia um grupo novato jogando dois contra dois. Pela aparência, podiam ter vindo diretamente do time feminino da Universidade de Minnesota: moças, todas altas, 75% louras. Elas também estavam perfeitamente emparelhadas; não havia lugar para uma jogadora a mais, ainda que nós nos conhecêssemos.

Uma pequena ocorrência levantou meu espírito quando voltei para casa: na soleira, havia um cestinho de tomates. Nenhum bilhete, mas não era necessário. A Sra. Muzio passava o verão inteiro cuidando de uma horta prodigiosa, e os legumes apareciam regularmente em nossos degraus. De pé na soleira da cozinha, nos fundos da casa, olhei para o lado e vi a lenta e desordenada decadência da horta da Sra. Muzio: um girassol moribundo estava meio inclinado sob seu próprio peso; as ervas tinham florido e se estiolado. Mas os tomateiros ainda estavam carregados com os últimos frutos da estação.

Eu duvidava que a Sra. Muzio soubesse que Shiloh tinha partido. Mais que qualquer outra coisa ela nos deixava tomates, pois sabia o quanto Shiloh gostava deles. Quando estava ocupado demais para cozinhar, ele fazia do sanduíche de tomate seu alimento básico. Com freqüência, quando passava em casa no rápido intervalo do trabalho, preparava um deles e o comia postado diante da pia da cozinha.

Empurrei a alça de minha bolsa ombro acima para uma posição segura, segurei a cesta contra as costelas com um braço e abri a porta com a outra mão.

Shiloh tinha prometido telefonar para me dar um número pelo qual pudesse ser contatado em Quantico, mas não fui conferir de imediato a secretária eletrônica. Primeiro guardei os tomates no refrigerador, preparei para mim um copo de Coca-Cola com gelo, fui trocar a roupa de trabalho. Só depois fui verificar na secretária se havia mensagem de Shiloh.

Não havia nenhuma. O pontinho vermelho, que quase sempre estava piscando quando os dois tínhamos passado o dia todo fora, estava apagado.

Ora, tudo bem, ele está ocupado. Esteve viajando e está se acostumando ao seu novo ambiente. As linhas telefônicas são de mão dupla, você sabe. Telefone para ele, em vez de esperar o chamado.

Isso traria um problema: eu ainda não tinha um número de telefone para falar com ele.

Provavelmente havia um jeito de contatar o dormitório onde viviam os agentes em treinamento. No entanto, não seria fácil conseguir o número a essa hora. Lidar com o FBI, mesmo em missão oficial, quase sempre significava fazer muitas ligações e esperar na fila. Até durante o horário do expediente. Este era só um assunto pessoal – e fora do expediente. Na Virgínia, já eram oito horas da noite.

Eu tinha o número de telefone de um agente do FBI, aquele que havia trabalhado em estreita colaboração com Shiloh no caso de Annelise Eliot. Talvez fosse melhor telefonar primeiro para o agente Thompson, explicar a situação, depois pedir a ele para intervir com seus pares em meu favor.

Foram necessários vários minutos de buscas nas anotações desordenadas de nossa agenda telefônica, mas acabei encontrando o telefone de Thompson. Eu já estava com a mão no fone quando outra coisa me veio à lembrança.

Dois meses atrás, Shiloh e eu tínhamos assistido num canal por assinatura a um documentário sobre a formação dos agentes do FBI. Com base naquilo, eu havia formado uma idéia de como seria a vida dele em Quantico. Já a partir do primeiro dia havia uma rotina exaustiva de treinamento: exames básicos de condicionamento físico, instruções em sala de aula sobre procedimentos, legislação e ética. À noite, os agentes em treinamento viviam como universitários, estudando em pequenas escrivaninhas com retratos dos cônjuges e dos filhos pendurados na parede, indo aos quartos uns dos outros para uma rápida conversa, relaxando depois de um dia pesado.

Após anos como excluído, provavelmente Shiloh por fim estava em seu elemento, cercado de gente tão focalizada e motivada quanto ele próprio. Ele estaria passando seu escasso tempo livre procurando conhecer os outros de sua turma de agentes, vendo as fotos acima das escrivaninhas. Era muito provável que muitos deles estivessem fazendo isso, tratando de se conhecer mutuamente, trocando histórias sobre os diversos caminhos profissionais que os tinham levado a Quantico. Eu estava à beira de transformar Shiloh no único obrigado a comparecer ao telefone para receber um chamado da esposa carente, que estava preocupada porque já fazia 24 horas que ele não telefonava para casa.

Liguei a televisão na ESPN e tirei aquilo da cabeça.

– ... matou dois soldados no ponto de ônibus no ano passado. Nenhum partido reivindicou responsabilidade pela bomba deste ano... Em Blue Earth intensificam-se as buscas por Thomas Hall, de 67 anos, vítima aparente de acidente envolvendo um só veículo. Sua picape foi encontrada no domingo de manhã fora da cidade, onde colidiu com uma árvore ao sair da pista que vai para o leste. As equipes de busca e salvamento estão ampliando o âmbito da operação, mas ainda não conseguiram localizar Hall. São 6h59 no noticiário da WMNN.

Era terça-feira de manhã, e o rádio-relógio tinha me acordado, mas eu ainda não estava pronta para sair da cama. Quando mais tarde o telefone tocou diversas vezes, eu ainda estava meio adormecida. Atendi e precisei limpar a garganta antes de falar.

– Ah, eu acordei você, me desculpe – disse a voz do outro lado.

– Shiloh? – A voz dele soava estranha.

Vang riu.

– Eu realmente acordei você – provocou. Sua voz soava bem-humorada. Sentei na cama, um pouco sem graça. Ele prosseguiu: – Tem uma sepultura em Wayzata que tivemos de inspecionar.

– É mesmo? Qual é a história?

– Eles ainda não sabem. Uma mulher telefonou hoje de manhã. Ela vive no mesmo bairro... quer dizer, na mesma área... em que mora um agressor sexual que saiu da prisão, um pedófilo. Ontem à noite ela viu o homem com uma lanterna, cavando, e o carro dele estava parado por perto.

– E como foi que ela soube que era um túmulo?

– Bem, ela disse que o buraco parece ter o tamanho exato de uma sepultura. Ela não viu o homem colocar nada lá dentro. Na verdade, ele estava enchendo a cova. Imagino que ela more no morro e tenha uma visão muito boa da área, de modo que pôde ficar observando por algum tempo.

– Ela faz parte de um comitê de vigilância do bairro?

– Não oficialmente, mas o homem... o nome dele é Bonney... está deixando todo mundo nervoso na região. Todos receberam o panfleto que diz que ele é um criminoso sexual em liberdade. Essa mulher acordou às quatro da manhã, preocupada com o que tinha visto, e finalmente decidiu telefonar para nós. Então, agora estamos cavando.

Agora mais desperta, sentei-me.

– Nós temos um mandado de busca para escavar a propriedade dele? A causa provável me parece bastante fraca. Ninguém sugeriu que primeiro a gente conversasse com o cara?

– Eles mandaram um patrulheiro fazer isso – disse Vang. – O sujeito não está em casa e também não está no trabalho, embora esteja na escala. Ninguém gosta da situação. Mas tem uma coisa boa: na verdade, ele não cavou na propriedade dele. O lote do outro lado da cerca traseira da propriedade é terreno baldio do município. Foi lá que ele andou cavando.

– Menos mal – disse eu.

– Pois é, não precisa de mandado – confirmou Vang. – Eu busco você? Estou em casa agora, mas poderia ir imediatamente.

Retirei o cobertor de cima das pernas com a mão desocupada.

– Sim, seria ótimo. Posso ficar pronta em 15 minutos.

Trinta e cinco minutos depois, Vang e eu estávamos parados num terreno da pacata zona rural nas imediações da baía Wayzata. Apesar da proximidade da cidade, aquele era um lugar mais rural que suburbano, com muito espaço vazio entre as casas; entendi por que ao telefone Vang havia dito uma "área" em vez de um "bairro".

A van da unidade de perícia estava estacionada na beira da estrada, e dois oficiais estavam cavando. Em geral as fossas cavadas por amadores são rasas, e exumá-las é tarefa demasiado delicada para uma escavadeira.

Plantadores de maconha por vezes cultivam suas plantas em ermos terrenos públicos. A vantagem óbvia é que os plantadores só podem ser vinculados ao plantio se forem apanhados no local, o que não acontece quando fazem o cultivo incriminador num terreno de sua propriedade. Se Bonney havia de fato matado alguém, ele tinha tido um incentivo semelhante para não enterrá-lo em sua propriedade. Não tinha se afastado muito, mas talvez considerasse mais prudente não sair por aí com um cadáver no carro.

Vang e eu tínhamos acabado de ler a lista de relatórios de novos desaparecidos e procurados das últimas 48 horas; além disso, Vang tinha um impresso do registro criminal de Bonney.

– Não estou tendo nenhum palpite sobre nenhuma dessas pessoas desaparecidas – confessei. – São todos adultos ou estão no final da adolescência.

– Não parecem o tipo favorito de Bonney, não é? – concordou Vang.

– Não. Além disso, você leu o prontuário, não leu? Agressão sexual, violação de menores. Mas ele nunca matou ninguém, nem sequer chegou perto disso.

Vang ouviu, mas não disse nada.

– Por vezes os delinqüentes sexuais progridem para crimes piores, como homicídio – comentei. – Mas nas últimas 48 horas não houve nenhum desaparecimento que pareça vinculado ao fato de este homem enterrar alguém num campo perto de sua casa.

Observei enquanto um dos oficiais parava para raspar vigorosamente um pouco da terra molhada. Por enquanto Vang e eu estávamos mantendo distância, deixando que eles fizessem a tarefa deles com um mínimo de perturbação do terreno e das imediações.

– Normalmente você tem uma idéia bastante aproximada sobre essas coisas. Você recebe um telefonema dizendo que alguém achou um cadáver e, ato contínuo, você sabe: "Achamos Fulana."

– Neste caso, eu não tenho tal sensação. – Dei um suspiro. – Quer saber o que eu acho? Que o Bonney deixou queimar uma panela de comida até ela ficar irrecuperável, então pegou a porcaria toda e enterrou. A vizinha lá do alto do morro viu, ficou acordada até o buraco virar uma cova escancarada e aí telefonou para nós. Às vezes me parece que essa coisa toda de delinqüência sexual, com denúncia, folhetos e reuniões de vizinhos, já está fugindo do controle.

Calei-me de súbito. Shiloh mal completara dois dias de ausência, e eu já o estava canalizando, espalhando para meu novo parceiro as impopulares visões liberais que ele tinha.

– Se eles acharem alguma coisa ruim, talvez a gente peça um mandado de busca para a casa – disse eu, recuando. – Caso contrário, vamos deixar o oficial da condicional fazer visitas de surpresa em busca de alguma violação. É o trabalho dele.

– Se tivesse imaginado que levaria tanto tempo para desenterrar, teria parado para tomar café – disse Vang.

– Quando eles fazem a gente entrar em ação às 7h30 da manhã para uma situação como essa – concordei –, o café pode ser o ponto alto da diligência.

84 Jodi Compton

Na verdade, não era café que eu gostaria de ter tomado, mas sim um banho de chuveiro. Existe alguma coisa que uma chuveirada oferece que tem pouco a ver com limpeza em si. Trata-se de pontuação: se você não passa pelo chuveiro, vestígios da véspera, da noite anterior e da cama ficam pendurados em você, não importa o quanto se sinta alerta, de que modo se vista ou o que esteja fazendo.

A brisa ficou mais forte, vindo da direção do lago. De onde estávamos, não conseguíamos ver exatamente a água, que ficava oculta por árvores nuas e delgadas que compensavam pela quantidade o que lhes faltava em pujança individual.

— Minha voz parece mesmo com a de seu marido? — perguntou Vang, e eu me lembrei de como tinha atendido o telefone.

— Não exatamente; quanto mais eu...

— Puxa, olha só aquilo — interrompeu Vang.

Parei de falar e olhei para o pessoal de perícia. Eles estavam levantando cuidadosamente do chão alguma coisa enrolada num saco de lixo verde.

— Decididamente não se trata de uma panela — admiti.

— Mas parece pequeno demais para ser uma pessoa — disse Vang. Nós já estávamos andando para lá. — A não ser que se trate de uma criança.

— Ou que não seja uma pessoa inteira — completei, e Vang se encolheu.

O primeiro oficial, Penhall, apanhou a câmera e fotografou a forma ensacada onde ela foi depositada, ao lado do buraco do qual a haviam removido.

O oficial Malik apanhou um canivete e, afastando o saco do objeto que continha, fez um corte longitudinal no plástico, sem desmanchar o nó da boca do saco.

A primeira coisa que vi, enquanto a lâmina deslizava pelo plástico verde, foi o cabelo louro-escuro. Mas o que estava dentro do saco era louro de ponta a ponta: um cão da raça golden retriever. Um pouco de sangue seco emaranhava o pêlo.

— Oh, merda! — exclamou Malik. Era difícil saber se xingava na condição de amigo dos cães ou de profissional que tinha acabado de desperdiçar muito tempo.

— Epa, um momento! — disse Penhall. — O cara matou o cachorro de um vizinho. Isto é muito sério.

Olhou para mim e Vang em busca de validação.

— Você poderia tirar a embalagem toda? — perguntei.

Malik tirou. Olhei para Vang e levantei uma sobrancelha.

— Para mim, parece um cachorro que foi atropelado por um carro — observou Vang.

Malik estava concordando com a cabeça.

— Então, por que se dar ao trabalho de enterrá-lo? — perguntou Penhall.

— Porque provavelmente é o animal de estimação de alguma família, pertence a alguém das redondezas. E Bonney, por ser pedófilo, já é muito impopular. — Dei uma olhada para o alto do morro, para a casa alta e graciosa da vizinha. O sol da manhã brilhava nas vidraças que iam do piso ao teto do que deveria ser a sala de estar. Ela e a família tinham uma bela visão do lago, bem como da propriedade do Sr. Bonney, delinqüente sexual em liberdade. — Ele não quer tornar a própria reputação ainda pior.

Malik endireitou as costas.

— O que você vai fazer agora? — perguntou.

— Aí está uma boa pergunta — respondi. — Ora, um cachorro é uma propriedade. Eu acho que aqui houve um crime contra a propriedade. Não se trata de uma pessoa desaparecida. Acho que devemos parar na delegacia de polícia de Wayzata e deixar que eles resolvam a questão.

Enquanto Vang fazia o retorno e virava o carro na direção da cidade, deu uma boa olhada na residência de Bonney, uma casa térrea com uma varanda de telhado meio arriado.

— Fico imaginando o que a gente encontraria na casa, se entrasse lá — especulou.

— Um processo civil prontinho para acontecer — vaticinei.

Vang nos levou de volta a Minneapolis, mas não ao local de trabalho. Eu precisava buscar meu próprio carro e, além disso, queria tomar um banho. Havia tempo: nossos horários e escalas de trabalho tinham de ser um pouco fluidos, em razão das exigências da função. Antes de nosso dia normal ter começado, cada um de nós já tinha trabalhado quase uma hora.

— Eu esqueci de mencionar ontem – disse Vang –, mas no domingo à noite a namorada do Fielding recebeu um daqueles telefonemas que as mulheres do Mann e do Juarez receberam.

— Foi mesmo? – Eu sabia do que ele estava falando. Todo mundo sabia. Recentemente, duas mulheres de subdelegados do condado tinham recebido telefonemas anônimos.

Nos dois casos, a voz do homem ao telefone parecia sincera e consternada. Ele havia se identificado como membro da equipe do pronto-socorro e tinha dito à mulher do subdelegado Mann que o marido dela tinha ficado seriamente ferido num acidente em sua viatura policial.

Naturalmente ela ficara agitada e pedira mais detalhes. O homem havia começado a falar vagamente, fornecendo um pouco mais de informação embutida em termos médicos. Então o telefonema havia "caído" antes que ele pudesse dizer de que hospital estava ligando.

A Sra. Mann havia telefonado para a delegacia no centro. O atendente da emergência levou alguns minutos para localizar o marido, mas em seguida Mann ligara para casa e tranqüilizara a esposa de que seu plantão tinha sido completamente sem incidentes e que ele não imaginava quem estaria telefonando para ela com semelhante história.

Quatro semanas depois aconteceu a mesma coisa com a mulher do subdelegado Juarez, só que no caso dela o homem informou pesaroso que o acidente tinha sido fatal.

A coincidência era demasiada. Um memorando circulou pelo departamento, contando em detalhes a "brincadeira mórbida" que estava sendo praticada e dizendo aos policiais que avisassem suas famílias.

Depois que o memorando circulou, atrás dele começou a circular uma teoria que insinuava que o homem ao telefone podia ser algum funcionário municipal. Alguém que de alguma forma tivesse acesso à lista telefônica do departamento. Os números de muitos policiais não constavam do catálogo telefônico, o que ajudava a protegê-los do assédio – ou coisa pior – por parte de gente que eles haviam prendido ou para cujo processo penal tinham contribuído.

– O Fielding está nas páginas brancas? – perguntei.

– Não sei – respondeu Vang –, mas estão dizendo que isso não faz diferença, por causa do site Sunshine in Minneapolis.

– Ah, sim! – exclamei ao relembrar.

O site Sunshine tinha seu nome vagamente inspirado na legislação de transparência, ou de liberdade de informação, que oferecia acesso a informações sobre processos e autoridades públicas. A página, organizada por um casal de ativistas comunitários, era uma espécie de *Drudge Report Smoking Gun* da cidade. Entre as informações postadas estavam os números de telefone e às vezes o endereço residencial de oficiais da polícia e auxiliares do xerife, tudo extraído, incidentalmente, de vários relatórios e registros de tribunal que se haviam tornado públicos em algum momento. A teoria, segundo os criadores da página, era de que os policiais iriam pensar duas vezes antes de achacar cidadãos inocentes se soubessem que seus telefones e endereços estavam na internet para qualquer um obter.

– Você está dizendo que os números do Mann e do Juarez estavam no site? – perguntei. Estávamos cruzando a passagem subterrânea do leito da ferrovia em Northeast e nos aproximando de minha casa.

– O Juarez realmente está no catálogo telefônico – disse Vang. – Mas, é isso mesmo, todos três também estão na página da internet. Não que seja o único, mas é um dos jeitos como esse pervertido poderia ter obtido os números deles.

Balancei a cabeça.

– Essa página me pareceu meio ridícula na época – comentei. – Fui lá olhar meus dados. Ao lado do meu nome, dizia: "casada com um policial de Minneapolis". O Shiloh e eu ficamos dando risada.

– É, mas aqui na cidade mais ninguém está rindo disso. O pessoal anda dizendo que o episódio pode contribuir para que o site seja fechado, se eles puderem provar que está ajudando alguém a importunar mulheres anonimamente.

88 Jodi Compton

– Muito bom – disse eu, enquanto ele estacionava o carro junto ao meio-fio.

– A gente se encontra daqui a meia hora – disse Vang.

Curti o banho de chuveiro ainda mais pelo fato de ter sido adiado. Estava começando a ter uma sensação boa a respeito do dia que tinha pela frente. Provavelmente havia o tempo suficiente para parar e comprar um pãozinho. Eu compraria um para Vang também, mesmo sem realmente conhecer sua preferência. A de Genevieve eu saberia: quase sempre ela escolhia um pãozinho de tomates secos, passando nele uma camada parcimoniosamente fina de queijo cremoso dietético. Vang, muito mais jovem e magro como um cabide, provavelmente começaria o dia com um donut.

De cabelos molhados e novamente vestida, caminhei com a bolsa no ombro para a porta dos fundos. Através da janela da cozinha, voltada para o nascente, derramava-se um sol tão brilhante que eu quase não via a luz de aviso da secretária eletrônica piscando. Quase.

– Esta mensagem é para Michael Shiloh – dizia uma voz desconhecida de mulher. – Quem está falando é Kim, da unidade de treinamento de Quantico. Se você teve problemas para chegar ou qualquer outro tipo de atraso, nós precisamos saber. Sua turma fez o juramento hoje. Meu número aqui é...

Ouvi a mensagem completa outra vez, imediatamente, como se assim ela fosse fazer mais sentido. As palavras de Kim não revelaram nada de novo, e senti no peito o primeiro farfalhar da preocupação.

Calma aí, disse a mim mesma. *Você sabe que ele está lá. Esta mensagem é apenas alguma confusão dos burocratas. Estes são os federais; a cada dez anos eles organizam um censo em que perdem alguns milhões de nós. Experimente ligar para ela; ela vai dizer que foi engano.*

Levantei o fone.

– Bom dia – disse eu quando ela atendeu. – Meu nome é Sarah Pribek. Você deixou uma mensagem na minha secretária, perguntando por Michael Shiloh, meu marido. Acho que ele se atrasou, e eu só queria ter certeza de que chegou aí.

— Ele não está aqui — respondeu Kim, taxativa.

— Ah, mas você tem certeza de que você saberia? Quero dizer...

— Ah, sim, eu tenho certeza — respondeu ela. — Minha função é saber. Você está dizendo que ele não está em Minneapolis?

— Ele não está aqui — respondi depois de um momento. Senti os músculos da garganta trabalhando no vazio, enquanto engolia sem me dar conta.

— Às vezes as pessoas desistem — disse ela. — Normalmente ficam na dúvida por causa da obrigação de andar armado neste trabalho...

— Isto não seria problema — respondi. — Agora eu preciso ir. — Com aquela despedida abrupta e canhestra, desliguei o telefone.

Meu primeiro pensamento: ele tinha sofrido um sério acidente de carro, talvez na estrada do aeroporto a Quantico. Mas isso não estava certo. Se tivesse havido um acidente, talvez Quantico e Kim não tivessem sido notificados, mas eu deveria ter sido. Shiloh teria levado sua carteira de motorista de Minnesota, que tinha o endereço de casa. Eles sempre notificam a família. Mas ninguém havia dado notícias, exceto Kim.

Meu telefonema seguinte foi para Vang.

— Vou estar ausente por mais ou menos uma hora — avisei. — Há uma coisa que preciso averiguar. Você me desculpe.

— Alguma coisa de algum caso?

— Alguma coisa pessoal — respondi, sentindo-me evasiva. — Provavelmente não vai tomar muito tempo — disse eu como quem pede desculpas, antes de desligar.

Shiloh não estava em Quantico. O que significava aquilo?

Se ele tivesse mudado de planos, se tivesse resolvido desistir da academia, teria me avisado. E teria avisado *a eles*. Mas aquilo não importava, pensei, porque ele não teria mudado de planos. Ele queria ir. Se não estava lá, alguma coisa não tinha dado certo.

Será que ele pelo menos havia chegado à Virgínia?

Saber se ele estava em Minnesota ou na Virgínia parecia a primeira distinção que eu precisava fazer. Se eu não pudesse restringir o campo, perderia um tempo crucial, pois não conseguia lidar eficientemente com os dois lugares ao mesmo tempo. Peguei o catálogo telefônico e procurei o número da Northwest Airlines.

— Vou precisar da lista de passageiros do vôo das 14h35 de domingo com destino ao aeroporto Reagan — informei à funcionária do balcão de passagens.

— O quê? — disse ela. — Nós não...

— ... Vocês não dão essa informação, eu sei. Sou detetive da delegacia do condado de Hennepin. Conheço a rotina. — Já remexendo na escrivaninha, mudei o fone para o outro ouvido. — Diga ao seu supervisor que meu nome é detetive Sarah Pribek e que vou passar por aí dentro de uns 25 minutos, com um requerimento assinado, no papel timbrado de nossa delegacia.

Capítulo 6

Na metade da manhã o trânsito não estava muito ruim. A parte mais ensolarada do período já havia passado, e as nuvens estavam surgindo do oeste. Quando virei para o leste e entrei na rodovia 494, aviões da Northwest estavam decolando em direção ao céu à minha frente, com suas conhecidas fuselagens vermelho e cinza.

A supervisora dos escritórios de venda de passagens da empresa – Marilyn, como se lia em seu crachá – me conduziu a uma saleta próxima ao balcão principal.

Depositei sobre a mesa a requisição, que Marilyn examinou rapidamente, sua vista percorrendo o papel desde o corpo da mensagem até o cabeçalho.

– Posso ver sua identificação?

Apanhei a carteira de couro do distintivo, abri-a e permiti que ela desse uma olhada.

– Você poderia me dizer de novo do que precisa? – perguntou, sentando-se atrás da mesa.

– Estou seguindo a pista de um passageiro que deveria estar no vôo das 2h35 da tarde de domingo com destino a Reagan. Não tenho certeza de que tomou o avião.

– Domingo? – Ela girou um pouco a cadeira e inclinou-se para abrir o arquivo de metal próximo à escrivaninha.

– Nome? – perguntou, colocando na mesa o impresso.

— Michael Shiloh — falei. — Shiloh com *h* no final.

Tendo me identificado como Sarah Pribek, optei por não mencionar que Shiloh era meu marido. A mim pareceu melhor me apresentar como uma impessoal agente da lei.

— Aqui está — disse ela, interrompendo meus pensamentos. — Achei o nome dele. Está na lista das 2h35 de domingo, como você pensou. — Fez uma pausa. — Ele não fez o check-in para embarque naquele vôo.

— Ele não estava no avião?

— Não.

— Depois desse vôo, qual foi o próximo?

— Para Reagan ou para Dulles? O vôo imediatamente depois foi o das 2h55 para Dulles.

— Você pode conferir esse daí?

— Houve mais alguns vôos para os dois aeroportos; posso conferir todos eles para você.

Tornou a procurar dentro do arquivo; tinha deixado a gaveta aberta e agora passeava os dedos sobre as margens dos documentos. Lambendo o polegar, selecionou alguns deles.

Apoiada contra a parede para esperar, eu a observava enquanto ela fazia a leitura. Sacudia levemente a cabeça a cada vez que terminava de ler uma lista. Quando terminou, virou a cadeira ligeiramente e me encarou de novo.

— Ele não está em nenhuma das listas.

Balancei a cabeça, assentindo.

— Por vezes as pessoas viajam via Baltimore — disse ela, pensativa. Balancei a cabeça em negativa.

— Não, acho que não foi este o caso aqui. Mas você foi muito prestativa.

Agradeci a ela e me despedi, dirigindo-me à escada rolante.

Shiloh podia ter voado para Baltimore, podia ter escolhido uma empresa diferente, mas não havia razão para isso — ele já *tinha* uma passagem. E o que era mais objetivo: se tivesse perdido o avião das 2h35 da Northwest — o que em si, no caso dele, já seria atípico — e pegado um outro vôo mais tarde, a esta altura estaria em Quantico. Kim teria tido notícias dele. Independente do que tivesse saído errado em seus planos de viagem, eu não conseguia imaginar como podia ter se atrasado tanto.

Eu tinha descartado completamente a possibilidade de Shiloh ter chegado à Virgínia? Não necessariamente. Era possível que eu estivesse lidando com uma situação em que duas coisas não haviam dado certo ao mesmo tempo: uma situação em que Shiloh tivesse perdido o avião e viajado num vôo posterior de uma outra companhia, e então alguma coisa tivesse acontecido a ele já na Virgínia. Se tal fosse o caso e eu concentrasse a busca por ele em Minnesota, seria um desastre. Era essencial ir fechando o foco a partir do ponto onde ele havia desaparecido.

Desaparecido. Não tive a intenção de pensar aquilo, e fazê-lo me deu um pequeno abalo no sistema nervoso, seguido de um arrepio galvânico debaixo da pele.

Sentei-me num banco por um momento e observei os viajantes que passavam.

Acima da multidão, vi uma câmera do circuito fechado espiando discretamente os viajantes que passavam, presa a um caibro. Se as coisas ficassem críticas, eu sempre poderia pedir para ver as gravações do sistema de segurança. Talvez no final fossem constituir a única confirmação de que Shiloh estivera ali.

Desaparecido estava rapidamente se tornando o termo operacional, quisesse eu admitir ou não.

Cerca de dois anos antes, um pai superprotetor, morador de Edina, subúrbio de Minneapolis, mandou para a Universidade Tulane, em Louisiana, sua brilhante filha mais velha. Ele não queria que ela fosse dirigindo, relatou, mas a filha ganhara numa loteria do campus uma vaga de estacionamento na porta de seu dormitório, e estava animadíssima com o fato. Não houve como convencê-la a não levar seu pequenino Honda.

No entanto, o pai não gostava da idéia de que ela fosse dirigindo sozinha pelo trajeto inteiro. Insistiu para que ela, nas duas noites que passaria a caminho, lhe telefonasse tão logo se hospedasse no hotel, e ela concordou em fazê-lo. Para tranqüilidade dele.

O que a filha não lembrou foi que no ano anterior o bairro onde moravam tinha sido excluído, em razão do novo mapeamento para fins eleitoreiros, do código de área 612, que outrora abrangia toda a região, coisa que estava acontecendo com subúrbios de áreas metropolitanas do país inteiro, já que a telefonia celular e a internet devoraram os números de telefone disponíveis. A filha não tinha notado a mudança – havia três anos que não pernoitava fora da cidade, e assim nunca telefonava de longe para casa.

Quando tentou ligar para casa, em sua primeira noite na estrada, ouviu numa mensagem gravada dizendo que a ligação não podia ser completada com aqueles números. Espantada, tentou novamente. Depois, uma terceira vez. Não tinha idéia do que estava acontecendo. Deixou ao pai uma mensagem de voz na caixa postal do trabalho dele, mesmo sendo sábado à noite e sabendo que ele não a receberia tão cedo. Então, sensatamente, saiu para comer.

Na falta de notícias da filha, o pai nos chamou. Genevieve e eu ficamos céticas. A moça havia saído apenas doze horas antes. Dezoito anos de idade, a caminho da faculdade, saboreando o primeiro gostinho de liberdade. Nós duas tínhamos certeza do que acontecera: a filha dele tinha esquecido de telefonar.

– Ela não faria isso – insistiu ele. – Ela prometeu que telefonaria e sempre cumpre as promessas.

– Sei que o senhor não quer acreditar nisso – tinha dito Genevieve –, mas existe uma explicação perfeitamente lógica para ela não ter ligado. Nós apenas ainda não sabemos qual é.

– Não – teimou o pai. – Não existe.

No domingo à tarde a filha telefonou. Ao cruzar a divisa do estado da Louisiana, ela tinha se lembrado do novo código de área e estacionara no acostamento para tentar ligar para casa. Dessa vez, risonha e envergonhada, conseguiu completar a ligação. Constrangido, o pai nos telefonou.

Existe uma explicação perfeitamente lógica. Não, não existe.

Essas duas declarações compunham o yin-yang da maioria dos casos de pessoas desaparecidas. Semana após semana eu ficava dizendo às pessoas alguma coisa como a primeira, e a resposta delas era a segunda. Em certas ocasiões, eu lhes contava a história do novo código de área, como exemplo do tipo de coisa inocente que por vezes atrasa a volta das pessoas para casa ou o embarque num avião. Poucos parentes retiravam dela algum conforto. Balançavam a cabeça, sem se convencer. Tratava-se de uma boa história, opinavam, mas não tinha nada a ver com a situação deles.

Pela primeira vez entendi como se sentiam. Rumo ao norte pela 35W, eu ficava dizendo a mim mesma que havia uma explicação lógica para Shiloh não ter chegado a Quantico ou me telefonado. E então, do fundo da minha mente, outra voz ficava dizendo: *Não, nada pode explicar isso.*

Por volta do meio-dia, Vang me encontrou no aparelho de fax do escritório, mandando uma solicitação de informação para os hospitais em torno da área de Quantico. Quando me viu, fez um leve interrogatório.

— Por onde você andou? — perguntou. — Pensei que ficaria fora por coisa de uma hora, se tanto.

— Eu estive no aeroporto. E depois nos hospitais.

Não lhe contei tudo o que havia feito. Além disso, eu também tinha telefonado e mandado fax para empresas de táxi, pedindo que conferissem em seus registros se haviam enviado um carro para nosso endereço. Do banco Norwest, eu pedi documentos de nossa conta, um extrato dos movimentos recentes; pedi também à Qwest uma relação dos telefonemas.

Ergui os olhos para Vang.

— Estou passando por uma emergência pessoal. Estou procurando meu marido.

— Pensei que ele estivesse indo trabalhar para o FBI. Ele mudou de idéia?

— Não — respondi, observando meu documento sair centímetro a centímetro do lado oposto do aparelho de fax. — Mas ele nunca chegou lá.

— Jura? — disse ele, franzindo a testa. — Você quer dizer que ele não chegou à Academia ou que não chegou à Virgínia?

Suas palavras eram comedidas e sua expressão, calma, mas eu quase podia ver uma dúzia de perguntas se atropelando em sua mente para ocupar o primeiro lugar. Isso era apenas natural. Não é todo dia que uma colega de trabalho diz a você que o marido dela desapareceu.

96 **Jodi Compton**

– Não tenho certeza. Ele não chegou a pegar o avião, mas a bagagem dele desapareceu. – Considerei Shiloh desaparecido desde as 2h35 da tarde de domingo, horário do vôo em que, pelo visto, ele planejava embarcar e não o fez. – Vou abrir um dossiê, tornar a coisa oficial.

Vang hesitou.

– Em termos das normas do departamento, não tenho certeza se você deveria estar envolvida. – Ele parecia ter avançado para questões de procedimento; as perguntas não-pronunciadas obviamente iriam permanecer assim.

– Eu sei, mas agora que Genevieve não está, eu sou a única pessoa daqui que trabalha regularmente com casos importantes de desaparecidos – objetei. Imediatamente me arrependi das palavras horrorosas que dissera. – Não que eu queira dizer que este é um caso importante. Estou dizendo que não consigo voltar ao trabalho até conseguir notícias de Shiloh.

– Eu entendo – concordou Vang. – Há alguma coisa que eu possa fazer?

– Estou à espera de uns faxes, em resposta a algumas consultas que fiz. Você poderia me telefonar e me dizer o que eles informam? Isso realmente ajudaria.

– Onde você vai estar?

– Em casa – respondi. – Uma busca pela casa é por onde eu começaria, se este fosse um caso a mais.

– ... dizem os analistas da Piper Jaffray. Noticiário da WMNN, são 12h28. Mais notícias depois do intervalo.

Reduzi o volume do rádio e embiquei a frente do Nova para fora da rampa da garagem, rumo ao trânsito.

O que eu havia dito a Vang não era exatamente verdadeiro. Uma busca não era normalmente por onde eu começaria. Eu começaria por conversar com as pessoas mais próximas dele.

Como a esposa. *Certo.* Saí para a estrada.

Além de mim, quem eram as pessoas mais próximas de Shiloh? Sua família em Utah. Havia anos que ele não falava com nenhum dos parentes.

A 37ª hora 97

Ele se dava bem com seu antigo tenente, Radich, que ainda dirigia a força-tarefa antidrogas interinstitucional, na qual Shiloh havia servido. E, é claro, Genevieve o conhecia há mais tempo do que eu, mas eu sabia que eles não tinham se visto recentemente. Shiloh não tinha tido nenhum parceiro, pois trabalhava sozinho investigando casos arquivados. Antes disso, tinha trabalhado principalmente sozinho em entorpecentes, como agente disfarçado, formando duplas esporádicas com o pessoal do Departamento de Polícia de Minnesota ou com subdelegados do condado de Hennepin. Como eu, ele jogava basquete com uma coalizão difusa e variável de policiais e de pessoais do Tribunal de Justiça, mas nunca parecia ter forjado sérias amizades por ali. E Shiloh não bebia; portanto, não saía para tomar chope com a rapaziada.

Por vezes eu me esquecia do quanto era reservado o homem com quem eu dividia minha cama.

Enquanto estacionava o Nova no lugar onde o velho Pontiac de Shiloh costumava ficar, pensei no azar que foi ele ter vendido o carro na semana anterior. Enquanto não chegasse o dia em que todos trouxessem seus números de identidade tatuados na pele e claramente visíveis – e por vezes, me parecia, que este dia estava chegando –, as placas de carro serviam para nos identificar. Os informes sobre desaparecidos eram expedidos com os números das placas, e por toda parte os policiais das radiopatrulhas estariam prontos para localizar o veículo e as placas. Encontrar um adulto desaparecido que não possui carro é tarefa muito mais difícil.

Embora o alto da rampa da garagem estivesse muito mais perto da porta dos fundos da casa, aquela que levava da área da máquina de lavar para a cozinha, desta vez entrei na casa pela porta da frente. Eu queria me postar na entrada de cujo gancho tinham sumido as chaves de Shiloh.

As chaves, a jaqueta e as botas. Foram tais coisas que me sugeriram no domingo que Shiloh havia saído para o aeroporto. E ele havia saído, não havia?

Só restava um sinal que eu ainda não tinha conferido.

Como oficial de patrulha, vez ou outra eu detinha pessoas por crimes menores e depois as punha em liberdade, quando achava que era garantido fazê-lo. Para tais ocasiões, eu tinha uma frase padronizada: "Na próxima vez em que eu encontrar você (trabalhando nessa esquina/com uma lata de spray na mão/etc.), trate de ter consigo a escova de dente."

Eles entendiam o que eu queria dizer: que da próxima vez iriam passar a noite na cadeia. Mais adiante, já detetive, eu usava a escova de dente como um teste infalível para saber se alguém estava desaparecido voluntariamente ou contra a vontade. O teste transcendia as barreiras de idade, gênero e etnia. Esmagadoramente, quase ninguém, sabendo que estaria fora por mais de 24 horas, saía de casa sem agarrar, a caminho da saída, a escova de dente. Mesmo quando não tinham tempo para arrumar a bagagem, eles tinham tempo para agarrar a escova.

Pensando nesta manhã, vi na tela mental minha solitária escova pendurada na prateleira pequena do interior do armário de remédios. Uma rápida excursão ao banheiro confirmou o fato. A escova de Shiloh não estava ali. Entrei de novo no quarto, fui até a porta do closet, abri-a e olhei a prateleira do alto. A mala dele também tinha desaparecido.

Todos os sinais apontavam na direção de que ele havia ido para o aeroporto.

Será que ele tinha deixado um bilhete que eu simplesmente não havia achado?

Certa vez Shiloh havia comentado que nossa mesa de cozinha era "um arquivo". Estava sempre sobrecarregada de cobranças, papéis, correspondência, jornais, boletins, bilhetes de um para outro. Era uma confusão que eu agora precisava peneirar.

Os jornais eram locais, o *Star Tribune* e o *Pioneer Press*, de St. Paul. Debaixo deles havia um boletim do sindicato dos policiais. Uma carta da Sociedade de Prevenção à Crueldade contra Animais: de vez em quando Shiloh doava dinheiro para eles. Ali estava o extrato da conta de telefone, com o detalhamento das chamadas de curta e longa distância. Um rápido exame revelou que todos os números chamados eram conhecidos, e nenhum deles me levantou suspeitas. Um catálogo de um vendedor de armas. Um exemplo de folheto destinado a policiais: "... tão reverenciado que é usado pela polícia de Israel..." Um saco de papel branco amassado, de uma *delicatessen*, alisado e vazio: lembrei-me da ocasião em que eu trouxera o jantar para casa, tarde da noite, três semanas antes, naquele saco branco. Uma tira de papel com um telefone escrito, mas desta vez um número que reconheci: o escritório de campo local do FBI.

O último item, o nível arqueológico mais profundo, constava de duas folhas de papel de um rascunho, uma delas respingada de cera vermelha. Era do jantar que fizéramos em nossa noite de núpcias, dois meses antes. Shiloh havia desencavado uma vela vermelha quadrada, que acendeu, um gesto ironicamente comemorativo, colocando sob ela as folhas de papel para recolher a cera derretida.

Não havia nenhum bilhete.

Andei de volta para a entrada, ainda mais decidida a começar a busca a partir da estaca zero. Honestamente, não acreditava que Shiloh tivesse sido ferido ou morto em casa. Mesmo assim, eu precisava examinar o entorno.

Não havia sinais de arrombamento na porta da frente. A fechadura não parecia ter sido violada, e não consegui me lembrar de nenhuma sensação de haver alguma coisa errada com ela quando eu a destranquei.

Percorri o perímetro de cada cômodo, olhando para as janelas em busca de sinais de arrombamento. Não havia nenhum. Os espaços atrás dos móveis não mostravam nada além de penugens de poeira. Nenhum objeto de valor havia desaparecido, bem como nenhum objeto barato, pelo que eu podia perceber. As prateleiras estavam tão carregadas quanto sempre com os livros de Shiloh. Eu não seria capaz de dizer se algum deles estava faltando. Os interesses de Shiloh eram extremamente variados: ficção e não-ficção, Shakespeare, textos sobre investigação, uma Bíblia, diversos volumes finos de poesia escritos por autores dos quais eu nunca ouvira falar: Saunders Lewis, Sinclair Goldman.

Não havia nada que lembrasse sangue ressecado nem manchas de sangue em lugar nenhum.

O quarto estava arrumado, embora um pouco menos do que quando Shiloh tinha partido – eu não tinha feito a cama hoje de manhã, quando Vang me ligou.

Quando crianças desaparecem, eu logo procuro embaixo da cama delas. As crianças costumam pensar que o espaço sob a cama é um esconderijo astuto. Com freqüência, encontra-se ali o diário da menina. Os adultos usam muito mais cautela ao esconder seus objetos de valor.

Não obstante, agachei-me e levantei o cobertor, que pendia da superfície amarfanhada do colchão.

– Ah, não – exclamei.

Ela não estava escondida, apenas um tanto removida da passagem, por questão de conveniência. Se eu tivesse estado olhando para baixo na noite passada, teria visto o brilho apagado da luz sobre o couro negro, bem embaixo do estrado da cama.

Dei um puxão na surrada mala rígida de Shiloh. Estava pesada. Obviamente arrumada. Abri a mala. Dentro estava o kit de barbear, e dentro deste a escova de dente. Shiloh tinha sido eficiente. Havia arrumado com antecedência a bagagem e depois colocado a mala onde ficasse fora do caminho, e não aos nossos pés, no estreito dormitório.

No alto de uma pilha de roupas dobradas havia uma brochura de um texto clássico sobre investigação, e dentro dele, qual marcador de livros, havia uma passagem de avião da Northwest para o vôo das 2h35 da tarde, para Washington, D. C.

Ele não havia sequer chegado a sair para o aeroporto. De certa forma, aquilo tornava o fato real.

Capítulo 7

Não tenho certeza de quanto tempo fiquei sentada na cama, sem pensar, só dedicada a internalizar. Longos momentos se passaram até que eu me levantasse e voltasse à cozinha, para ficar parada no meio da casa e da vida esvaziadas de Shiloh em Minneapolis.

Homem adulto desaparecido. O que Genevieve e eu olharíamos primeiro?

Dinheiro, diríamos. Como estavam as finanças dele? Precárias o suficiente para que deixasse a cidade? Como estava a relação com a mulher? Teria ele alguma namorada em paralelo? Ele tinha problemas de alcoolismo ou consumo de drogas? Poderia estar envolvido em atividade criminosa? Tinha prontuário na polícia? Associação com criminosos? Inimigos perigosos? Quem lucraria com seu assassinato? Tínhamos uma boa idéia do local do qual ele havia desaparecido? Caso contrário, como era a casa? E onde estava o carro?

O campo de perguntas era fértil. O problema é que eu podia respondê-las em cerca de um minuto.

As finanças de Shiloh eram as minhas, e eu sabia que elas estavam bem.

O estado de nosso casamento? O hábito de entrevistar cônjuges me havia ensinado que nenhuma outra pergunta estava tão carregada da possibilidade de auto-engano.

102 Jodi Compton

Mas Shiloh e eu estávamos bem. Casáramos havia somente dois meses. Para arruinar as coisas em tão pouco tempo, teríamos que ter empregado um tremendo esforço.

Mantínhamos duas cervejas Heineken na geladeira para o caso de visitas. Aquelas duas garrafas verdes ainda estavam no lugar, intocadas. Mesmo afastado de sua religião de infância, Shiloh tinha uma parte da personalidade que se aproximava do monástico. Embora ele bebesse quando o conheci, tinha deixado a bebida desde então; e quanto às drogas, nunca o vi tomar nada mais forte que uma aspirina.

Ser fichado na polícia teria liquidado as oportunidades de Shiloh com o FBI, e ele tinha sido aprovado no rigoroso escrutínio dos federais. Sua única associação com criminosos era na condição de detetive que tinha as relações de praxe com os informantes.

Inimigos? Suponho que Annelise Eliot, capturada por ele depois de viver 13 anos como foragida, tinha razão para odiá-lo. Mas tudo o que eu havia ouvido falar sobre o caso indicava que ela tinha dirigido sua hostilidade para alvos maiores e mais políticos, como os advogados da Califórnia que construíram suas próprias carreiras sobre o julgamento dela, e aos quais ela denunciou na imprensa, enquanto se proclamava inocente.

Que eu percebesse, não havia quem pudesse lucrar com a morte de Shiloh.

A casa não era um local plausível para algum tipo de ocorrência violenta. Eu já tinha revistado o local, e estava tudo em ordem.

Mordi o lápis.

Talvez eu estivesse tratando a questão da forma incorreta. Estava pensando em Shiloh em termos impessoais, como se fosse um caso de rotina. Mas eu o conhecia, quiçá melhor que ninguém. De um modo perverso, era uma situação ideal.

O que ele havia feito no espaço de um dia e meio em que eu não estivera em casa? Em breve ele partiria para a Virgínia. Ele tinha feito as malas, com certeza. Talvez antes de fazê-las, tivesse lavado umas peças de roupa. E havia saído para comprar comida, provavelmente, porque nossa tendência era reabastecer a geladeira em uma base mais para diária que semanal.

Em geral, Shiloh praticava corrida todos os dias; portanto, provavelmente ele havia saído para uma das longas corridas de que tanto gostava, já que eu não estava ao seu lado para desistir depois da marca de seis quilômetros. E o que mais? Talvez tivesse lido, talvez tivesse assistido ao basquete. Talvez tivesse ido dormir cedo, numa pacata noite de sábado sem ter sua mulher em casa.

Era uma seqüência segura, saudável e monótona. Nenhuma dessas atividades parecia permitir a ele desaparecer sumariamente. A não ser ...

A corrida de longa distância tinha sido, nominalmente, a parte mais perigosa da rotina que eu havia reconstruído para sábado e domingo. Na maioria das vezes, o pessoal que corria nunca encontrava mais que algum cachorro agressivo, porém havia exceções. Os praticantes de corrida seguiam trilhas que atravessavam lugares silenciosos e escuros, longe das luzes da cidade. Ocasionalmente, eram carregados pelos socorristas para fora de parques estaduais e trilhas naturais, depois de despojados do dinheiro, com traumatismos na cabeça ou ferimentos de arma branca. Shiloh, com quase 1,90m, jovem e atlético, era um dos alvos menos prováveis para um assaltante, mas pelo menos aquela teoria fazia algum sentido.

Voltei para a mala de Shiloh, que abri. Procurando entre suas roupas, vi o tecido cinza esverdeado de sua camiseta da Kalispell Search and Rescue, a favorita dele para corridas e jogos de basquete. Espremidos contra a estrutura, estavam os tênis de corrida de Shiloh, envoltos num saco plástico do mercado para evitar que o solado tocasse nas roupas. Era seu único par.

Ali estavam seus tênis de corrida; as botas de solado pesado e a jaqueta haviam desaparecido. Senti uma pontada de satisfação: isto era progresso.

Shiloh tinha ido a pé a algum lugar. Não fora correr, tampouco fora para o aeroporto. Saíra para alguma tarefa. Em roupas informais, tinha ido a algum lugar e não voltara.

O telefone tocou.

– Sou eu – anunciou Vang. – Chegaram alguns faxes para você dos hospitais da Virgínia. Ninguém que se enquadre na descrição de seu marido deu entrada nas últimas setenta e duas horas.

– Eu sei.

Genevieve, em meus primeiros tempos de detetive, me disse: "Quando você estiver investigando um caso de pessoa desaparecida que lhe pareça realmente legítimo, um caso sobre o qual tenha sensação ruim, as primeiras 24 a 36 horas são cruciais. Trabalhe no caso depressa e com empenho." Normalmente, eram casos de crianças desaparecidas. De outras vezes, as pessoas desaparecidas eram mulheres que haviam sumido num cenário de circunstâncias suspeitas: sinais de arrombamento ou de luta, um coro de amigos testemunhando a presença constante de um ex-namorado horripilante, uma medida cautelar obtida recentemente.

Nenhuma dessas circunstâncias cercava o desaparecimento de Shiloh. Neste caso, eu tinha passado a maior parte das 36 horas sem perceber que ele estava desaparecido.

Mesmo assim, eu ia fazer agora o que deveria ter feito então: eu ia trabalhar todos os ângulos em que pudesse pensar nas próximas 24 horas.

Eu precisava conversar com as pessoas do bairro. A maioria delas, porém, era gente que trabalhava fora e não estaria em casa no meio da tarde. E alguns, nossos vizinhos menos próximos, iriam precisar de um retrato de Shiloh para se lembrar dele.

Havia uma pessoa, porém, que conhecia Shiloh de vista e quase sempre estava em casa.

A viúva Muzio provavelmente via Shiloh mais que qualquer outro de nossos vizinhos. Ela o achava o máximo, muito em especial porque ele cuidava dela. Shiloh fazia isso porque Nedda morava sozinha e estava ficando senil.

A Sra. Muzio tinha uma cadela velha e pachorrenta, com a estrutura esguia e o pêlo crespo de um cão caçador de lobos, quiçá também com pouco de mestiçagem de cão pastor no sangue.

O animal, que atendia pelo nome improvável de Snoopy, tinha o hábito de escapulir do quintal da Sra. Muzio através de um portão empenado e impossível de trancar. Sempre que Shiloh ouvia a viúva gritar em vão o nome da cadela, ele saía procurando o animal em qualquer lata de lixo das vizinhanças em que Snoopy estivesse comendo e a levava de volta para casa.

A Sra. Muzio era sempre efusiva em sua alegria pelo retorno de Snoopy, em parte porque ela culpava os "malandros" que a roubavam pelo sumiço da cadela. Esses mesmos malandros roubavam o cheque do seguro social de sua caixa de correio, quando ela perdia a noção das datas e não percebia que o começo do mês ainda tardaria uma semana. Eles arrombavam a casa dela e deixavam a torneira aberta, roubavam comida do armário, ficavam espiando pelas janelas à noite. Shiloh costumava ir até lá e pacientemente argumentar com ela, mas nunca realmente progrediu naquilo que ele chamava de a estrutura delirante dela. Consertar o portão quebrado, coisa que ele fez numa tarde de sábado e que mantinha a cadela dentro do terreno, foi uma ajuda mais concreta.

Quando comecei a morar com Shiloh, a Sra. Muzio tinha me lançado um olhar proibitivo. Em sua paranóia, ela me marcou como uma inimiga instantânea. Quando o cachorro desaparecia, ela gritava "Por que você o roubou?", ou então berrava "*Strega!*" ao me avistar. *Bruxa*, ela estava dizendo – eu procurei a palavra num dicionário italiano-inglês. Shiloh, divertido, me contou sobre as advertências que ela lhe havia feito em voz baixa sobre *aquela mulher*, temerosa pelo bem-estar dele.

Então, sem nenhuma razão perceptível, talvez só porque o vento estivesse soprando do norte para o nordeste, ela parou com aquilo. A Sra. Muzio se engraçou por mim. Eu deixei de ser *strega*. Para ela, eu já na era mais sequer a namorada de Shiloh – eu era *fidanzata*, a noiva dele.

Enquanto me aproximava de sua casa, olhei com preocupação a calçada da frente. Estava precisando de reparos. O concreto estava se rachando, as placas tectônicas se levantando e abaixando sob o impacto da força dos verões e invernos de Minnesota. Ela poderia facilmente tropeçar algum dia, ao entrar ou sair de casa. Talvez eu mencionasse o problema a Shiloh quando o visse outra vez.

Bati à porta, esmurrando com a lateral da mão, em vez de usar os nós dos dedos. Não era por indelicadeza; a Sra. Muzio sofria de deficiência auditiva.

106 Jodi Compton

– Olá, Sra. Muzio, posso entrar? – perguntei quanto ela surgiu à porta. Com 1,57m de altura e curvada, ela voltou o rosto benigno e vazio para mim. – A senhora sabe quem eu sou, certo?

– A *fidanzata* – identificou, com o rosto a se franzir num sorriso.

– Não sou mais. Agora estamos casados – expliquei. Ela não respondeu. – Posso entrar? – repeti, limpando as botas no capacho como uma ilustração e uma deixa.

Eu gostava do interior da casa da Sra. Muzio. Ela cozinhava muito, refeições integralmente preparadas com legumes da horta, e em conseqüência a casa tinha cheiro de comida italiana, em lugar do mofo da idade que paira sobre as casas de muita gente de 80 anos.

Na cozinha, ela fez café. Fiquei de pé sobre seu rachado piso de linóleo rosa-claro e observei. Ela não tinha entendido quando eu disse que Shiloh e eu estávamos casados. Isso realmente não importava, mas se eu não conseguia lhe comunicar aquele conceito com clareza, até que ponto aquela entrevista poderia correr bem? Será que eu poderia fazê-la entender alguma coisa?

Consegui fazer contato visual.

– Não sou mais a noiva de Shiloh, nós já nos casamos. – Ela olhou para mim sem compreender. Levantei a mão, mostrando a aliança. – Casados, está vendo?

A compreensão raiou, e ela sorriu.

– Isto é maravilhoso – disse. Seu sotaque fazia a frase soar como a fala de uma viúva italiana de filme de baixo orçamento. Ela serviu café e nós nos sentamos à mesa da cozinha.

– Como vai Snoopy? – perguntei.

– Snoopy? – repetiu. Fez um gesto de cabeça em direção à porta dos fundos, junto à qual se via a cadela de focinho cinzento adormecida ao lado da tigela de comida vazia. – Snoopy está... – ela pensou um pouco – ... velha. Que nem eu. – Riu de si mesma, os olhos brilhantes.

Inesperadamente enxerguei uma moça seis décadas antes na Sicília, de olhos escuros, sorriso fácil e corpo forte. Eu nunca a havia enxergado antes naquela forma curvada de viúva, e aquilo me fez sentir vergonha de mim mesma.

— Olhe, Sra. Muzio, preciso falar com a senhora. Meu marido, a senhora sabe, o Mike? — fiz uma pausa.

— Mike?

— Isso mesmo. — Balancei a cabeça em assentimento. — A senhora viu Mike recentemente?

— Ele consertou o portão — anunciou.

— Isso foi há muitos meses — respondi. — Eu quero dizer esta semana, a senhora viu o Mike? Quando foi a última vez que a senhora viu o Mike?

Eu ficava tentando reforçar as palavras-chave.

— Eu vejo o Mike caminhando pela rua — disse ela.

— Que dia?

Ela apertou os olhos como se estivesse tentando enxergar a forma de Shiloh.

— Ontem? — arriscou.

— Não creio que tenha sido ontem — falei. A senhora consegue pensar em alguma outra coisa ocorrida no mesmo dia que pudesse torná-lo mais específico?

— O governador estava falando no rádio.

— A respeito de quê?

Ela abanou a cabeça.

— Ele estava falando no rádio. Ele soava zangado.

— Isso foi no mesmo dia em que a senhora viu o Mike caminhado?

— Foi. O Mike está caminhando pela rua. Ele parece zangado. Cara muito séria.

— Tudo bem — disse eu. — A senhora tem visto alguma coisa estranha ultimamente? Em especial em torno da nossa casa? — Eu sabia que podia estar abrindo uma caixa de Pandora, lembrando dos onipresentes "malandros", mas a Sra. Muzio balançou a cabeça. Se a memória dela andava um tanto confusa, pelo menos hoje ela não estava paranóica.

Por gentileza fiquei mais dez minutos, conversando, levando o assunto de volta para as atividades do bairro, na esperança de fazer surgir algo mais que pudesse ajudar, mas não me inteirei de mais nada. Levantei-me e coloquei a xícara vazia dentro da pia.

108 Jodi Compton

– Você já está indo embora?

– Quando o Mike voltar, nós viremos fazer uma visita – prometi.

Do lado de fora, o vento frio se intensificara, fazendo chocalhar os ramos cheios de folhas secas.

A Sra. Muzio achava que da última vez em que tinha visto Shiloh ele estava caminhando pela rua com cara de zangado. Segundo seu relato, nesse mesmo dia ela tinha ouvido o governador falando no rádio e soando "zangado". Todo mundo parecia estar zangado no mundo da Sra. Muzio. Eu imaginava se poderia ter fé nas observações dela.

Porém, por outro lado, quando Shiloh estava mergulhado em pensamentos, ele quase sempre tinha uma expressão defendida e introspectiva que algumas pessoas poderiam interpretar como raiva. Talvez a velha Sra. Muzio tivesse razão.

Ela disse que tinha visto Shiloh caminhando. Não correndo pela rua, não no carro de alguém. E isso se enquadrava em minha teoria de que ele tinha saído a pé para algum lugar nas vizinhanças e não voltara para casa.

Eu tinha feito minha entrevista mais difícil. Trabalhar do mais difícil para o mais fácil fazia sentido. Isso tornava Darryl Hawkins o próximo entrevistado. Conferi a hora em meu celular. Quase três da tarde; ainda era cedo demais. Ele e a mulher não voltariam para a casa do trabalho antes das cinco. Eu precisava de uma tarefa para preencher o intervalo.

Ainda me faltava um bom retrato de meu marido. Eu só tinha um, e acho que Shiloh nem sabia que eu o tinha.

Annelise Eliot jamais tinha acreditado que pudesse ser identificada e detida depois de mais de uma década de vida pacífica sob um nome falso. Quando Shiloh finalmente chegou a ela com um mandado de prisão, ela perdera o controle. Num impulso que deve ter refletido como num espelho o crime cometido 13 anos antes, ela agarrou uma espátula de abrir cartas na escrivaninha e tentou esfaqueá-lo. Ele tinha levantado a mão a tempo, mas havia levado um profundo corte na palma da mão.

A imprensa local não tinha sido avisada do ato de prisão, mas no dia seguinte os jornalistas estavam a postos para o indiciamento no tribunal em St. Paul.

O *Star Tribune* e o *Pioneer Press* tinham publicado praticamente a mesma foto: Shiloh entre um pequeno contingente de policiais uniformizados, levando Annelise Eliot para sua primeira audiência no tribunal, segurando o braço dela com uma mão cortês, porém controladora. A atadura na mão dele, resultado do corte infligido por ela, era claramente visível.

Aquela imagem constituía para mim a quintessência de Shiloh, e por essa razão eu a havia recortado. Mas não servia para ser mostrada a estranhos. Ele tinha desviado o rosto dos fotógrafos, e por isso aparecia de perfil.

Ao chegar a casa peguei o telefone e disquei um número que agora já sabia de cor.

Quando Deborah colocou Genevieve na linha, eu disse:

– Sou eu. Preciso lhe pedir um favor estranho.

Silêncio no outro lado.

– Você está aí? – perguntei.

– Estou.

– Na sua festa de Natal, Kamareia tinha uma câmara. – Quando senti dificuldade em dizer o nome Kamareia, percebi que durante toda a minha visita eu não o havia mencionado diretamente. – Ela estava fazendo um monte de fotos das pessoas, inclusive de Shiloh. Eu preciso ir à sua casa buscar uma dessas fotos.

Registrou-se mais um silêncio, mas dessa vez Genevieve o interrompeu sem precisar de estímulo.

– Tudo bem.

– Preciso saber onde essas fotos podem estar.

– Bem – disse Genevieve lentamente –, há uma caixa de sapatos que ela guarda na prateleira do armário dela. Eu vi ali um monte de fotos.

– Está certo, positivo. Mas sua casa está trancada, não está?

– Mmm, está, mas a família Evans, da casa em frente, está com minha chave sobressalente neste momento. – Ela pareceu pensar de novo. – Vou telefonar para eles e avisar que você vai passar lá.

– Muito obrigada, Gen – disse eu, depois perguntei: – Você falou com Shiloh ultimamente?

– Não – respondeu ele. – Já faz um longo tempo.

O tempo todo, no trabalho, nós pedíamos aos familiares fotos recentes das pessoas desaparecidas. Este talvez fosse o item mais decisivo numa busca.

Genevieve não estava fazendo a conexão. Ela não parecia achar nada estranho no fato de eu precisar entrar em sua casa desabitada e trancada para buscar uma foto recente de meu marido.

— A gente se vê em breve — disse eu, o que provavelmente não era verdade, e desliguei.

Capítulo 8

No dia em que a filha única de Genevieve morreu, nós duas havíamos passado um dia particularmente agradável no trabalho, um dia produtivo. Lembro-me de que nós duas estávamos de bom humor.

Naquela manhã eu dera a ela uma carona para o trabalho, já que seu carro estava na oficina, e também iria igualmente levá-la para casa. Uma vez que eu iria até lá, argumentara Genevieve, poderia perfeitamente ficar para jantar. E Shiloh, nós raciocinamos, poderia muito bem ir conosco. Shiloh tinha estado enterrado na análise dos indícios que na época ninguém havia acreditado que fossem a pista que levava a Annelise Eliot. Ele ficou relutante em parar e ir conosco, mas Genevieve e eu o vencemos pelo cansaço. Genevieve tinha sido particularmente sedutora em suas súplicas. Estava preocupada com ele e o imenso esforço que estava aplicando à tarefa.

Era fevereiro, um daqueles dias em que as Cidades estavam amortalhadas numa baixa camada de nuvens que produzem um dia mais quente que claro e iluminado. Mais cedo, havia caído neve, recobrindo as cristas dos montículos de neve manchados de fuligem que se enfileiravam pelas ruas, resultado das primeiras semanas de inverno.

Só no final de nosso dia de trabalho havíamos desperdiçado algum tempo: um boletim de criança desaparecida. Fomos de carro até um pequeno complexo de condomínios em Edina, para encontrar um rapaz cujo filho de seis anos não tinha voltado da escola para casa no grande ônibus amarelo.

O rapaz – "Podem me chamar de Tom" – era um caso relativamente raro, um pai divorciado que recebera a guarda do filho.

– Tem sido difícil – disse ele, nos recebendo em seu apartamento, em cuja sala de estar se viam caixas empilhadas.

– Você acabou de se mudar para cá? – perguntei, porém no mesmo instante senti que não eram caixas de mudança; eram todas do mesmo tamanho e formato.

– Que nada – respondeu. – Essas caixas são de centrífugas. Estou vendendo isso aqui em casa, e um suplemento dietético de saúde à base de ervas – disse ele. – Acabei de conseguir minhas credenciais de preparador físico, de modo que agora estou tentando formar uma clientela. As coisas têm andado bem movimentadas.

Aquilo fazia sentido. Tom tinha uma estrutura compacta, mas obviamente bem constituída, e seus olhos castanhos exibiam um olhar intenso, mas não pessoal, daquele jeito bem treinado de um vendedor.

Independente das circunstâncias externas de um desaparecimento, às vezes temos a sensação de que nada está seriamente errado, sensação esta que comecei a ter imediatamente após Genevieve e eu termos iniciado a entrevista.

Naturalmente a ex-mulher dele tinha sido de grande interesse para nós; o seqüestro cometido pelo cônjuge que não tem a guarda é muito mais comum do que o seqüestro cometido por estranhos.

– Que nada – respondeu Tom, abanando a cabeça, enfático. – Eu já falei com a Denise no trabalho. Ela ficou meio apavorada, mas eu disse a ela para ir agüentando firme, que eu já tinha chamado vocês. – Franziu a testa. – Ela não iria simplesmente chegar e levar o menino, podem crer. Ela mal consegue aceitar a idéia de passar tempo suficiente com Jordy, do jeito como estão as coisas – disse ele. – Ela arranjou um namorado novo e, além disso, é maluca por antiguidades. Metade das vezes em que eu vou buscar o Jordy nos sábados, ele passou o dia rodando por aí atrás dela em lojas, procurando abajures Tiffany e azulejos holandeses. Isso lá é jeito de alguém distrair uma criança de seis anos?

Não sabendo como responder àquilo, eu perguntei:

— E os outros parentes?

— O que é que têm eles? A senhora quer dizer, se eles levariam o Jordy? — Tom pareceu espantado. — Não consigo imaginar tal coisa. Minha família inteira está no Wisconsin, e a da Denise... — Interrompeu-se de súbito: — Ah, não!

Genevieve e eu nos entreolhamos. *Eureca.*

— O que houve? — estimulou-o ela.

— Ah, não — repetiu ele, depois ficou vermelho. Desconfiei de que o calor em seu rosto não fosse constrangimento, mas sim raiva. — Esperem aqui — pediu, levantando-se num salto e pegando o telefone.

Tom discou e falou com alguém desconhecido do outro lado. Em um minuto ficou evidente que a criança estava sã e salva.

— Ele está aí? Está mesmo? — insistiu Tom. — Eu vou buscá-lo.

Olhei para Genevieve e disse baixinho:

— O que você acha? A cunhada?

Ela abanou a cabeça.

— A sogra. Quase posso garantir.

Ficamos sabendo a maior parte da história em frases ouvidas de passagem... e cada vez mais virulentas.

— Bem, a senhora nem mesmo me avisou. Meu Deus, eu estava preocupado como... Não, eu não. Eu disse que não precisava que a senhora levasse o Jordy para cortar o cabelo. Não, eu não concordei, eu não... A senhora está torcendo o que eu disse só para... O cabelo dele não está... É como todos eles estão usando... A senhora não está escutando!

Depois de um momento, até a imperturbável Genevieve estava olhando para o outro lado da sala e esfregando a lateral do nariz com um dedo, do jeito como fazem as pessoas quando ficam envergonhadas de estar ouvindo uma conversa que não deveriam ouvir. Eu me levantei, na esperança de ilustrar para ele que Genevieve e eu precisávamos ir embora, agora que a situação obviamente tinha se resolvido sozinha.

— Olhe, eu preciso desligar — disse ele. — Eu vou buscá-lo. *Não, deixe que eu vou.* Basta ficar aí.

Ele desligou o telefone e caminhou em nossa direção, balançando a cabeça, aborrecido.

– É a mãe da Denise – revelou. – Não dá pra acreditar. Isto é, *dá* sim. Ela está furiosa porque eu fiquei com a guarda. Ela não consegue se conformar.

Tom preencheu as lacunas para nós: ele e a sogra recentemente tinham tido uma discussão sobre o penteado do pequeno Jordy. Desse debate, pelo visto, ela havia inferido erroneamente que tinha permissão para vir de Burnsville, onde morava, buscar o menino depois da escola e levá-lo ao barbeiro.

– Eu disse não a ela, sem rodeios, mas naturalmente ela diz que eu disse sim – explicou ele.

Reparei que Tom contou essa história a Genevieve e a mim, mas era interessante observar o comportamento dele. Ele havia começado dirigindo seus comentários a mim. Talvez porque eu fosse mais próxima a ele em idade, talvez porque eu fosse mais visivelmente uma freqüentadora regular de academias e, portanto, alguma espécie de espírito afim, talvez fosse apenas porque eu estava sem aliança. Mas como eu não o encorajei em sua manifestação de queixas, ele acertadamente começou a identificar Genevieve como o par de ouvidos mais solidário, provavelmente porque ela, pelo menos, estava meneando a cabeça nos momentos adequados. Gradualmente foi transferindo sua atenção e seu contato visual. E foi para Genevieve que contou a história pregressa: uma história de intromissão por parte da sogra, conselhos não solicitados, críticas disfarçadas à capacidade dele de criar um filho.

Finalmente, quando sua atenção parecia estar exclusivamente voltada para minha parceira, eu me esgueirei para fora de sua linha de visão e fiquei olhando pela janela para o estacionamento, onde um trio de crianças bem agasalhadas estava praticando lances livres num desses aros de cesta de basquete móveis com uma base pesada que podem ser comprados em lojas de artigos esportivos. Aqueles meninos com certeza iam aprender uma lição desagradável, pensei, quando começassem a jogar numa quadra com aros de cesta de altura regulamentar.

– Gen, nós realmente deveríamos ir embora – disse eu.

Mas Genevieve tinha um ponto fraco.

– Escute – disse ela gentilmente a Tom –, eu sei que você não gostaria de registrar nenhuma espécie de queixa, mas pode valer a pena minha parceira e eu termos uma conversa com sua sogra sobre o quanto é sério levar embora o filho alheio sem explícita permissão antecipada.

Pelas costas de Tom, fiquei fazendo caretas para Genevieve e abanando a cabeça. Ela me ignorou, mas felizmente sua oferta não foi acatada.

– Que nada – disse ele, balançando a cabeça. – Isso não vai ajudar. Ela vai insistir em dizer que eu dei permissão. Vai até dizer que especificou que seria hoje e que eu concordei. Mas obrigado pela oferta.

Fiquei aliviada, mas Tom ainda não tinha terminado o assunto conosco. Enquanto nos dirigíamos à saída, ele tentou vender a Genevieve uma centrífuga doméstica. Genevieve declinou, mas Tom lhe empurrou na mão um cartão com seu número de telefone.

– Para o caso de a senhora mudar de idéia.

Assim que Genevieve ligou o carro, eu cobrei:

– Que diabos você estava fazendo naquela hora, oferecendo a ele para a gente ir até Burnsville e ouvir o outro lado dessa complicação de família extremamente chata?

Genevieve não se deixou perturbar.

– Poderia ter sido interessante. Você não está nem um pouco curiosa para verificar se a avó era uma megera, conforme ele descreveu? E se descobríssemos que ela é generosa e que tem toda razão? – Acelerou um pouco para se misturar com o trânsito da estrada.

– Você quer dizer, como as pessoas *generosas e razoáveis* com as quais sempre lidamos neste trabalho? E mesmo que ela fosse assim, eu continuo achando que ir até Burnsville não teria sido a melhor utilização do tempo do condado.

– Teria sido policiamento proativo – disse Genevieve, adotando um jeito pedante. – Você prefere ter de ajeitar as coisas de novo, na próxima vez em que a vovó resolver tornar a pegar emprestado o Jordy sem pedir permissão?

Para isso eu não tinha resposta, e fizemos o resto da viagem caladas.

Mas quando estávamos de volta a nossas escrivaninhas na cidade, Genevieve perguntou:

— Do que você estava rindo lá na casa do Tom?

— Ah, eu não estava rindo; pensei que tivesse feito uma cara séria quando ele finalmente percebeu onde estava o filho.

Genevieve testou uma caneta que estava vazando num pedaço de papel de rascunho e então, insatisfeita com o resultado, tampou a caneta e jogou-a no lixo.

— Não foi nesse momento. Foi alguns minutos antes disso, quando nós estávamos na cozinha. Só de olhar, eu vi que você estava realmente se esforçando muito para não rir de alguma coisa. Eu precisei distrair o cara para que ele não percebesse.

Pensei um pouco.

— Ah, *aquilo* — falei. — Você não viu o cartãozinho no refrigerador?

— Que cartãozinho?

— Ele tinha um cartãozinho no refrigerador, daqueles suplementos de ervas de perda de peso, que dizia: "Eu perdi quase 30kg. Pergunte-me como!" — E comecei a rir ao lembrar aquilo. — Aquele cartãozinho tão otimista estava bem na minha linha de visão, e não consegui deixar de pensar no garoto.

Genevieve parecia não ter entendido.

— Isto é mais ou menos o que pesa uma criança de seis anos. *Eu perdi quase 30 quilos.*

Ao entender, Genevieve balançou a cabeça.

— Às vezes sua solidariedade é de chorar. Até onde eu sei, o filho dele poderia ter sido levado por um pedófilo e...

— Bobagem. Você sabia tão bem quanto eu, desde que entramos no apartamento, que o filho dele estava bem. Por alguns minutos desconfiei seriamente que a criança tinha se perdido entre todas aquelas embalagens de centrífugas na sala de estar.

Genevieve me lançou seu olhar de serenidade.

– Você só está irritada porque ele não gostou tanto de você que tentasse *lhe* vender uma centrífuga.

– E ainda bem que ele não tentou – retruquei. – E você sabe por quê? As pessoas têm o bom senso de não tentar essas merdas pra cima de mim. Que lance é esse do pessoal ficar vendendo coisas em casa?

– Puxa, legal, agora vai sobrar pra todo mundo.

– Ora, francamente, eles realmente acreditam nesses anúncios de capa de revista, sobre esquemas para ficar rico sem sair de casa. Mas para quem eles acabam tentando vender os bagulhos? Os vizinhos, a família. Quer dizer, isso é realmente talento pra vendas? O que acontece quando o vendedor esgota o círculo de amigos?

Genevieve olhou para mim.

– Isso levaria menos tempo para alguns de nós que para outros.

Levei um tempo para entender o que ela quis dizer. Então, me encolhi.

– Gen, você às vezes é tão má comigo que, juro, quase me dá uma sensação boa.

Ela não se desculpou.

– Só estou dizendo que o trabalho de vendas em casa dá a um pai solteiro como Tom mais tempo para ficar em casa com o filho – disse Genevieve, tolerante. – Além disso, é o sonho americano. Todo mundo quer ser seu próprio patrão.

– Eu não – discordei. – Estou feliz com meu destino na vida: trabalhar para você.

– Ah, cá pra nós, nessa parceria sou eu quem pega no pesado. Como lhe dar cobertura quando você está à beira de se descompor no meio de uma situação de entrevista na cozinha de alguém. – Ela se virou para o outro lado e começou a digitar, persistente.

Contudo, eu não estava disposta a parar de provocá-la.

– Genevieve?

– Sim? – respondeu, mas não se virou para olhar para mim. Pelo menos não de imediato. Mas num momento o silêncio a incomodou e ela girou a cadeira para me encarar: – O que foi?

– Eu perdi quase 30 quilos.

118   Jodi Compton

Genevieve tornou a me dar as costas, porém, tarde demais: seus ombros estavam sacudindo. Estava rindo. Eu a apanhara.

Muita gente teria franzido a testa, eu acho, mas com freqüência o humor dos policiais é mórbido. E isso não afeta o modo como fazemos o nosso trabalho.

— Você não perde por esperar — disse ela. Estava sorrindo, mas apontou para mim um dedo didático de advertência. — Espere até ter seus próprios filhos; aí você vai entender. Vai querer voltar a Edina e pedir desculpa de joelhos àquele homem.

Durante algum tempo trabalhamos caladas. Quando ouvi Gen abrir a gaveta da escrivaninha, sabia que por aquele dia havíamos terminado: ela estava pegando a bolsa.

— Você está perto de terminar? — perguntou. Nem sempre saíamos do trabalho na mesma hora, mas hoje eu ia dar carona a ela para casa.

— Sim — respondi, me remexendo e espreguiçando na cadeira.

Ela fechou a gaveta da escrivaninha.

— Já que você está me levando em casa, aceita ficar para jantar?

— Isso parece uma boa idéia — falei, observando-a ficar em pé e arrumar o cachecol vermelho-vivo atrás do pescoço, ajeitando sobre ele as mechas de seu cabelo curto e escuro. — Nos últimos tempos eu acabo comendo sozinha muitas vezes. Quase todo dia Shiloh fica trabalhando até mais tarde. — Levantei-me também.

— Isto não é bom. Quando o Vincent estava estudando para o exame da Ordem, ele era assim também. Às vezes eu tinha medo de que minha filha começasse a chamar de papai qualquer homem negro que encontrasse na rua — disse Genevieve, puxando a jaqueta por cima da estola vermelha. — De todo modo, vamos pegar o Shiloh no caminho.

— Ele não vai querer ir — avisei enquanto caminhávamos para o elevador. — Ele anda trabalhando no caso Eliot.

— Deixe que eu falo com ele — pediu Genevieve.

— Está certo. Surpreenda-me com suas habilidades de manipular o Shiloh. Não — segurei o braço dela. — Não vamos para a delegacia.

Genevieve olhou para mim, intrigada.

A 37ª hora 119

– Aposto cinco dólares com você como a esta hora ele está na biblioteca jurídica – falei.

E ele estava lá, sozinho e mergulhado no trabalho. Levantou os olhos para nós duas quando chegamos e paramos a seu lado.

– Olá – disse eu, pousando uma das mãos sobre a mesa.

– Olá – respondeu Shiloh. Tocou o dorso de meus dedos com os dele, num gesto que ninguém mais no recinto poderia ter visto, a não ser que estivesse com os olhos exatamente no nível da mesa. – Eu vou pra casa em mais uma hora e meia – prometeu em voz baixa. – Olá, Genevieve, como vão as coisas?

– Vão bem. Sarah e eu vamos levar você para St. Paul, para jantar lá em casa.

– Não posso – declarou ele, sem elaborar a questão.

– Já perdi cinco dólares para sua namorada, que apostou que você estaria aqui – disse Genevieve, embora meu comentário incidental não tivesse absolutamente sido uma aposta concreta. – Portanto, faça a coisa valer a pena.

Shiloh olhou para ela, depois, apanhando a carteira, tirou dali uma nota de cinco dólares, que colocou sobre a mesa.

– Pare com isso enquanto ainda não começou a perder – disse ele, voltando a olhar para o trabalho, seguro de que ela iria embora.

– Kamareia tem uma coisa para entregar a vocês dois – Genevieve insistiu.

– O que é? – perguntou ele.

– Uma foto, tirada na festa do Natal, de vocês dois.

– Ora, eu detestaria obrigar você a carregá-la para o trabalho. Sei o quanto pesa uma foto de Polaroid – disse Shiloh.

Genevieve ficou em silêncio.

– Isto é importante – disse Shiloh. – E você sabe que eu não posso trabalhar com este material durante o meu próprio expediente.

Genevieve agachou-se para falar, olhando para ele de baixo para cima.

– Você anda trabalhando demais, Shiloh. Precisa aprender a desacelerar.

120 Jodi Compton

Quando ele ainda não respondeu, ela disse:

– Nós estamos com saudade de você.

Ele passou os dedos entre os cabelos. Então, perguntou:

– Quem vai cozinhar, você ou a Kamareia?

– Kamareia. É sua noite de sorte, Shiloh – completou. Ela sabia que o havia ganhado.

Eram aproximadamente 6h30 quando estacionamos na entrada da garagem. No andar térreo, o interior da casa de Gen estava escuro, embora um pouco da claridade das lâmpadas do segundo andar estivesse se derramando escada abaixo, juntamente com o som de um rádio tocando.

Genevieve acendeu as luzes, iluminando a cozinha vazia e limpa.

– Que esquisito, ela me disse que ia começar a preparar o jantar aí pelas seis. – Olhou em direção à escada e ao som do rádio. – Pelo som, ela está em casa.

A perplexidade de Genevieve era compreensível: Kamareia era responsável e gostava genuinamente de cozinhar. – Tudo bem – tranqüilizei Genevieve. – Nós não estamos morrendo de fome. Sobreviveremos.

Genevieve estava olhando para o alto da escada.

– Deixa eu ver o que está acontecendo – disse ela.

Encostada no corrimão da escada, esperei Genevieve subir. Ouvi quando ela deu algumas batidas na porta do quarto da filha e não a encontrou no cômodo. Sua voz, enquanto ela percorria os outros quartos do andar de cima, foi assumindo um tom progressivamente questionador, mas não exatamente preocupado.

– Sarah. – A voz suave de Shiloh chamou minha atenção. Voltei-me para olhá-lo, e ele fez um gesto de cabeça em direção aos fundos da casa e à porta corrediça de vidro. A porta estava fechada, mas para além dela viam-se pegadas na neve recém-caída.

A casa de Genevieve compartilhava uma espécie de quintal aberto com os vizinhos do sul, a família Myer. Não havia cerca; portanto, dava para se ter uma visão direta dos fundos da casa deles. Embora eu não conseguisse ver o acesso da garagem, eram visíveis as sebes que cercavam a rampa. Sobre elas, pulsava um facho de luz vermelha num padrão familiar.

Kamareia, pensei, e soube que alguma coisa estava terrivelmente errada. Nunca me ocorreu que alguém da família Myer pudesse ter se machucado de alguma forma, e que Kam tivesse ido até lá para dar assistência e chamar o pronto-socorro.

Os Myer não estavam em casa. Como na casa de Genevieve, o térreo estava às escuras, e todo o ruído e a luz estavam vindo do alto das escadas. Subi os degraus de dois em dois. No patamar da escada, havia um pedaço de cano de uns 60 centímetros, coberto de sangue. Manchas de sangue no chão, pegadas impressas com sangue.

Ao contrário do restante da casa, o dormitório estava brilhantemente iluminado. A luz submergia os dois socorristas, o telefone todo emaranhado no chão e Kamareia, nua da cintura para baixo, as coxas e pernas cobertas de sangue. Havia muito sangue no chão. Era sangue demais. Pensei no pedaço de cano lá fora e entendi que ela tinha sido espancada com ele.

Recuei tão depressa que quase escorreguei no assoalho de tábua corrida e mergulhei de volta pela porta. Genevieve estava na metade da escada, com Shiloh atrás dela. Encontrei os olhos de Shiloh e balancei a cabeça rapidamente, uma vez só, *não*. Ele entendeu imediatamente o que eu queria dizer e segurou Genevieve por trás, obrigando-a a parar.

Voltei ao dormitório e me ajoelhei ao lado de Kamareia. Os olhos dela, quando pude suportar olhá-la no rosto, estavam abertos, mas não sei até que ponto ela me enxergava com clareza.

— Fique a distância, por favor. — A voz da socorrista era tão sincopada quanto permitia seu sotaque sulista.

— Sou amiga da família. A mãe dela está aqui — informei à profissional. — Se for possível, procure cobri-la um pouco.

Do lado de fora, ouvi Genevieve gritar para que Shiloh a soltasse. Ela tinha visto o pedaço de cano e as manchas de sangue.

— Talvez seja melhor você ir cuidar da mãe — sugeriu o outro socorrista, um homem jovem.

Evidentemente Shiloh estava tendo dificuldade em contê-la.

— Kamareia está ferida, não sei se é grave — disse eu, cortante, parada no alto da escada. — Ela pode ouvi-la. Se você quer ajudar, cale a boca e mantenha a calma.

122 Jodi Compton

Gen continuou tentando ver para além de mim, pela porta, mas parou de gritar com Shiloh. De todo modo, ele a manteve presa pelos ombros.

— Assim está melhor — falei. — Você precisa ser tão forte para ela, quanto seria para qualquer outra pessoa no trabalho.

— O que aconteceu com ela? — A voz de Genevieve era aguda, estranha aos meus ouvidos.

Foi nesse momento que eles trouxeram Kamareia para fora. Ela estava sob um cobertor, mas de todo modo seu rosto dizia tudo. Sob a máscara de oxigênio, o nariz e boca eram um triângulo de sangue colado e coagulado; obviamente ela tinha sido golpeada no rosto várias vezes. Seu sangue era visível nas roupas dos socorristas e formava listras brilhantes nas luvas de borracha clara que eles calçavam.

Genevieve conseguiu se livrar das mãos de Shiloh e tocou no rosto da filha, depois pôs a mão no próprio rosto como se estivesse a ponto de desmaiar. Shiloh puxou-a para trás e deixou que fosse abaixando lentamente até o chão.

— Você pode ficar e cuidar dela? — pedi a ele.

Shiloh tinha muito mais treinamento médico que eu por causa de seus dias em Montana, onde os policiais de cidade pequena faziam todo tipo de trabalho de emergência. Ele assentiu. Seus olhos não estavam postos sobre mim, mas sim sobre Kamareia, que estava sendo levada para longe de nós.

Do lado de fora, alcancei os paramédicos.

— Eu vou com vocês — declarei, abrupta. O rapaz já estava na parte de trás da ambulância com Kamareia; a mulher se preparava para fechar as portas.

Ela me lançou um olhar cortante. Sob o espetado cabelo louro-cinza e as sobrancelhas depiladas, seus olhos eram tão impassíveis e inabaláveis quanto os de qualquer médico. Ela estava inteiramente no comando ali, e ninguém gosta que lhe digam como fazer o próprio trabalho.

— Quer dizer, eu gostaria de ir com vocês — emendei. — A mãe dela não está em condições de ir com ela, mas Kam precisa da companhia de alguém. — Aproximei-me um pouco mais. — E se vocês ainda não

A 37ª hora 123

avisaram pelo rádio para mandarem uma unidade de medicina legal, deveriam avisar a caminho. Nós vamos precisar disso aqui.

Naquele instante ela entendeu que eu era policial.

— Vou avisar — prometeu. — Pode entrar.

Os Evans, os vizinhos que guardavam a chave de Genevieve, trabalhavam fora. No entanto, tive sorte: morava com eles uma filha universitária, e ela estava em casa quando cheguei à rua pacata, de casas altas e estreitas, em que Genevieve morava.

— Isto provavelmente levará uns quinze minutos, talvez vinte — avisei à filha dos Evans.

Achei que talvez precisasse procurar em torno, se a caixa de sapatos não estivesse no local que Genevieve havia sugerido ou se as fotos não estivessem na caixa de sapatos.

Fiquei parada por um momento na varanda da frente de Genevieve, pensando em fevereiro. Depois meti a chave na fechadura e abri o trinco inerte.

Do lado de dentro a casa tinha a espécie de serenidade limpa que nos cumprimenta ao chegarmos em casa depois de uma prolongada ausência. Gen tinha feito uma faxina antes de partir. Podiam-se ver as marcas do aspirador no carpete e algumas pegadas recentes, que deviam ser marcas da passagem da filha dos Evans, imaginei. No beiral da janela e nas prateleiras havia plantas ainda verdes e com folhas — alguém devia estar mantendo a rega.

O aposento parecia maior e mais vazio do que eu me recordava. Na última ocasião em que eu havia passado bastante tempo ali, havia no canto um farto e frondoso pinheiro enfeitado de luzes coloridas, uma alegre multidão, ligeiramente bêbada, de policiais e oficiais de livramento condicional — e Kamareia fotografando tudo.

No andar de cima, acendi as luzes do quarto que tinha sido dela. Eu nunca estivera, de fato, no interior da peça, mas era óbvio que estava exatamente como ela o havia mantido em vida.

O quarto estava decorado com cores claras: uma colcha rosa-pêssego sobre a cama dupla, uma escrivaninha de madeira clara. Era tudo típico de uma adolescente, com exceção do pôster de Tupac Shakur olhando ameaçador da parede.

Kamareia adorava poesia e, ao contrário de Shiloh, ela tinha dedicado atenção à sua estante de livros, organizando-a do mais antigo, *Os contos de Canterbury*, para o mais recente, uma coletânea de poemas de Rita Dove. Um dos livros, uma coletânea da obra de Maya Angelou, era para mim vagamente familiar. A imagem da capa era uma alegre colcha de retalhos colorida, e eu tinha uma nítida recordação isolada de ter visto o exemplar nas mãos de Shiloh.

Agachei-me e puxei o livro da prateleira baixa. A caligrafia de Shiloh estava no interior da capa. *Para Kamareia, artesã de palavras*, dizia a singela inscrição.

A mochila escolar de Kamareia estava no chão junto à escrivaninha, parecendo pronta para ser apanhada e levada para a escola. Não era o que eu buscava, mas me agachei sobre os calcanhares diante da mochila para ver seu conteúdo: um caderno espiral, um texto sobre cálculo, *Conversations with Amiri Baraka*.

Aparentemente, estas eram as coisas que ela tinha levado para casa da escola no dia em que morreu; o conteúdo intocado da mochila atestava a forma abrupta como Genevieve tinha fechado a porta daquele quarto.

Genevieve conhecia bem a filha. A caixa de sapatos estava na prateleira do alto, e em seu interior havia diversos envelopes da empresa que revelava as fotos. Todos eles tinham data; encontrei o que estava marcado 27 de dezembro.

Dentro do envelope havia um desfile de instantâneos, alguns de colegas e amigos meus, alguns de estranhos. Havia uma foto minha, na qual Shiloh aparecia com o braço passado em torno de meus ombros e uma expressão atipicamente indefesa.

Peguei a foto de nós dois e outra foto de Shiloh, parado ao lado de Genevieve junto a uma alegre e atarracada árvore de Natal. Era uma boa foto, bem iluminada. Via-se claramente o rosto dele e quase seu corpo inteiro; dava uma boa noção de sua altura.

Colocando de volta as fotos, devolvi a caixa à prateleira, onde Kamareia as havia mantido. Ou, conforme havia dito Genevieve, as *mantém*. Mantém.

Caramba, pensei.

Na saída, desci a escada de dois em dois degraus. Estava louca para ir embora dali.

Darryl Hawkins, sua mulher Virginia e a filha de 11 anos, Tamara, eram os acréscimos mais recentes a Northeast, o nosso bairro. Beirando os 40, Darryl, que trabalhava com entrega de encomendas e aparentava dez anos menos, já havia antes atravessado a rua uma vez para admirar o Nova. Ele era dono de um Mercury Cougar que estava consertando; havíamos ficado uns vinte minutos falando de carros.

A respeito dos novos vizinhos, Shiloh tinha observado outra coisa: o cachorro deles. Parecia um mestiço de labrador negro e rottweiler e vivia na corrente.

O portão lateral da família Hawkins era feito de tela dupla. Podíamos enxergar com facilidade até o quintal, e não importava a hora do dia ou da noite, o cachorro estava sempre lá, preso em sua corrente de três metros de comprimento. Davam-lhe água, comida levavam-no para dentro quando o tempo estava ruim. Mas eu nunca tinha visto ninguém levá-lo para passear, brincar ou fazer exercícios.

Aquilo me aborrecia, mas não tanto quanto a Shiloh.

– Bem, pelo menos ele não está batendo no maldito cachorro – assinalei. – E ele não bate na mulher, como o último cara que morou na casa.

– Não é assim que um animal deveria viver.

– Às vezes não dá para interferir no que as pessoas fazem.

Shiloh deixou o assunto morrer por algum tempo. Depois, numa tarde, eu o tinha visto sentado no beiral da janela terminando de comer uma maçã, observando alguma coisa do outro lado da rua. Segui seu olhar e vi Darryl Hawkins encerando o carro azul-escuro.

– Você está pensando de novo naquele cachorro, não está?

– Todo fim de semana ele passa horas cuidando do maldito carro; e o carro nem sequer está vivo.

– Deixa pra lá – recomendei.

Em vez de deixar para lá, Shiloh atirou o miolo da maçã nas sebes e passou as pernas para o lado de fora do beiral, saltando para o jardim.

Ele ficou uns quinze minutos do outro lado da rua. Nenhum deles dois elevou a voz, senão eu teria ouvido de onde me encontrava. Mas a postura de Darryl Hawkins não tardou a se enrijecer, e ele ficou parado muito perto de Shiloh, mas Shiloh não se moveu. Eu também vi a raiva na linha de suas costas. Quando voltou, seus olhos estavam sombrios.

Não perguntei o que eles disseram um ao outro, porém aquilo colocou um fim permanente nas relações calorosas entre as nossas duas casas. Virgínia evitava meu olhar quando passávamos uma pela outra no mercado.

Quando voltei de St. Paul, o Cougar azul estava na rampa da garagem.

Darryl atendeu à porta, ainda de uniforme da USPS.

— Como vai você? – perguntei.

— Vou bem – respondeu sem sorrir.

— Gostaria de pedir sua ajuda para uma coisa.

Ele não me convidou para entrar, mas abriu a porta de tela entre nós para ficarmos cara a cara.

— Sabe o meu marido Shiloh?

— Ahã – disse ele, quase uma risada, mas sem humor.

— Você o viu nestes últimos dias?

— Se eu o vi? O que quer dizer?

— Quero dizer que estou procurando por ele. Há quatro dias não o vejo nem tenho notícia dele, e até onde sei ninguém tem.

— Ele sumiu? Esta é novidade. Se fosse você que tivesse se alertado e largado ele, eu até poderia entender.

— Eu não vim aqui para ser adulada à custa de Shiloh – respondi neutra. – E ele não me largou, ele *desapareceu*. Estou tentando descobrir quando foi a última vez em que você o viu, se você viu alguma coisa esquisita acontecendo em nossa casa ou no bairro.

— Eu não vi nada nas vizinhanças, a não ser o de sempre. – Darryl se apoiou na esquadria da porta. – Seu marido? Eu vejo ele passar correndo o tempo todo. Já nem penso mais nisso, então não consigo me lembrar quando foi a última vez. – Deu de ombros. – Agora que você falou no assunto, já faz uma semana que eu não vejo ele correndo.

— Está bem. Você poderia perguntar à sua mulher e a Tamara se elas viram alguma coisa, e se tiverem visto, você poderia me avisar lá em casa?

— Claro, tudo bem. — Entrefechando a porta de tela, completou: — Não sabia que vocês dois eram casados.

— Nós nos casamos há dois meses.

— Ahã... olha, se eu me lembrar de alguma outra coisa, eu aviso você. De verdade.

— Eu agradeço muito — respondi.

As demais entrevistas com nossos vizinhos imediatos foram infrutíferas. Ninguém conseguia se lembrar de nada específico, a não ser que eles viam Shiloh correndo de vez em quando e que nos últimos dias ninguém o tinham visto correr.

Mostrei a fotografia a muitas pessoas: a outros vizinhos, em lojas perto de nossa casa, a crianças em bicicletas, a adultos que voltavam a pé do trabalho para casa.

— Ele parece conhecido —, diziam alguns, examinando a foto.

Mas ninguém conseguia se lembrar de tê-lo visto especificamente no sábado ou no domingo.

Ibrahim levantou a mão em saudação quando empurrei a porta de vaivém do mercado. Esperei que terminasse de atender um cliente antes de lhe dizer o que eu precisava.

Ibrahim abanou a cabeça, apertando os olhos.

— O Mike esteve aqui há poucos dias. Talvez mais que poucos.

— O inglês que falava era perfeito. Só o sotaque denunciava sua cidade da infância, Alexandria.

— E isso foi antes do domingo passado? — perguntei.

Ele passou a mão pela calva, pensativo.

— Procure se lembrar de alguma outra ocorrência do mesmo dia que sirva de referência — sugeri.

O reconhecimento brilhou em seus olhos.

— Naquele dia a entrega de combustível atrasou. Então foi no sábado.

— O Shiloh veio aqui antes ou depois da entrega?

— Ah, veio antes. Talvez meio-dia, uma da tarde. Agora estou me lembrando: ele comprou dois sanduíches, uma maçã e uma garrafa de água mineral.

— Ele disse alguma coisa que chamasse sua atenção?

Ibrahim negou com a cabeça.

– Ele me perguntou como eu estava, eu perguntei como ele estava, e isso foi tudo.

– Quando você perguntou como ele estava, o que ele respondeu?

Ibrahim franziu a testa.

– Desculpe, mas não me lembro.

– Isso quer dizer que ele disse que estava bem, obrigado – declarei, azeda.

Ibrahim sorriu.

– Você é uma mulher astuta, Sarah.

– Ultimamente, até que não – respondi.

Quando entrei em casa, a secretária eletrônica piscava sinalizando mensagem. Só uma.

– *Sarah, Ainsley Carter pediu para você telefonar quando tiver uma chance* – disse a voz gravada de Vang. – *Ela me deu um número do estado, parece que voltou a Bemidji...*

Peguei uma caneta e anotei, veloz, o número que ele ditou.

Ainsley atendeu ao telefone no quarto toque.

– Oi, alô detetive Pribek, obrigada por ter ligado – foi logo dizendo.

– Como está a Ellie? – perguntei.

– Muito melhor, ao que tudo indica – respondeu, e dava para ver pela leveza da voz que ela não estava apenas querendo dar um tom positivo às coisas. Seu tom soava genuinamente aliviado. – Os médicos da unidade de crise deixaram que ela voltasse para casa conosco ontem. O Joe e eu dissemos que vamos deixá-la morar conosco, e a avaliação psiquiátrica sugeriu que ela vai ficar bem sob a supervisão da família. E estamos procurando um terapeuta aqui na cidade para ela.

– Isso é ótimo! Você está precisando de alguma coisa de mim?

– Não, de nada – respondeu imediatamente. – Eu só queria dizer muito obrigada. O que a senhora fez naquele dia... eu estava abalada demais para perceber naquele momento, mas o que a senhora fez foi extraordinário.

Meu salto dentro do rio, a pequena notoriedade que causou no departamento, meu constrangimento... estes pareciam acontecimentos de um ano atrás.

A 37ª hora **129**

– Eu fico feliz de que a Ellie já esteja melhorando.

– Ela agora está no caminho dela – disse Ainsley. – Eu realmente acho que está. Detetive Pribek?

– Estou aqui.

– Quando tentei falar com a senhora no telefone do trabalho, seu parceiro me disse que a senhora estava em licença, e depois ele não quis dizer o motivo.

– É verdade, eu estou em licença.

– Não foi por causa da Ellie, foi?

– É claro que não – disse eu. – Por que seria...

– O que a senhora fez foi tão radical que achei que talvez tivesse violado alguma norma e eles tivessem colocado a senhora em licença administrativa por causa disso. – Ainsley deu uma risadinha. – Pelo menos, era isso que eu temia.

– Não, não é nada assim. É uma licença pessoal, não administrativa.

– Ah, ainda bem. Pois é, gostei muito de falar com a senhora. É só que eu achei que deveria saber o que aconteceu com a Ellie, depois de tudo o que fez por ela. Sabe como é, para dar uma sensação de encerramento.

– Muito obrigada – agradeci. Era verdade: no trabalho, você lida com muitos indivíduos que não são criminosos, são apenas pessoas com problemas, submetidas a pressões que não conseguem suportar. Muitos você indica às unidades de crise para observação, encaminha para telefones de emergência de violência doméstica e serviços de orientação de vítimas de agressão sexual, e daí nunca mais fica sabendo o que aconteceu depois. – Muitas vezes eu não tenho isso, você sabe, encerramento.

Depois de desligar, tentei deixar as boas notícias sobre Ellie me levantarem o ânimo. Não senti nada e em vez disso acabei apelando para a televisão, pensando no noticiário da noite. Liguei a televisão no meio de uma matéria que me lembrava vagamente de ter ouvido no rádio pela manhã.

Na manhã de domingo, a polícia rodoviária tinha sido chamada para investigar o acidente de uma picape que se chocou com uma árvore nos arredores de Blue Earth, resultado aparente de uma colisão de um só veículo sem testemunhos. O proprietário, um homem na casa dos 60 anos, não foi encontrado em parte alguma e agora a teoria era de que ele teria escapado do acidente e saído desorientado, vagando pela zona rural. A história realmente não merecia o tempo que a emissora lhe dedicou, tendo acontecido tão fora das Cidades, mas os flagrantes visuais eram atraentes: um helicóptero da polícia estadual circulando sobre as árvores delgadas do outono, um cão farejador indócil na guia. A emissora mostrou cenas anteriores da camionete sendo rebocada. Os danos causados à frente do automóvel eram brutais, porém quanto ao resto o veículo parecia sólido, poderoso e bem cuidado, com a pintura preta ainda lustrosa onde não tinha sido amassada pela colisão.

A emissora cortou para o noticiário internacional e o telefone soou estridente na cozinha.

— Quem está falando é Sarah Shiloh? — perguntou uma voz masculina que não reconheci, usando um nome ao qual eu quase ainda não me havia habituado como meu.

— Ela mesma.

— Aqui está falando Frank Rossella, do departamento de medicina legal. Desculpe por não ter entrado em contato durante o expediente.

— Do que se trata?

— Temos um morto não-identificado. Acho que deveria dar uma olhada.

Na saída para buscar o carro, me voltou à memória o pequeno discurso que fizera para Ainsley Carter: *Muitas vezes você não tem um encerramento.*

Enquanto eu escorregava para trás do volante, pronta para me dirigir ao edifício do legista, uma voz em minha mente ficava repetindo: *Aí está o encerramento que você queria, Sarah, aqui está seu encerramento, aqui está seu encerramento...*

Afoguei a voz com o ruído do motor do Nova.

Capítulo 9

Mesmo quando não estão especificamente designados para Homicídios, a maioria dos policiais tem mais oportunidade de comparecer ao Instituto Médico Legal do que gostaria. Por vezes eu ia lá sozinha, com uma fotografia na mão. De outras, levava o parente de uma pessoa desaparecida, para ajudar no processo de identificação.

Mas já fazia um tempo que eu não ia, e assim não tinha sido apresentada ao legista-adjunto Frank Rossella, que era novo no setor. Seu sotaque sugeria um nativo de Boston ou Nova York.

Ele tinha cerca de 1,70m de altura, uns trinta anos de idade e usava os cabelos castanhos em topete armado e baixo. Para um homem baixo, ele caminhava bem depressa. Precisei apertar o passo para poder acompanhá-lo enquanto caminhávamos por um corredor em que se alinhavam portas de aço inoxidável, morada temporária dos mortos.

Parei na soleira da porta da sala de autópsias. As mesas estavam vazias, mas perto de uma delas estava uma maca alta sobre a qual havia um cadáver. O corpo estava exposto dos pés até o queixo, com a cabeça envolta em ataduras. Isto era o oposto dos procedimentos de muitas rotinas de identificação, na qual o corpo, quando os membros da família vinham vê-lo, estava graciosamente enrolado em bandagens, exceto pelo rosto e a cabeça.

132 Jodi Compton

Rossella viu para onde eu estava olhando.

— Este homem levou um tiro na cara — explicou. — Na verdade, não há traços fisionômicos com que trabalhar. Se não fosse isso eu lhe pediria para identificá-lo usando uma foto do rosto. Provavelmente a senhora sabe que nós fazemos isso sempre que possível. Mas aqui não vai funcionar, e a ficha odontológica também não vai ser de muita utilidade.

— Impressões digitais? — perguntei. Estava tendo certa dificuldade em expressar uma frase inteira.

— Também não se aproveitam. Baixa qualidade. Encontramos o cara no matagal rasteiro perto do rio, a uma boa distância da cidade. Ele ficou ao relento por um tempo, não sabemos quanto. Morreu há uns dois dias, foi o máximo que conseguimos determinar.

Rossella olhou para mim, esperando. Aproximei-me da maca. Havia no corpo um cheiro familiar que a mim pareceu o cheiro do Mississipi.

Ainda posso sentir o cheiro do rio em seu cabelo, ouvi Shiloh dizer.

— Sra. Shiloh?

Não percebi que eu tinha fechado os olhos até ouvir Rossella chamar meu nome e então os abri.

— Desculpe — disse eu.

Você está trabalhando neste momento, disse uma voz em minha cabeça, não a voz de Shiloh , mas a minha própria. *Faça seu trabalho. Olhe para ele.*

Apesar de ter acompanhado sobreviventes de vítimas de assassinato durante aquele procedimento, descobri que não sabia o que fazer. Eu me sentia como se estivesse fazendo um exame importante e não tivesse estudado nada.

— Lamento, mas sem os traços fisionômicos, eu não sei o que estou procurando — expliquei em voz calma. — Quer dizer, não estou segura de poder excluir alguma coisa com certeza.

O cadáver tinha mais ou menos a altura de Shiloh, mas o peso era difícil de determinar. Indubitavelmente era um homem branco, mas não me parecia que em vida havia sido corpulento.

A 37ª hora 133

— Qual é a altura dele?

— Cerca de 1,80m de comprimento.

— De comprimento? — perguntei com desagrado, antes de poder me controlar.

— De altura — disse Rossella.

— Shiloh tinha 1,90m.

— Por vezes as medições feitas depois da morte são imprecisas — esclareceu ele. — Quando a rigidez cadavérica se instala, os membros normalmente não ficam estendidos. Isso dificulta tomar medidas. — Fez uma pausa. — Na verdade, precisei quebrar alguns dedos para tirar as impressões digitais.

— O quê? — estranhei. Ainda que eu não quisesse, meu olhar imediatamente foi para as mãos, procurando dedos curvados e tortos. Eu já tinha ouvido pessoas estalando os nós dos dedos, e isso já era bastante alto. Seria muito mais alto, eu me perguntava, o som de ossos se quebrando?

Ergui os olhos e apanhei Rossella olhando para mim.

— Isso acontece — disse ele, encontrando calmamente meu olhar.

— Pensei que já tivesse ouvido falar.

— Não — respondi, tentando recuperar meu equilíbrio mental. Novamente olhei para as mãos. Ambas estavam nuas. — Ele não tem aliança de casamento — observei.

— Pode ter sido tirada, se tiver sido um assalto — arriscou Rossella. Cheguei mais perto da mão direita. — O que foi? — perguntou Rossella.

O braço direito estava rígido, naturalmente, e resistiu à minha tentativa de virá-lo. Acabei desistindo e optando por me agachar e levantar um pouquinho a mão do morto para poder vê-la com clareza. Quando vi a palma, dei um suspiro profundo, aliviada.

— Não é ele — afirmei.

— Vê alguma coisa?

— Shiloh tinha uma cicatriz na palma da mão — disse eu, apontando. — Esse homem não tem cicatriz.

— Entendi.

Puxou o lençol para baixo, cobrindo o cadáver.

— Obrigado por ter vindo, Sra. Shiloh. Não sei dizer o quanto lamento ter feito a senhora passar por isso.

Então, deu um sorriso.

A caminho do elevador senti meus joelhos tremerem, só um pouquinho.

Quando cheguei a minha casa, havia um carro desconhecido estacionado diante dela, um sedã escuro de último tipo. Parado à porta estava um homem, a silhueta delineada pelo brilho do holofote sensível a movimento que sua aproximação tinha ligado.

Freei o carro abruptamente, na metade da rampa, e saltei.

O homem se voltou e desceu para a calçada, os traços do rosto se revelando a mim. Era o tenente Radich, detetive supervisor da força-tarefa interinstitucional de combate a drogas.

– Tenente Radich? O que houve? – perguntei. Fechei com estrondo a porta do carro e atravessei correndo o gramado, sem dar a volta pela calçada dianteira, como normalmente fazia.

Devo ter falado com mais energia do que percebi, porque ele abanou a cabeça e levantou a sacola branca em sua mão como uma bandeira de rendição.

– É só uma visita – esclareceu. – Fiquei no trabalho até mais tarde e quando fui comprar alguma coisa para comer, pensei que você talvez estivesse com fome.

Quando eu havia comido pela última vez? Eu tinha feito café ao acordar pela manhã. Na delegacia, mais café. Não me lembrava de nenhuma refeição.

– Estou, sim. Vamos entrar.

Eu tinha conhecido Shiloh durante o tempo em que trabalhava como agente infiltrado no combate às drogas, e naquela época Radich era seu tenente. Mas eu o conheci melhor em ocasionais partidas de basquete. Ele não jogava com a mesma freqüência que Shiloh ou eu, mas era muito competitivo. Aos 50 anos, tinha um rosto perpetuamente cansado e um tom mediterrâneo na pele; nos cabelos negros, uma mecha branca.

– Recebi seu recado – anunciou quando acendi as luzes da sala de estar e da cozinha. – Deixei uma mensagem em seu correio de voz no trabalho, mas acho que em vez disso deveria ter procurado você aqui. Eu não tenho visto o Mike. Não falo com ele há umas três semanas.

– Eu devia ter adivinhado – falei.

– Eu lamento – disse Radich.

– Aceita uma cerveja?

– Sim, obrigado.

Apanhei uma das duas garrafas de Heineken guardadas na porta do refrigerador e abri-a. No armário, peguei um copo para Radich.

– Não é preciso – declinou. Pegou a garrafa gelada de minha mão e tomou dois goles grandes. O prazer se registrou em seu rosto cansado, e eu fiquei subitamente feliz pela presença de uma cerveja hospitaleira na cozinha de duas pessoas que já não bebiam.

– Foi um longo dia? – perguntei.

– Imagino que menos longo que o seu. – Pousou a garrafa na mesa da cozinha e começou a abrir a sacola da delicatessen. – Sente-se e coma.

Ele tinha trazido dois sanduíches e uma embalagem de salada de batatas com maionese. Peguei pratos e talheres e servi um copo de leite para mim. Cansada como eu estava, tinha medo de minhas mãos começarem a tremer se eu tomasse uma Coca-Cola àquela hora.

Comemos quase em silêncio. Quando apanhei o sanduíche que ele me trouxera, vi que estava quente e que o queijo se derretia nas bordas. Radich me trouxera uma refeição quente. Minhas mãos tremiam, e pela primeira vez entendi por que as pessoas religiosas dão graças antes de comer.

Radich provavelmente não estava tão esfaimado, mas se dedicou tão silenciosamente quanto eu à tarefa de comer. Eu estava acabando o sanduíche quando ele falou.

– O que você já apurou? – perguntou, olhando com firmeza para mim por cima da cerveja.

– Praticamente nada – disse-lhe. – Não sei por onde ele anda, não sei por que está lá. Não sei de ninguém que saiba de alguma coisa. Se Shiloh não fosse meu marido e eu fosse a investigadora do caso, eu estaria pressionando a mim, me entrevistando e tornando a entrevistar. Porque eu sou a pessoa que vivia com ele, sou quem mais o conhecia e... e...

Algo estranho aconteceu então. Acabei de ouvir minha voz dizendo *quem mais o conhecia*, e de repente o resto da frase me fugiu. Fiquei sem saber o que dizer em seguida.

Radich colocou a mão em meu ombro.

— Eu estou bem — garanti. Tomei um gole de leite. — E parece que ninguém mais sabe de coisa alguma. — Fiquei aliviada de finalmente ter lembrado o que tencionava dizer.

— Inimigos? — perguntou o tenente.

Dei de ombros.

— Bem, todo policial tem de se preocupar um pouco com represália. Mas nós dois somos cuidadosos. Nosso telefone não está na lista e nosso endereço não foi publicado. Shiloh só dá aos informantes dele o número do celular.

Radich assentiu devagar, pensativo.

— O que você fez até agora?

— Menos do que eu esperava ter feito em um dia. Estou reconstituindo o rastro deixado por documentos. Entrevistando os vizinhos. E — até dizer aquilo me desagradava — acabo de chegar do necrotério.

Do outro lado da parede da cozinha, um ruído como um trovão subterrâneo ribombou, uma reverberação ininterrupta. Radich levantou a cabeça.

— Que diabos é isto?

— Um trem — expliquei. — Lá no depósito de trens da ferrovia estão juntando os carros de um trem de carga. Quando eles prendem um carro no outro, a gente ouve o impacto percorrer o trem inteiro. Como as vértebras da coluna.

— Você consegue se acostumar com isso?

— Não acontece com tanta freqüência assim. Mas os trens passam bem aqui junto de nosso quintal diversas vezes por dia. Mais do que diversas. Eu me acostumei, e o Shiloh até gosta, pelo que me disse.

— Você esteve no necrotério examinando um cadáver não-identificado? — perguntou, voltando ao assunto em pauta.

— Estive, mas não era ele.

Radich tomou o resto da cerveja antes de falar novamente.

A 37ª hora 137

– Por que chamaram você? Não conseguiram identificar pelas digitais?

– Acho que não. Esse legista-adjunto disse que as impressões digitais estavam – parei para recuperar a palavra exata de minha memória. – Ele disse alguma coisa sobre as impressões digitais não estarem em condições de uso.

– Por que não?

– Eu... eu não sei.

Na ocasião tinha parecido razoável. Eu não tinha questionado Rossella, imagino, porque estava com tanto medo de que fosse Shiloh, de que fosse o fim, que não tinha conseguido raciocinar direito.

– Ele disse alguma coisa sobre exposição ou sobre o corpo ter ficado ao relento.

Radich sacudiu a cabeça, devagar.

– Eu sei que Medicina Legal não é seu ramo, tampouco é o meu, mas sei com certeza que eles quase sempre conseguem obter as digitais. Às vezes, em condições muito quentes e secas, a pele fica impossível de imprimir; já ouvi falar disso.

– Bem, mas não foi exatamente o caso aqui – disse eu lentamente, vendo de novo a mão direita quando a examinei em busca da cicatriz deixada nela por Annelise Eliot.

– Deve ter sido terrível para você a obrigação de ir até lá para nada – disse Radich, descartando o assunto. Começou a recolher os restos da refeição na sacola da lanchonete.

– Pode deixar que eu arrumo – disse eu dispensando-o com um aceno. – Realmente gostei muito do jantar.

Radich ficou de pé.

– Sei que você tem meu número no trabalho – começou, tirando uma caneta da jaqueta –, mas acho que não tem meu número de casa. – Olhou em torno da mesa, avistou o papel rosa-pêssego do cardápio da delicatessen e escreveu na margem do panfleto. Quando o devolveu a mim, havia dois números escritos. – Os números de casa e do celular. Se você precisar de alguma coisa, de alguma ajuda... ou de mais comida – torceu ligeiramente o canto da boca não exatamente sorrindo, como se preocupado de que até um pequeno gracejo fosse inconveniente, em vista das circunstâncias –, pode me chamar.

– Muito obrigada, mas muito obrigada mesmo. – Eu não sabia que mais dizer.

– Firme aí, garota.

– Estou tentando.

– Todos nós estamos com você.

Seus olhos negros estavam cálidos de compaixão. Radich tinha tempo suficiente como policial para não dar a entender que tudo ficaria bem.

Capítulo 10

Na manhã seguinte, passei no trabalho. Vang já estava por lá.
— Algum novidade, Pribek?
Neguei meneando a cabeça.
— Nada. Isso está me deixando meio doida. Ninguém sabe de nada. Ninguém o viu.

Era verdade. Eu tinha reunido os faxes da Qwest e do banco, que estava examinando. Havia telefonado para o único número que eu não tinha identificado de imediato na conta e descobrira que era do escritório do promotor de San Diego. O principal advogado de acusação do caso Eliot, Coverdell, me explicara que Shiloh tinha respondido a algumas perguntas sobre a investigação.

— Qual foi a última vez em que falou com ele? — perguntara eu a Coverdell.

— Há apenas uma semana. Não me recordo o dia — havia respondido o advogado.

Vang levantou o fone, discou um número e ficou ouvindo com o fone preso entre o pescoço e o ombro. Não disse nada, só escreveu num bloco. Conferindo seus recados.

Quando desligou, disse:
— Prewitt quer falar com você.
— É mesmo? — levantei o olhar escrutinando o rosto dele, em busca de implicações. Prewitt era nosso tenente. — Ele disse o motivo?

140 Jodi Compton

– É sobre seu marido, imagino. O que ele falou foi: "quando encontrar com ela, diga-lhe que venha me ver". Não pareceu urgente, mas se eu fosse você, iria procurá-lo agora, enquanto ele está por aqui. – Fez uma pausa. – A propósito, o Bonney apareceu.

Devo ter feito cara de quem não entendeu, pois Vang completou:

– O delinqüente sexual de Wayzata, lembra? O que houve foi que ele tinha trocado de turno com um colega que precisou tirar um dia de folga na semana, de modo que sua ausência do trabalho foi totalmente inocente.

– É mesmo? – disse eu, sem interesse.

– Também admitiu que atropelou e enterrou o cachorro. Chorou quando nos contou a respeito... ãhn... você quer ser deixada em paz, não é?

– Desculpe – disse eu, olhando para ele. As mensagens de fax tinham recapturado minha atenção. – No momento eu estou meio distraída.

Vang balançou a cabeça.

– Bem, preciso ir embora. Vou ter reunião da força-tarefa de crianças desaparecidas.

– Ah, tem razão. Se eu não estivesse em licença, também iria, assim como Genevieve.

Mas a voz de Vang me dizia que ele não tinha acabado, e tornei a tirar a vista da papelada e olhar para ele.

– O que foi?

– O Prewitt entrou em contato com o Instituto Médico Legal. Contou a eles a situação. Você talvez receba um telefonema, se tiverem algum cadáver não-identificado no necrotério.

– Eu já recebi.

– Já? Essa foi rápida. Eu devia ter ligado para você ontem à noite para avisá-la.

– Não se preocupe com isso.

Mas era tarde demais. Eu já havia conseguido tirar o Rossella de meus pensamentos, mas de repente ele voltou a ser uma figura da minha paisagem mental. Pensei no jeito dele de me chamar *Sra. Shiloh*, e não *detetive Pribek*, no necrotério, e em seu sorriso secreto depois de agradecer meu comparecimento.

Os sargentos aos quais eu estivera subordinada em minha carreira em geral precisavam tirar os objetos – pastas suspensas de cartolina parda, documentos – da cadeira de visitas antes que alguém pudesse se sentar.

O tenente Prewitt tinha um escritório de verdade, embora pequeno, e sua cadeira de visitas estava vazia. Ele dava audiência com regularidade. Era a ele que Genevieve apresentava relatórios; agora, em sua ausência, eu o fazia. Mas, na verdade, não tivera oportunidade, nem necessidade, de conversar com ele desde que assumira as responsabilidades dela.

– O senhor queria falar comigo? – perguntei, parada diante da porta aberta.

Prewitt levantou a vista do trabalho. Tinha uma aparência jovem aos 55 anos, a cabeleira ainda espessa. Seus cabelos agora eram sal e páprica, em lugar do ruivo-cenoura que eu tinha visto em fotos de seus dias em uniforme.

– Por favor, entre e sente-se.

Fiz o que ele pediu.

– Eu li seu relatório. Conte-me o que está acontecendo.

Corri os dedos entre os cabelos, gesto que eu achava já ter superado, e resumi.

– Shiloh devia sair para Quantico no vôo de domingo às 2h30 da tarde. Não tomou o avião. As coisas dele ainda estão em casa. Não telefonou, não deixou nenhum bilhete. Eu investiguei as fontes habituais... hospitais, a polícia rodoviária... e não achei o menor sinal de acidente.

Prewitt acenou com a cabeça.

– Você conversou com os amigos dele?

– Falei recentemente com Genevieve... que dizer, com a detetive Brown... e tenho certeza de que ela não falou com ele. E Shiloh era bastante próximo do tenente Radich, mas ele também não sabe de nada.

– Estas são as únicas pessoas a quem você perguntou?

– Quer dizer, não. Falei com o agente do FBI com quem ele trabalhou no caso Eliot e com os vizinhos, naturalmente. – Agora, pensando bem, não parecia muita gente. Mastiguei um trecho de pele ressecada em meu lábio inferior. – Shiloh não era...

142 Jodi Compton

– Ele não era o que você chamaria de muito sociável, não é verdade, detetive Pribek?

– É, senhor.

– Família?

– Shiloh e eles na verdade não se falavam.

Prewitt levantou as sobrancelhas e balançou a cabeça de si para consigo. Eu não dissera nada que não fosse verdade, mas fiquei irritada comigo mesma, como se estivesse expondo os recantos mais sujos da vida de Shiloh diante de Prewitt, que nem sequer era seu superior. Shiloh era policial do DP de Minneapolis, e não do condado de Hennepin.

– Como era a relação de vocês?

– Era boa.

– Shiloh bebia?

Não importa a altura do escalão, policiais são sempre indelicados.

– Ele não bebe.

Prewitt suspirou, como um médico que não conseguisse encontrar nenhum problema no paciente diante de si e tivesse mais seis na sala de espera.

– Então, o que vamos fazer a respeito de você.

Disse a frase sem entonação, de forma alguma como se fosse uma pergunta.

– Eu vou continuar investigando – falei.

– Existe aí um conflito de interesse. Achei que estivéssemos lhe concedendo uma licença pessoal.

– E estão. E sei que há um conflito – admiti. – Mas não é do tipo que se vê normalmente. Não é como se eu investigasse um caso cujo suspeito é uma pessoa de minha família ou como se fosse enviada para prender alguém que cometeu um crime contra alguém de quem sou próxima. – Fiz uma pausa para organizar os pensamentos. Não estava habituada a falar de forma tão direta com meus superiores. – Shiloh está desaparecido. Eu não posso me limitar a deixar que outros procurem por ele.

Prewitt assentiu e tamborilou na mesa com a caneta. Olhou de novo para mim.

— Pode crer, detetive Pribek, não sou insensível à sua... à sua situação.

Fiquei imaginando quais seriam as palavras, ou palavra, em que ele havia tropeçado.

— Mas se quiser se envolver extra-oficialmente, terá que ser só isso: extra-oficialmente. — Bateu outra vez com a caneta numa pasta de papelão. — Não sou ingênuo. Sei que seu distintivo pode ajudá-la na busca de respostas. Não posso esperar que não tire vantagem da posição que tem neste departamento. Por isso, em licença pessoal ou não, você precisa se considerar uma representante da delegacia do condado. Seu comportamento tem que refletir isso.

— Eu entendo — falei.

— Mais uma coisa... não tenho certeza de quanto apoio nós podemos lhe oferecer.

Eu não sabia o que dizer, e felizmente Prewitt prosseguiu.

— Shiloh morava... mora... em Minneapolis — disse Prewitt. — O caso deve ser investigado pela Polícia Metropolitana de Minneapolis. Em geral, não nos envolvemos em casos como este, do desaparecimento isolado de um indivíduo adulto do sexo masculino, quando é na jurisdição deles. — Não elaborou a questão. — Além disso, infelizmente neste momento estamos desfalcados de duas pessoas em nossa divisão de investigações. Você e Brown.

— Eu sei.

— Gostaríamos de lhe oferecer mais ajuda, mas à luz desses fatos, realmente não podemos.

— Eu sei — repeti.

— É claro que o comunicado de desaparecimento dele foi divulgado. Todo mundo sabe que ele é um dos nossos. Tenha certeza de que há uma preocupação maior que a habitual. — Fez uma pausa. — Ele realmente não tinha carro?

— Ele sempre teve. Tinha acabado de vender o carro; vendeu na semana passada.

— Entendi.

Ouvi em sua voz que estava me despachando e sabia que ali eu deveria me levantar, mas havia outra coisa que eu queria dizer.

Prewitt deve ter percebido no meu rosto.

144 Jodi Compton

— O que foi, detetive Pribek?

— É algo que... — estava tentando pisar com cautela — ... uma coisa que eu traria ao seu conhecimento se tivesse acontecido em nosso departamento. Se fosse questão interna. Mas como não é, não tenho certeza se deveria prosseguir.

As sobrancelhas dele se ergueram ligeiramente.

— Isso realmente não diz muita coisa. — Suas palavras eram um tanto irônicas, mas nelas também havia curiosidade. Eu já havia falado demais para me retratar; agora teria de ir em frente.

— Ontem à noite estive no necrotério. O legista-adjunto me convocou. Ele queria que eu fizesse uma identificação visual de um cadáver que ele pensou ser o de Shiloh. Não era.

— Eu lamento o contratempo — disse Prewitt —, mas acontece.

— Talvez — respondi. — Mas Shiloh tinha uma cicatriz na palma da mão direita. Era parte da descrição do relatório de pessoa desaparecida. Evidentemente isso não foi conferido. Fico me perguntando se deveria ir lá e tratar do assunto com alguém. — O *lá* era o Instituto Medico Legal. Vi que Prewitt entendeu, mas seu rosto dizia que não concordava.

— Para mim isso parece mera negligência. É uma pena você ter tido de passar por isso, mas equívocos acontecem.

Fiquei sentada em silêncio, mais uma vez perdendo a deixa de me levantar e sair. Eu queria dizer a ele uma coisa que só recentemente me havia passado pela mente: Rossella havia declarado que lamentava por eu ter tido de comparecer, mas eu agora tinha a impressão oposta, a de que ele estava secretamente satisfeito. Mas eu não podia dizer isso a Prewitt. Sentimentos não passam disso; eu não podia esperar que alguém mais fosse usá-los como base para agir.

— Há mais alguma coisa que não esteja dizendo? — perguntou ele.

Toquei na aliança de cobre em meu dedo.

— Ele disse que tinha quebrado alguns dedos para tirar as impressões digitais.

Finalmente conseguira prender a atenção de Prewitt; suas sobrancelhas se ergueram.

A 37ª hora 145

— Ele disse isso? É um tanto incomum.

— É muito incomum — falei. — Até onde me diz respeito, ele estava falando sobre meu marido. Nunca ouvi um patologista ou um legista-adjunto dizer uma coisa dessas na presença de um parente.

— Talvez ele tenha sentido que podia lhe falar disso abertamente por causa da profissão que você exerce. Às vezes, quem trabalha em contato com policiais superestima a grossura da pele deles; alguns podem até sentir necessidade de falar aos policiais em termos crus, para impressioná-los — disse Prewitt lentamente. — Acho muito provável que ele não tenha tido a intenção de ofender. Os parentes de mortos às vezes são muito rápidos em ver como inadequado um comportamento inocente. — Depois de uma pausa, prosseguiu: — Acho que não é nada em que deva insistir... embora seja você quem decide, naturalmente.

— Não, tenho certeza de que o senhor tem razão.

Muito bem, Sarah, pensei, furiosa comigo mesmo. *Seu marido desapareceu. O que faria você se sentir melhor? Já sei! Ferrar a carreira de um legista-adjunto.* Pelo menos eu não tinha citado Rossella nominalmente.

Levantei-me para ir embora. Mas agora foi a vez de Prewitt prolongar nossa entrevista.

— Detetive Pribek — começou, atraindo minha atenção quando eu já estava na porta. — Eu realmente não sou impermeável a seu sofrimento.

— Muito obrigada, senhor — agradeci.

A sós na escadaria, repassei mentalmente o diálogo.

Prewitt se preocupava com meu comportamento enquanto eu estivesse à procura de Shiloh; ele se preocupava com o problema de recursos humanos que minha ausência lhe trazia. Ele tinha feito um pequeno esforço de se solidarizar. *Eu não sou impermeável a seu sofrimento.* Vang sequer chegara a algo assim quando soubera do problema.

Gostei das palavras de Prewitt. Mas ele também havia feito as perguntas pertinentes, realçado os pontos relevantes. *Shiloh andava bebendo?* Ele tinha perguntado. *Como vocês estavam se relacio-*

nando? Quisera saber. Eu sabia onde ele de fato estava querendo chegar.

Como regra, homens adultos dificilmente desaparecem, Genevieve me ensinara. Eu sabia por experiência que isso era verdade. Eles somem de propósito, abandonando a cidade para fugir de dívidas ou de envolvimentos românticos que não deram certo.

Esta era a infeliz verdade por trás do silêncio constrangido de Vang, das perguntas de Prewitt. Eles acreditavam que Shiloh tinha me abandonado.

Capítulo 11

Passei a tarde em mais procedimentos de rotina. Primeiro examinando a papelada, sentada no sofá com os documentos espalhados sobre a mesinha de centro baixa e arranhada.

O extrato do cartão de crédito de Shiloh só mostrava uma despesa de empresa aérea: 325 dólares para a Northwest Airlines. Isto já tinha sido contabilizado. Diante da ausência de débitos para com a Amtrak ou a Greyhound, dirigi-me em pessoa aos terminais daquelas empresas. Nenhum vendedor de passagem reconheceu a foto de Shiloh.

Quando uma investigação é infrutífera, ela descreve círculos cada vez mais amplos. O que os policiais não gostam de admitir é que o círculo mais externo de uma investigação pode se assemelhar à camada mais alta da atmosfera terrestre. É tênue e pouco compensador. Ali não há muito o que encontrar. Normalmente. Mas ignorá-lo pode acarretar um grande risco para quem o faz.

Para mim, esse círculo externo seria o nosso bairro, que eu percorreria novamente. Olhando, pensando, refazendo os passos que Shiloh talvez tivesse dado. Senti que o esforço era inútil no próprio momento em que peguei uma jaqueta de capuz no cabide da entrada da frente e saí porta afora.

Depois dos quatro meses de treinamento de Shiloh no FBI, quando ele recebesse sua primeira designação para um escritório de

148 Jodi Compton

campo, eu ia fazer as malas e me juntar a ele. Era quase impossível que ele fosse designado para voltar a Minneapolis. Shiloh quase havia pedido desculpas quando me comunicara o fato.

— Ora — dissera eu meio brincando —, sou uma policial de baixo escalão. Quem sou eu para me opor ao importante trabalho que você vai fazer: apanhar fugitivos, caçar terroristas...

— Fingindo ser uma garotinha de 13 anos na internet — exclamara Shiloh. — Estou falando sério. Os novos agentes raramente recebem designações desejáveis. É muito possível que a gente vá viver numa cidade secundária economicamente deprimida. Você vai estar numa força-tarefa antidrogas ou antigangues em algum lugar, isso se a polícia local estiver contratando pessoal.

— Eu vou conseguir alguma coisa — garanti.

— A vida lá vai ser muito diferente da que levamos aqui — insistiu ele. — E você já mora em Minnesota há muito tempo.

— Então está na hora de ver outros lugares — dissera eu.

Shiloh tinha pintado uma imagem sombria, ainda que imprecisa, da cidade em que nós iríamos morar quando ele recebesse sua primeira designação. Mas teria sido este bairro, o lugar que ele havia chamado de seu lar durante anos, que de algum modo se voltara contra ele? Por ocasião de seu desaparecimento, Shiloh não tinha carro; durante o tempo em que eu estive fora da cidade, a Sra. Muzio o havia visto andando a pé. Os indícios eram de que, não importa o que lhe houvesse acontecido, tinha acontecido aqui.

A trajetória que eu estava seguindo me levou através da avenida University, uma das principais artérias que atravessam o Northwest. Parei para olhar um beco pavimentado que passava por trás de uma lavanderia automática e uma loja de bebidas alcoólicas. Uma menina vinha pedalando sua bicicleta cor-de-rosa de guidão alto e selim estreito, que oscilava ligeiramente para os lados quando ela ficava em pé sobre os pedais para ganhar velocidade, pegando um atalho para casa.

O beco, qual todos os outros lugares que eu percorrera, parecia inofensivo e seguro à luz do dia. Eu tinha dificuldade em visualizálo — ou a qualquer lugar das redondezas — como a cena de um crime violento, mesmo à noite. O nosso era um bairro com semáforos e trânsito de pedestres. Nunca ficava realmente escuro nem verdadeiramente deserto.

Mas esta também era uma falácia em que muitos civis acreditavam. Supunham que o isolamento e a escuridão totais fossem necessários para os crimes serem cometidos. Não era verdade. Vandalismo seguido de saques, agressões físicas e mesmo assassinatos ocorriam em lugares semipúblicos, em que as pessoas não estavam tão distantes.

Um assalto frustrado talvez fosse neste cenário a possibilidade mais provável.

Será que Shiloh estava carregando uma grande soma em dinheiro quando desapareceu? Parecia improvável, e provavelmente não importava. O dinheiro só era um risco quando as pessoas tinham motivos para acreditar que você o levava consigo. Shiloh não se vestia como uma pessoa de posses e quando portava dinheiro, tinha a prudência de não deixar que vissem notas grandes. No entanto, ricas ou pobres, as pessoas são assaltadas todos os dias.

O que faria Shiloh nessa circunstância? Honestamente, eu não saberia dizer. Era capaz de imaginar um Shiloh calmo e prático, que entregasse o dinheiro e acalmasse o adolescente nervoso que brandia um revólver ou uma faca. Mas também conseguia imaginar o contrário, um Shiloh que resistisse, o mesmo que durante meses se recusara a abandonar sua teoria de que Aileen Lennox era Annelise Eliot, o Shiloh que se envolvera numa discussão estéril com Darryl Hawkins.

Seja como for, ele poderia ter sido morto apesar dos esforços feitos, e seu documento de identidade desapareceria juntamente com o dinheiro nas mãos ensangüentadas de um estranho.

Então, onde estava o corpo? Eu conseguia visualizar todo o restante, mas não conseguia ver o assaltante se livrando do cadáver. Ele se limitaria ao assalto com assassinato. O pior que poderia fazer era ficar junto ao corpo por um instante além do necessário. O mais prudente seria sair correndo.

"Desaparecido sem deixar vestígios é um clichê", garantiu-me Genevieve logo no começo do treinamento. "Meu anticlichê é: 'Ninguém desaparece sem deixar vestígio.' Esta é a regra de ouro no caso de desaparecidos."

A única instância que parecia desautorizar a afirmativa de Genevieve era aquela em que eu estava pessoalmente envolvida. E o fato em si era suspeito. Talvez eu estivesse fazendo alguma coisa errada. Talvez eu estivesse demasiado próxima ao caso. Seria isso o que diria um outro policial? O que diria Gen?

Em meu prazo de 36 horas ainda havia sete horas para agir, mas para mim já não importava. Havia algo que eu queria fazer... e eu não queria esperar.

Às 5 horas da tarde de quarta-feira eu estava de novo na fazenda da família Lowe, nos arredores de Mankato.

Eu poderia ter ligado para Genevieve. A tecnologia mudou muitas coisas. Você já não consegue mais ligar a televisão sem que uma empresa de telefonia sem fio lhe venda a idéia de que você pode comprar e vender ações e fazer apresentações do alto de uma montanha no Tibete. Os policiais estão entre as poucas pessoas que ainda entendem a necessidade da comunicação face a face. Eu sentia com intensidade que esse diálogo com minha parceira não era algo passível de se ter por telefone.

Eu precisava de Genevieve. Ela havia me ensinado. Eu precisava acreditar que ela podia me ajudar, já que eu não sabia mais o que fazer. Devorando a auto-estrada 169 à velocidade de 115 quilômetros por hora, pouco abaixo do limite para o caso de haver carros da polícia rodoviária escondidos na mata, eu ensaiava como explicar os fatos a ela.

No fundo de minha mente eu imaginava que isso ajudaria tanto a Genevieve quanto a mim. Ela precisava fazer alguma coisa que não fosse se esconder numa centenária casa de fazenda, lamentando a perda da filha. Ela era eficiente em seu trabalho, fato que com certeza ajudaria no processo.

Quando Genevieve chegou à porta, não pareceu surpresa, como se eu morasse no outro lado da mesma cidade.

– Entre – convidou, e entrei na casa atrás dela. Mas dentro de casa ela parecia não saber o que deveríamos fazer.

– Onde estão a Deborah e o Doug?

A 37ª hora   151

– Doug logo vai estar em casa. Ele às vezes fica na escola corrigindo provas. Deb foi para Le Sueur. Está treinando o time feminino de basquete, e elas vão jogar em outra cidade.

Quando acabou de falar, ficou simplesmente parada à espera de que eu tomasse de novo a iniciativa.

– Preciso conversar com você – anunciei.

– Tudo bem.

Olhei para o lado, na direção da sala de estar. Parecia o lugar para onde Genevieve levaria uma visita que tivesse vindo conversar, se estivesse pensando como anfitriã. Parecia que não estava.

– Você quer fazer um café ou alguma coisa? – perguntei, assumindo desajeitada o papel dela.

Entramos na cozinha, ela atrás de mim. Quando comecei a procurar o café e o filtro, ela tomou a iniciativa de esticar o braço para um armário em cima da geladeira e apanhar o que eu precisava. As mangas de sua camiseta tombaram para trás, revelando a musculatura bem torneada do braço. Ela não tinha perdido todo o trabalho feito na academia, não ainda.

Apanhei o creme na geladeira. Na porta do refrigerador, havia ovos de casca polida e castanha, o que me lembrou que os Lowe tinham um galinheiro no quintal de casa.

– Os ovos são das galinhas daqui, não são?

– São.

– Eles devem ser realmente fresquinhos, devem... *Pelo amor de Deus, Sarah, esta não é uma visita social.* Virei-me para fazer contato visual com Genevieve. – Shiloh desapareceu – revelei.

Os olhos dela estavam em mim, um olhar sisudo e castanho. No entanto, não disse palavra.

– Você ouviu o que eu disse?

– Ouvi. – Sua voz era monocórdia. – Só não entendi.

Não chegamos a voltar à sala de visitas. Contei toda a história na cozinha, primeiro enquanto fazíamos café, depois enquanto o tomávamos. Ela se sentou à mesa da cozinha. Eu continuei de pé, agitada por ter vindo dirigindo.

Por muito pouco que eu soubesse sobre como e por que Shiloh havia desaparecido, precisei de um longo tempo para contar. Eu

152 Jodi Compton

queria deixar claro para ela que tinha perseguido todos os ângulos que conhecia, e que cada um desses tinha levado a um beco sem saída. Ela precisava entender que a situação era séria.

— Você vai me ajudar? — perguntei finalmente.

Genevieve olhou pela janela, para os campos ceifados das propriedades vizinhas, com os restolhos iluminados pelos últimos raios do sol poente.

— Eu sei onde está Shiloh — disse ela num tom sem vida.

Era bom demais para ser verdade, mas mesmo assim meu coração deu um salto.

— Ele está no rio — afirmou. — Ele está morto.

Era como um veredicto, tão calmamente absoluta era a voz dela. Genevieve era minha mestra. Sua voz era para mim a voz da verdade e dos fatos. *Controle-se, Sarah,* disse a mim mesma. *Ela não pode saber disso; ela não pode saber disso.*

Genevieve não estava olhando para mim, logo não podia ver o olhar hostil que eu lhe dirigia.

— Será que você podia tentar dar um pouco mais de ajuda? — disse eu, em voz débil.

Voltando-se, ela olhou para mim, e agora havia um pouco mais de luz, alguma coisa viva em seus olhos escuros.

— Eu estou dando. Ouvi tudo o que você disse. Esta é a única coisa que faz sentido.

A voz dela era factual, como se Shiloh fosse alguém que ela jamais tivesse conhecido. — Você mesma costumava me dizer que ele fica deprimido. Que tinha seus períodos sombrios...

— Mas não neste momento. Ele estava se preparando para ir a Quantico...

— Talvez ele estivesse com medo disso. Ele pode ter achado que não conseguiria ser bem-sucedido no FBI. Shiloh era muito exigente consigo mesmo. A perspectiva do fracasso o teria deixado apavorado.

— Não a tal ponto. — No calor generoso do sistema de calefação da casa, fiquei abafada e tirei a jaqueta, pendurando-a nas costas da cadeira.

— Ou talvez ele tivesse medo do casamento de vocês não funcionar — aventurou ela.

A 37ª hora 153

– Mas só estávamos casados havia dois meses.

– E já iam começar a viver cada um num lugar diferente do país. E na própria véspera da viagem dele, você saiu da cidade sozinha.

– Francamente, eu pedi a ele que me acompanhasse – protestei. – Foi ele quem não quis vir.

– Talvez, mas aí ele ficou em casa sozinho. Perguntando a si mesmo por quanto tempo mais teria você, se algum dia ele estaria à altura das expectativas que tinha a respeito de si mesmo. Shiloh sabia com que facilidade os planos do futuro podem não dar certo. Em algum ponto ele caminhou para a ponte... que fica a algumas quadras da casa de vocês, correto?... e saltou.

Naquele momento eu entendi uma coisa: Genevieve tinha deixado as Cidades e se mudado para cá porque o rio Mississipi e suas numerosas pontes eram uma tentação muito grande. Convidada a teorizar sobre o que poderia ter acontecido com Shiloh, Genevieve traçou um curso parecido ao que ela com freqüência teria querido adotar.

– Ele não tinha impulso suicida – assinalei. – Nem sequer estava deprimido.

– Ela era feliz no casamento – disse Genevieve.

– *Quem* era feliz? – indaguei, confusa. A conversa parecia estar tomando um rumo completamente imprevisto.

– Ela era feliz no casamento – repetiu Genevieve. – Ele não era homossexual. Ela não estava deprimida. Se ele estivesse me traindo, eu teria sabido. Ela não era o tipo de garota que passa a noite fora sem telefonar. – Recitava a ladainha sem emoção. – Você ouviu essas frases mil vezes. Eu também. Todos os detetives já ouviram. Mulheres, maridos, pais... às vezes eles são os últimos a saber dos fatos mais importantes.

O que ela tinha dito era verdade.

– Por vezes a depressão é só biológica. Não precisa haver um elemento óbvio para deflagrar a crise – prosseguiu. – E as vítimas de depressão tornam-se peritas em esconder o próprio quadro dos que estão ao seu redor. Não foi culpa sua.

Balancei a cabeça.

– Ele não se matou.

154   Jodi Compton

Uma das coisas que transformaram Genevieve numa interrogadora magistral foi sua voz. Era uma voz baixa e suave, não importava quão terríveis fossem as coisas que Genevieve precisasse perguntar. Ela nunca havia parecido tão sem emoção quanto naquele momento. Mergulhada em seu próprio desespero, estava inconsciente da dor que me estava causando.

— Se não foi suicídio, então pode ter sido outra mulher. Você disse que ao sair de casa ele não levou muita coisa consigo. Ele foi a algum lugar das vizinhanças. Talvez um bar.

— Gen — chamei com a voz mais aguda e mais tensa que o normal, porém ela parecia não me ouvir.

— Shiloh era um homem jovem e saudável cuja esposa não estava na cidade. Ele foi procurar uma foda fora de casa e encontrou a mulher errada. Ela o esfaqueou ou lhe deu um tiro, depois conseguiu ajuda para se livrar do cadáver.

— Ótimo — disse eu, forçando minha voz a voltar ao registro baixo normal. — Você é bem-vinda com suas teorias. Mas pelo menos volte às Cidades comigo e tente prová-las. Você faria isso?

Quando ela demorou a responder, pensei que tivesse vencido. Então, ela disse:

— Nos tempos em que eu era policial...

— Você ainda é policial — interrompi.

Ela me ignorou.

— Naquela época eu achei que havia perdido a sensibilidade. Só por causa do tipo de trabalho que fazia — disse Genevieve pensativa. — Mas o mundo é um lugar muito pior do que jamais imaginei. — Fez uma pausa. — Acho que realmente não me interesso em saber o que aconteceu a Shiloh.

O silêncio caiu na cozinha escura e eu não consegui pensar em nada mais para dizer.

— Bem — disse finalmente —, obrigada pelo café. — Apanhei minha jaqueta.

Por fim conseguira deixá-la surpresa.

— Você vai ficar, não vai? — perguntou. A cadeira raspou o piso quando ela se levantou para me seguir.

— Não posso. Tenho coisas para fazer.

– Você vai dirigir de volta às Cidades? Agora?

– Não é tarde – respondi, já na porta da frente. – Você sempre pode vir comigo. Essa era a minha intenção.

Ela me acompanhou à varanda. Ao pé dos degraus, eu me virei. Levantei a cabeça para olhá-la. Era uma circunstância rara, dada a diferença de estatura entre nós.

– Gen, me dá uma ajuda; ajude-me a encontrá-lo. Já fui até onde dava para ir por conta própria.

Ela abanou a cabeça:

– Eu lamento.

Dei três passos em direção ao carro e então me voltei novamente.

– Se fosse com Kamareia, eu jamais pararia de ajudar você a procurá-la.

Esperava que se zangasse, esperava que me acusasse de chantagem barata ao trazer a lembrança da filha dela à argumentação. Mas em vez disso, ela repetiu:

– Eu lamento.

– O terrível é que em sua voz dava para ouvir um genuíno pesar.

O barro do quintal sugava minhas botas como se quisesse me manter ali. O Nova atirou alguns quilos de barro na macieira do quintal, antes de conseguir se safar e sair como um foguete em direção à estrada.

Capítulo 12

Eu sabia o que viria depois: Utah. Quando a gente não sabe onde uma pessoa está, deve procurá-la onde ela já esteve. Em casos de desaparecidos, este é um truísmo, embora a polícia raramente possa se dar ao luxo de seguir tal recomendação. Mas eu iria a Utah, já que estava trabalhando somente para mim mesma e mais ninguém.

Shiloh fora criado em Ogden, ao norte de Salt Lake City, no meio de cinco irmãos. Tinha saído de casa muito novo. De lá para cá, seus pais tinham morrido, e ele não mantinha contato com nenhum dos irmãos ou irmãs, a não ser pelo envio anual de um cartão de Natal para a irmã mais nova, Naomi. Com os irmãos mais velhos, e com a irmã gêmea de Naomi, Bethany, seu contato era menor ainda. Naturalmente eu lhe havia perguntado a razão.

– Religião – tinha se limitado a responder. – Para eles eu sou como uma pessoa que tem uma doença crônica e se recusa a ser tratada. Eu não consigo conviver com isso.

– Conheço pessoas que foram criadas em lares cristãos muito severos... católicos ou mórmons... e que já não seguem a religião. As famílias delas lidam bem com isso – objetei.

– Algumas famílias, sim – fora sua resposta.

Ele tinha saído de casa aos 17 anos, antes de terminar o secundário, e, naturalmente, também lhe perguntei por que o fizera.

– Na época, foi uma decisão lógica – explicara. – Eu sabia que queria uma vida diferente daquela para a qual tinha sido dirigido e sabia que se ficasse por lá, eu não iria conseguir.

Anos depois de ter deixado Utah, a própria família e a religião deles, Shiloh tinha recebido uma carta da irmã mais nova, Naomi. Ele havia respondido, e os dois mantiveram correspondência durante, segundo me disse, alguns meses, antes que a coisa esfriasse.

– Por que você parou de escrever? – perguntara a Shiloh.

– Ela estava começando a me considerar um projeto – respondera ele. – Via-se que estava trabalhando no sentido de me fazer aparecer em casa. Uma reconciliação, primeiro com a família, depois com Deus.

Pelo visto ele tinha conseguido introduzir um tom de frieza no relacionamento, pois a partir de então só trocavam cartões de Natal.

Em nossa casa em Minneapolis, levei vários minutos procurando na caixa de endereços, remexendo pedaços de papel rasgado antes de encontrar o que precisava. Naomi e Robert Wilson. O endereço era em Salt Lake City, e eu tinha certeza de que o número deles constaria da lista telefônica.

Não havia motivo para acreditar que Shiloh tivesse feito contato com algum dos parentes recentemente, mas eu precisava averiguar. O terreno que eu havia coberto até ali tinha sido, na melhor hipótese, pedregoso, para começar, e não se tornaria nem um pouco mais fértil. E se em Utah não houvesse novas pistas que me ajudassem a encontrar Shiloh, poderia haver velhas pistas que me ajudassem a compreendê-lo melhor.

Enquanto jantava flocos de trigo, reuni uma coleção de números de telefone de "Robert Wilson" e "R. Wilson" na área de Salt Lake City e comecei a telefonar.

No segundo número discado atendeu uma moça cuja voz pareceu de alguém de idade compatível.

– Quem está falando é Naomi Wilson?

– Ela mesma – respondeu, amável.

— Naomi, aqui é Sarah Shiloh.

Fiz um segundo de pausa, pensando em como prosseguir.

— *Quem?* — disse ela. — Você disse que seu nome é Sarah Shiloh?

— Isso mesmo — respondi. — Seu irmão Michael é meu marido.

— Michael? Você é mulher do Michael? Oh! — disse ela, depois riu, parecendo alvoroçada. — Vamos começar outra vez. Sim, sou Naomi Wilson, você me achou. — Tornou a rir. — Você me deixou confusa porque... bem, deixa pra lá. Eu poderia falar com o Mike? Tem um tempo enorme que a gente não se fala.

Ouvindo as palavras dela, senti no peito uma sensação de frio, de chumbo.

— Quem dera que você pudesse. Eu estou procurando por ele. Há muitos dias ninguém vê o Mike, nem eu mesma.

Houve um breve silêncio na linha, depois Naomi Wilson perguntou:

— O que você está dizendo?

— Que seu irmão está desaparecido. É por isso que estou telefonando.

— Meu santo! — disse Naomi. A expressão parecia descabida, mas depois percebi que uma boa cristã naturalmente não diria *Ah, meu Deus!* Porém, a voz de Naomi estava sombria quando ela perguntou: — Onde você está? Em Minneapolis? É onde ele ainda mora?

— É onde nós moramos. Mas ele devia ter ido para a Virgínia, só que nunca chegou lá.

— Ele sumiu? E você acha que ele está aqui? Ele não está aqui — disse ela, respondendo a sua própria pergunta. Então se corrigiu. — Bem, não que seja de meu conhecimento. Mas é isso que você pensa, que ele está em algum lugar no oeste?

— Eu não sei. Preciso ir aí conversar pessoalmente com você... e talvez com o resto da família também.

— Tudo bem, quando você está vindo?

— Amanhã — falei. — Em algum vôo pela manhã. Com a diferença de fuso horário, tenho certeza de que poderia chegar no meio da manhã. A que horas ficaria bem para você?

— Eu trabalho numa creche — disse Naomi. — Até o meio-dia

somos duas pessoas, depois eu fico sozinha até as três e meia. Se você puder vir em algum momento da manhã, nós podemos sair para conversar. Eu também tenho algumas perguntas para fazer a você... sobre o Mike, e como vocês se conheceram, e por aí vai. Faz muito tempo desde a última vez em que conversei com ele pra valer.

Ela me deu o endereço da creche e pré-escola em que trabalhava, nos arredores de Salt Lake City. Então acrescentou:

– Você vai me reconhecer de cara. Estou parecendo grávida de dez meses.

Telefonei para a Northwest e comprei a passagem com o cartão de crédito, depois fui arrumar a bagagem. A mala de Shiloh estava no chão, exatamente onde eu a deixara ao puxá-la de sob a cama e entender o que significava a descoberta. Numa decisão tardia, já com a bagagem pronta, tirei da mala de Shiloh sua velha camiseta da Kalispell Search and Rescue e joguei-a em minha sacola de viagem.

Um trem de carga passou trovejante rumo ao norte do outro lado da parede do quarto. Eu estava sentada no chão de pernas cruzadas. Precisava dormir, mas tinha alcançado aquele estágio no qual o mero esforço de se despir e escovar os dentes parece constituir um obstáculo enorme entre você e a cama.

Em vez de ir dormir, apanhei o livro na mala de Shiloh e puxei de dentro dele a passagem de avião que ele havia comprado. Era uma promessa rompida, um contrato que não se cumpriu, e o derradeiro sinal conhecido no percurso equilibrado e sensato da vida de Shiloh, antes de uma viravolta desconhecida e equivocada.

Olhei o verso do bilhete, à procura dos termos e condições impressos no dorso em verde muito claro.

Meu coração bateu mais forte. No verso do bilhete, de fora a fora, havia sete números escritos a lápis em traços pálidos, com um espaço estreito entre o terceiro e o quarto algarismos.

Shiloh era cuidadoso e confiável, mas, segundo eu sabia, as únicas coisas que organizava criteriosamente eram as notas e documentos relacionados a suas investigações. Afora isso, mantinha tudo o mais num estado de desordem administrável. Ele empilhava as contas na mesa da cozinha, anotava endereços em papel de rascunho e os guardava numa caixa do tamanho de um envelope, onde também guardava selos. Anotava números de telefone na capa interna do catálogo telefônico da cidade... e certa vez havia anotado o número a lápis na parede acima do telefone. Números de que precisasse no curto prazo, ele escrevia no que estivesse à mão. Como o verso de uma passagem de avião.

Tamborilei com os dedos energicamente, e diversas vezes na capa do livro. Ele tinha escrito no verso do bilhete. Será que os bilhetes eram recolhidos no portão de embarque? Ou Shiloh teria aquele bilhete em seu poder ao aterrissar em Washington, onde ele sabia que precisaria dele? Ou seria o número de algum telefone de Minneapolis que ele tinha anotado para uso imediato?

Levei o bilhete para perto do telefone e disquei os sete algarismos direto, sem código de área.

– Alô?

Era uma voz de mulher, pelo jeito numa residência particular. Ela parecia idosa – 60 a 70 anos. Ouvia-se ao fundo uma televisão ligada, o volume suficientemente alto para me permitir reconhecer as vozes de um seriado cômico.

– Alô, senhora?

– Alô – repetiu ela.

– A senhora se importa de abaixar o volume da televisão? Posso esperar na linha – sugeri.

– Pois não, espere um pouquinho.

O barulho da televisão cessou; ainda assim, quando ela voltou, tive o cuidado de falar alto.

– A senhora poderia me dizer seu nome?

– Você está vendendo alguma coisa? A esta hora é meio tarde.

– Não, não. Estou tentando encontrar um homem chamado Michael Shiloh. A senhora conhece alguém com esse nome?

– Não, eu não conheço ninguém com esse nome.

– Tem mais alguém em casa a quem a senhora possa perguntar?

– Ora, não tem ninguém aqui, só eu – disse ela, parecendo atônita e ligeiramente irritada. – E não conheço ninguém com esse nome.

Acreditei nela. A voz rouca do cigarro, a televisão ligada para alguém meio ensurdecido pela idade... ela parecia uma viúva aposentada.

– Obrigada – falei – e desculpe incomodá-la.

Eu sabia de cor os outros códigos de área das Cidades Gêmeas. Quando experimentei discar o número precedido por um deles, um aparelho ficou chamando sem parar. O outro tinha sido desligado, não funcionava mais.

Com a mão pousada sobre a alavanca de plástico que corta a ligação, fiquei segurando o fone entre o ombro e o pescoço. Então agora era a vez de Washington. Talvez fosse o número de alguém que vivia perto de Quantico.

Usando o código de área 202 e os novos códigos de área que tinham surgido nos arredores da capital, tive mais duas conversas breves e infrutíferas e ouvi mais uma mensagem gravada de número desativado.

Em Salt Lake City, aqueles sete algarismos me conectaram ao serviço automático de atendimento ao cliente de uma empresa de artigos para esquiar e praticar montanhismo. ("Sua chamada é importante para nós...")

Não faria mal nenhum tentar os códigos de área do estado de Minnesota, pensei.

Com o número discado não foi possível completar a ligação no norte do estado, região montanhosa de Iron Range, mas no sul o telefone chamou.

– Sportsman.

– Alô – disse eu. – Quem está falando?

– Aqui é o Bruce, e você é...?

A voz dele dava a impressão de alguém de vinte e poucos anos, e seu tom era profissionalmente insinuante, como o de um barman. Havia ruído de vozes ao fundo.

– Isso aí é um bar? – perguntei. – Vocês não são uma loja de artigos esportivos ou coisa do gênero?

– Claro que nós somos um bar – disse o barman rindo. – Você quer instruções para chegar aqui?

Bola fora, pensei. Era só um boteco lá no Deus-me-livre.

– Não, na verdade estou tentando descobrir se alguém aí conhece um homem chamado Michael Shiloh.

– Ahn... eu conheço muitos caras que vêm aqui... e naturalmente conheço todo mundo que trabalha aqui – disse Bruce –, mas esse daí não conheço não.

– Tudo bem – respondi, mas mesmo assim dei a ele meu nome e telefone do trabalho. – No caso de você mais tarde ligar o nome à pessoa – expliquei.

– Código de área 612 – comentou ele a respeito de meu número de telefone. – Pelo jeito, você está nas Cidades. Imagino que não vá aparecer por aqui. – Ouviu-se ao fundo uma súbita explosão de ruído entusiástico, os espectadores aplaudindo algum evento esportivo na televisão. – Que pena, você parece uma moça que gosta de se divertir.

Eu tinha certeza de que esta era a última coisa no mundo que eu parecia.

– Puxa, legal que você acha. Mas se alguém lembrar daquele nome, peça para me telefonar, tá certo

– Eu peço, com certeza – prometeu Bruce.

Depois de escovar os dentes, lavar o rosto e fazer todas as coisas que normalmente faço antes de dormir, eu me sentei sobre a coberta da cama, com as pernas dobradas sob o corpo, com medo de adormecer.

Tinha medo daquilo que minha mente me traria no escuro. Nas vigílias tardias, todos os problemas parecem mais sombrios e os equívocos do passado, mais inexoravelmente destruidores.

Quando as acusações contra Royce Stewart, o assassino de Kamareia, foram descartadas o pleno impacto da situação só foi me atingir por completo numa noite de insônia, alguns dias depois de ter sido emitido o parecer do juiz. Eu precisara me esgueirar para fora da cama e me refugiar na sala de estar, onde meu choro não incomodasse Shiloh.

164 Jodi Compton

Alguma coisa, entretanto, o fez despertar, e ele entrou na sala escura e ficou abraçado a mim, meu rosto molhado contra seu peito nu, acariciando meus cabelos, e na escuridão me contou o sonho que tivera.

Eu sonho com o sangue de Kamareia em minhas mãos, dissera ele.

Suas palavras me surpreenderam. Nada do que tinha acontecido foi culpa sua, disse eu.

Não, disse ele, *eu quero dizer literalmente. Naquela tarde em que nós a encontramos, fiquei com o sangue dela em minhas mãos. Depois que você saiu para o hospital com ela, eu estava tentando acalmar Genevieve e pus a mão no rosto dela. Toquei no sangue da filha em sua bochecha. Eu não queria que ela visse, queria levá-la para a cozinha e lavar o sangue, mas no pé da escada havia um espelho. Eu sabia que ela ia ver o sangue. E ela viu. O tempo todo eu fico sonhando com isso, sonhando que olho para baixo e vejo o sangue de Kamareia em minha pele. No sonho eu lavo o sangue. Quem escreve romances de terror diz que um pouquinho de sangue tinge a água de cor-de-rosa, mas não é verdade. É só um vermelho que vai ficando cada vez mais pálido, até finalmente a água escorrer transparente.*

O som dissociativo e distante de sua voz me inquietou. Tentando agarrar alguma coisa com que o reconfortar, eu repeti: "Não foi sua culpa." Não consegui pensar em mais nada para dizer a ele.

Não, disse Shiloh. *É culpa dele.*

Eu sabia a quem estava aludindo. Com os braços apertados em torno de mim, Shiloh disse: *Ele devia ter morrido só pelo que fez a Genevieve.*

Às vezes, quando gente que não conhecia Shiloh o chamava de distante e indiferente, eu pensava no sangrento sonho dele.

Quando finalmente consegui me deitar e apaguei a lâmpada de cabeceira, dirigi meus pensamentos para algo positivo, para o amanhã. Amanhã eu estaria em Utah, conheceria finalmente a família de Shiloh.

Naomi, segundo Shiloh, sempre tinha sido a irmã que mais se interessava por ele. Ao telefone, ela se havia declarado interessada em saber como nós tínhamos nos conhecido.

Se Naomi Wilson ainda fosse uma cristã tão devota quanto era na descrição que Shiloh fazia da família inteira, pensei, talvez não estivesse pronta para ouvir todos os detalhes dessa história.

Capítulo 13

Há muitos anos, a última namorada de meu pai – cujo nome eu aprendi e esqueci no intervalo de uma semana – telefonou para me anunciar que ele tinha morrido. Ela (Sandy? Seria isso?) quase não conseguiu me alcançar a tempo de comparecer à cerimônia. Mal tive tempo de telefonar para explicar a situação a meu sargento e depois comprar um vestido preto e um par de sapatos de salto alto na loja de departamentos Carson Pirie Scott, antes de voar para o oeste no avião de uma linha aérea regional de baixo custo.

Depois de ter passado a maior parte da vida adulta no Novo México, meu pai, cansado dos invernos frios e do isolamento do interior montanhoso, havia se mudado para Nevada, onde o dinheiro dele renderia mais que no sudoeste. No sol do deserto de Nevada, seu dinheiro de uma vida inteira de poupança deu para comprar um apartamento em um condomínio e apenas bons momentos com uma nova namorada. Esta (Shelly?) era dez anos mais jovem que ele, o que não me surpreendeu. Meu pai sempre fora um homem muito bonito e tinha continuado assim até ser levado por um ataque cardíaco. Ou assim me disseram alguns em Nevada.

Sandy, ou Shelly, tomou providências para que ele fosse enterrado em Nevada. Não havia razão para levar o corpo de volta ao Novo México. Minha mãe não estava lá; tinha sido sepultada em Minnesota, com a família dela. Meu irmão, morto enquanto servia

168 Jodi Compton

no Exército, tinha merecido um enterro com honras no cemitério militar.

Então meu pai foi enterrado num moderno jardim funerário nos arredores da cidade, um desses cujas flores uniformemente coloridas demais para serem autênticas decoram hectares de mesmice e cujas lápides, todas iguais, jazem rentes ao solo, ocultas pelo relvado verde até você estar praticamente em cima delas. Enquanto o capelão, de nenhuma seita específica, proferia suas poucas palavras sob o dossel que protegia o caixão e os presentes à cerimônia, deixei minha mente ir vagando até um dos meus saltos perfurar o terreno encharcado e eu começar a afundar, o que me devolveu à realidade com um sobressalto.

Depois de comer num prato de papelão, conversar 45 minutos com os amigos e vizinhos de meu pai e dirigir um longo trecho em um carro alugado, vi-me em meu caminho de volta para Minneapolis.

No vôo de volta não havia uma só poltrona na classe econômica sobrando. Meus companheiros de viagem pareciam, em sua maioria, aposentados que tinham saído de férias para jogar, trocando Minnesota em janeiro pelo calor do oeste. Logo ao decolarmos, o piloto nos advertiu pelo alto-falante, numa voz suave, que os vôos anteriores ao nosso tinham passado por alguma turbulência causada pelas tempestades sobre as planícies. Os outros pilotos falaram a sério. Quinze minutos depois do anúncio inicial, o piloto voltou a se comunicar, ordenando às duas comissárias de bordo que se sentassem.

O avião saltava como um trenó sendo puxado em excessiva velocidade sobre a neve compactada e convertida em gelo duro e acidentado. A fuselagem inteira fazia ruídos de esmagamentos e tremia, chacoalhando tanto que sacudia a papada da mulher idosa de cabeleira azulada que dormia ao meu lado.

Não tenho medo de viagens aéreas, mas naquela noite tive uma sensação muito estranha, que nunca mais voltei a ter. Senti-me totalmente sem rumo e sem controle. Estava cercada de seres humanos, mas eles eram estranhos. Senti-me perdida, como se naquela camada negra entre as nuvens e as estrelas nem mesmo Deus fosse

A 37ª hora **169**

capaz de conhecer meu paradeiro. Esforcei-me para olhar pela janela, na esperança de ver luzes urbanas, qualquer coisa que pudesse me fornecer um ponto de referência, mas não havia nada.

Eu deixara de comprar uma bebida de verdade quando tive chance, e agora ansiava por um drinque. Para mim, a bebida sempre foi uma ânsia física localizada em dois pontos: eu a sentia debaixo da língua e no fundo do peito. Mastiguei os últimos cubos de gelo de minha Coca-Cola e senti um aperto de arrependimento quando eles se acabaram.

Se minha mãe não tivesse morrido, eu tinha certeza de que nós teríamos sido ligadas uma à outra. Ela morreu quando eu tinha nove anos. Meu irmão Buddy tinha sido um achacador, plenamente convencido de ter direito a qualquer coisa que lhe apetecesse. A força física era o único elemento que respeitava, e eu, cinco anos mais nova que ele, nunca tivera força suficiente. Meu pai, motorista de caminhão de longos trajetos, sempre dormia na sala de nosso trailer quando estava em casa, para permitir que cada filho tivesse o próprio quarto. Ele nunca soube, mas na verdade não precisava ter se preocupado.

Para mim foi um grande alívio quando aos 18 anos Buddy foi embora de casa para servir no Exército. Meu pai viu a coisa por outro prisma. Ele passava longos períodos na estrada, e a seu ver nenhuma menina de 13 anos tinha condições de ficar sozinha durante aqueles dias e noites, sem a supervisão de pelo menos um irmão mais velho. Assim, despachou-me num ônibus da Greyhound para Minnesota, onde morava minha tia-avó.

Foi lá que descobri o basquete, ou melhor, o treinador me descobriu, pois quando eu tinha 14 anos, as outras meninas só me chegavam à altura do ombro. A partir de então fiquei praticamente morando no ginásio, quer em treinos regularmente programados para o time, quer depois do treino, trabalhando para aperfeiçoar lances livres, tentando chegar a um absurdo arremesso de terceiro quarto. Assim como uma canção pode ficar grudada na mente, quando à noite eu tentava pegar no sono, às vezes, ouvia uma seqüência repetida de ruídos de ginásio: a batida cinética da bola contra o piso de madeira, o estremecer da tabela da cesta, os guinchos do solado de borracha dos tênis.

Todo mundo precisa de um lugar, e o meu era aquele. Nosso time venceu um campeonato estadual em meu último ano de curso secundário. No anuário de nossa escola havia uma foto daquela noite, reproduzida de um dos jornais. Foi tirada imediatamente após o apito final, quando em meio às celebrações minha co-capitã, Garnet Pike, literalmente me levantara nos braços, nós duas rindo. Garnet era um pouco mais alta do que eu e naquele ano tínhamos treinado intensivamente no ginásio. Mesmo assim, segundos depois de ser feita a foto, as duas caímos, e eu bati no chão com tanta força que o treinador temeu por uma fratura de cóccix. Na ocasião não senti nada. A imortalidade corria em minhas veias naquela noite; éramos todas intocáveis.

A Universidade de Nevada em Las Vegas me convocou, e fui jogar por eles, porém nunca mais as coisas foram como antes. A vida acadêmica não combinava comigo, e apesar de haver alguma ação nos jogos, não havia muita; definitivamente não havia ação suficiente para que eu me sentisse necessária. Eu nada dizia – pois teria parecido lamúria –, mas o que me atormentava era a sensação de estar na UNLV sob falso pretexto, a sensação de não merecer meu lugar. As notas que tirava certamente não justificavam minha presença no campus.

No guia da imprensa daquela temporada eu pareço infeliz e pode-se notar o ridículo gel molhado que estava usando no cabelo, como a realçar o quanto me sentia distanciada de minhas companheiras de time, que usavam os cabelos muito curtos, ou em rabo-de-cavalo ou em trancinhas afro rasteiras. No ano seguinte deixei passar a data da matrícula sem me registrar para nenhuma matéria; depois escrevi uma carta ao técnico do time, fiz as malas e fui correr atrás de uma série de empregos sem futuro, meu derradeiro e agitado desvio na estrada para me tornar uma policial.

Buddy morreu num desastre de helicóptero no Tennessee, que tirou a vida de 13 militares. Quando declarei que não iria deixar o treinamento na academia de polícia para comparecer ao enterro, meu pai não pôde acreditar. Em seu mundo, Buddy havia sido um nobre herói; em seu mundo, eu havia amado e admirado meu irmão tanto quanto ele. Ficara esperando minha chegada até o dia do enterro.

A 37ª hora 171

Na noite do funeral de Buddy, ao chegar a casa, encontrei um recado de oito minutos de duração na secretária eletrônica. O tema principal de meu pai fora a indignação, um pouco de decepção, um pouco de melancolia, mas sempre voltando à raiva.

Ele havia me criado sozinho depois da morte de mamãe, dizia. Nunca tinha ficado bêbado na minha frente. E mais tarde nunca reclamara dos cheques enviados ao leste para meu sustento, embora eu nunca lhe escrevesse e raramente telefonasse. No final, havia uma seqüência em louvor de Buddy, o herói tombado, e foi então que a fita se acabou e lhe cortou a fala.

Pena a conversa ter sido unilateral, pois foi a última substancial que tivemos. Pensei em pegar o telefone e ligar para ele. Mas eu sabia que meu pai não iria ouvir – nem poderia ouvir – o que eu tinha a lhe contar sobre Buddy, o nobre guerreiro. Então eu acabei não respondendo, e um longo crepúsculo se abateu sobre nosso relacionamento. Por fim, se a namorada não tivesse buscado meu endereço num cartão de Natal antigo, eu não teria sequer sabido de sua morte, nem teria retornado de seu enterro num vôo superlotado de uma empresa aérea barata.

Ao aterrissar em Minneapolis, senti alívio por estar de novo em terra firme, cansaço por causa do pique de adrenalina e um desejo subitamente redobrado de tomar um Seagram's. Já que de todo modo eu ia precisar ir de táxi para casa, não havia razão para não parar no bar do aeroporto.

Eu era quase a única pessoa no recinto. Uma garçonete cortava limões em quartos, o rosto distante. Um homem alto e esbelto, de cabelos ruivos quase nos ombros e uma barba de dois dias, estava bebendo no balcão.

Em vez de também me sentar ao balcão, sentei-me a uma mesa encostada na parede, dando a ele sua privacidade. Apesar disso, a todo instante olhávamos um para o outro. Acidentalmente, parecia. O televisor virava para o balcão uma cara verde e vazia, e não havia mais ninguém em torno, e era como se não soubéssemos onde pousar os olhos, exceto um no outro. Talvez tenhamos sentido um no outro uma igualdade no infortúnio.

172 Jodi Compton

Ele se inclinou para a frente e falou com a garçonete. Ela preparou outro uísque com água, igual ao meu, mais vodca para ele. Ele pagou e levou os drinques para a minha mesa.

Era bastante bonito, talvez um pouco magro demais. Eu teria descrito seu rosto como eurasiático, ou talvez siberiano. Seus olhos eram levemente amendoados, como de um lince.

– Não quero bancar o intrometido, mas esse vestido me lembra enterro – declarara ele.

Nós nos apresentamos sem citar sobrenomes. Eu era Sarah, acabara de chegar de um enterro na família; ele era Mike, que recentemente saíra de uma relação "muito breve, muito equivocada". Não nos estendemos em explicações daquelas circunstâncias. Não falamos daquilo em que trabalhávamos. Vinte minutos depois, ele perguntou como eu ia para casa.

Ele me deu uma carona até minha casa, um conjugado barato em Seven Corners. Lá dentro, larguei no chão meu sóbrio vestido e as meias pretas do enterro, ao lado das roupas surradas e as botinas de trabalho dele.

Aqueles eram meus dias imprudentes, em que não era estranha a romances fortuitos de uma noite só. Eu sempre acordava exatamente a tempo de ouvir os homens se levantarem para ir embora, mas nunca abria os olhos, sempre com a sensação de gratidão, insidiosa e desolada, de não ter a presença deles pela manhã.

Aquele sujeito pareceu se desmaterializar de minha cama; não ouvi nada. Eu teria sentido meu alívio habitual, se não fosse por uma lembrança.

No aeroporto, havíamos caminhado calados até o estacionamento rotativo, onde ele me levara para seu carro, um velho Catalina verde.

– Que carro bonito – dissera eu. – Tem personalidade.

Como ele não respondeu nada, eu me virei para olhar. O homem tinha parado e se encostado numa coluna de concreto. De olhos fechados, levantara o rosto ao vento que vinha do aeroporto, vento gelado de janeiro com cheiro de combustível de avião.

– Algum problema? – perguntara eu.

– Não – respondera ele, de olhos ainda fechados. – Só estou querendo ficar um pouco mais sóbrio, senão a gente vai sair do jogo na rodovia 494.

Eu havia ido para junto dele, olhando um avião da Northwest escalar uma rampa imaginária no ar para dentro do céu noturno. Então eu havia dito uma coisa que não me lembrava de ter pensado antes.

– Eu sobrevivi à minha família toda.

– Meu Deus, quem me dera que eu também – dissera ele, e eu estava embriagada o bastante para rir daquilo, um som de surpresa e frivolidade.

Abrindo os olhos, ele olhou para mim, depois me puxou para dentro de seus braços, me abraçando com força, a barba me arranhando a face.

Na etiqueta dos encontros fortuitos, tudo aquilo estaria errado: era intimidade excessiva para as regras da transa sem contato íntimo. Mas não me incomodou. Nem sequer me surpreendeu. Aquilo desmanchou uma tensão em meu peito que nem mesmo a bebida havia tocado.

Mais tarde na mesma semana Genevieve e eu fomos juntas à academia, como de costume. Na ocasião, nossa viagem para a sala dos pesos foi interrompida. Passávamos perto da quadra de basquete quando uma voz chamou.

– Ei, Brown!

Genevieve parou e se voltou, e eu segui seu exemplo.

O homem que havia chamado postou-se na linha do lance livre, ladeado por outros três, todos mais jovens que ele.

– Não vai nos apresentar à sua amiga?

– Esses caras todos são da Entorpecentes, lotados na força-tarefa do município e do condado – disse Genevieve –, menos aquele bem alto. Ele é o Kilander, promotor do condado. – Ela levantou a voz: – Você quer dizer minha amiga *muito alta*? – gritou em resposta. Então, novamente para mim: – Você quer ser apresentada a eles? Provavelmente estão recrutando para alguma espécie de time.

Percebi que ela era francamente afável com o chefe da gangue, Radich. Visto de perto, ele era um homem de feições mediterrâneas da mesma idade dela, rosto de ângulos marcados e olhos escuros de aparência cansada. Kilander tinha cerca de 1,98m de altura, cabelos louros, olhos azuis e a aparência asseada e sincera de um âncora de noticiário da TV que foi criado em uma comunidade rural. Os outros dois eram Hadley, um rapaz negro e flexível de estatura média e mesma idade que eu, e Nelson, um escandinavo com ar de ex-militar, cabelos dolorosamente cortados à escovinha, e olhos azuis sem viço.

— Esta é Sarah Pribek, patrulheira e, principalmente, pivô e campeã estadual em seus tempos de colegial.

Os homens trocaram sorrisos.

— Então — continuou Genevieve — que tal me considerar agente dela nas negociações para alguma droga de equipe interinstitucional que vocês estejam formando?

— Formando? — disse Radich com ar inocente. — Nós precisamos de alguém é agora mesmo, pra substituição. O Nelson está saindo. E naturalmente você também pode jogar, detetive Brown.

— Naturalmente o cacete — disse Gen.

— Esperem aí — exclamei. — Está saindo um cara e vamos entrar nós duas na substituição?

— Eu conto como meia pessoa ou coisa assim — explicou Genevieve.

— Não — disse Radich. — Nós já estávamos jogando dois contra três. Onde diabos se meteu o Shiloh?

— Estou aqui — anunciou uma nova voz.

Observando a disputa entre Genevieve e Radich, eu nem tinha visto ele se aproximar, retornando de algum lugar nas laterais. Voltei-me para olhar o recém-chegado e sem querer engoli em seco.

Naqueles olhos de lince não houve nenhuma ondulação de surpresa, mas eu sabia que ele tinha me reconhecido. Estava barbeado naquele dia. Eu quis afastar os olhos de seu rosto, mas não consegui.

Radich fez as apresentações.

— Mike Shiloh, Entorpecentes, esta é a Genevieve Brown, da Divisão de Investigações...

— Eu já conheço a Genevieve.

A 37ª hora 175

– ... e Sarah Pribek, da Patrulha.

– Oi – disse ele.

– Elas vão jogar um pouco com a gente. Da última vez foi o Kilander que teve chance de escolher; logo, desta vez é você quem escolhe. Brown ou Pribek.

Genevieve olhou para mim, revirando os olhos diante da decisão previsível.

O olhar de Shiloh passou por nós duas, depois ele olhou para Genevieve e inclinou a cabeça na direção de seu parceiro, Hadley.

– Vem pra cá, Brown.

– Mike! – a voz de Hadley soou revoltada. Radich disparou um olhar levemente surpreso para Genevieve, que levantou os ombros como quem diz *Entenda-se*.

Eu esperava que ninguém tivesse visto, no meio de toda a confusão, o choque da afronta se registrar em meu rosto. Kilander, o promotor, foi o único a ficar imperturbável; ele me lançou um sorriso súbito, como se tivéssemos um grande e sensual segredo.

Então foi assim que a coisa se armou. Genevieve corria animada entre nós, com o vagaroso Radich na marcação. Hadley fazia um ótimo trabalho de cobertura a Kilander, contrabalançando com sua velocidade a altura e a habilidade do outro. Mas era mesmo entre Shiloh e eu que o jogo rolava.

Ele era muito bom, fui forçada a admitir, e me pressionava em minhas jogadas baixas, não me deixando sair onde eu pudesse enterrar minha cesta de três pontos. Eu consegui, no entanto, manter seu placar baixo. Na maior parte do jogo os dois times ficaram empatados. Shiloh me acossava, mas tinha o cuidado de não cometer falta em cima de mim. Finalmente, cedendo ao mau gênio, eu lhe dei um encontrão.

Shiloh marcou esta vitória abstendo-se de comentar minha perda de controle, enquanto se aprumava e aceitava a bola das mãos de Hadley. Genevieve, porém, quando todos nos afastamos para deixar que Shiloh fizesse seus lances livres, silvou enfurecida em meu ouvido:

– Você acaba de fazer seu time perder.

Ela estava só me provocando, mas fiquei chateada comigo mesma.

— Talvez ele erre.

— Ele não erra — cochichou ela em resposta.

Shiloh aceitou a bola de Radich, bateu-a da forma minuciosa e morosa como batem os jogadores de basquete em qualquer lugar, fez o lançamento, a bola rolou no aro e não entrou.

Fiquei rindo de alívio, que meus companheiros de time confundiram com triunfo. Shiloh me ignorou. No final, isso não influi. O time dele acabou ganhando o jogo por uma pequena margem.

Enquanto Genevieve se despedia de Radich, Shiloh voltou-se para mim de uma distância de quase dois metros, parando em pleno movimento de deixar a quadra atrás de Hadley. O suor fazia com que sua desbotada camiseta verde da equipe de salvamento e resgate de Kalispell, Montana, colasse em suas costelas, fazendo lembrar os flancos de um cavalo de corrida que relaxasse depois do páreo.

— Kilander foi ala em Princeton — informou.

— É mesmo?

— É. Quem sabe você não deveria trabalhar mais nesse seu jogo medíocre?

Longe dos ouvidos, a caminho do vestiário, Genevieve foi menos diplomática.

— Que diabos foi aquilo? — cobrou.

— Aquilo o quê?

— Nunca vi na vida duas pessoas tão competitivas. Você conhece o Shiloh de algum lugar?

— Por que a culpa é minha? — reclamei, evasiva.

— Você cometeu falta em cima dele — acusou ela.

— Foi bem feito, porque ele não me escolheu para seu time. Aliás, que diabos foi aquilo?

Genevieve ficou pensativa.

— Sei lá, eu não o conheço tanto assim — admitiu. — Não tenho certeza se alguém conhece. Ele não é muito querido no departamento.

— Por que não?

Ela deu de ombros.

A 37ª hora 177

— Ele faz coisas assim como o que acabou de fazer com você. Provavelmente nem percebeu que estava esnobando você. — Abaixou-se para amarrar a botina com um pé apoiado num banco. — Ele é competente, segundo diz Radich, mas não leva jeito com as pessoas. O Radich é o tenente dele, você sabe.

Fiquei analisando o fato mentalmente.

— Ele e Kilander têm uma historinha. E não é amigável.

Então, quando a conversa estava começando a ficar realmente interessante, ela mudou de assunto.

— Você está de plantão hoje à noite?

— Não, tirei o dia todo de folga. Por quê?

— Eu disse a você para ir jantar conosco um dia desses; esta noite é tão bom quanto qualquer outra. Minha filha está fazendo o jantar. Ela já cozinha melhor do que eu.

Refleti que precisava fazer com que Genevieve me falasse de Kilander e Shiloh em alguma outra ocasião, mas nos dias seguintes a oportunidade nunca apareceu. A próxima notícia que tive acerca de Shiloh foi que eu ia sair da rua por uma noite para trabalhar com o detetive Mike Shiloh em uma espécie de tocaia.

Estar à paisana. Esta foi a única instrução que recebi antes de encontrar Shiloh na garagem de viaturas. Ele estava um pouco mais bem vestido que na noite em que eu o havia conhecido. Acenou com a cabeça para que eu o acompanhasse e apontou para um carro sem sinais particulares, um Vega verde-escuro.

— Para onde nós estamos indo? — perguntei já na estrada.

— Para fora da cidade — respondeu. — Zona de metadona.

Um minuto depois de eu decidir que viajaríamos em silêncio, ele prosseguiu.

— Na verdade, isto vai ser um tédio. Em uma cidade pequena, é muito mais complicado se misturar. É difícil ficar estacionado por algum tempo sem atrair muita atenção. Com uma parceira mulher, pode-se fingir que se trata de um casal que parou o carro para namorar.

— E você se lembrou de mim.

— Não, foi o Radich — declarou ele taxativo.

Eu me perguntei se ele não podia me perdoar por tê-lo visto fragilizado e carente. Eu me perguntei se havia lhe ocorrido que eu também podia lamentar ter sido vista por ele em situação idêntica. Talvez ambos fôssemos evitar cuidadosamente, pelo resto do período em que convivêssemos, mencionar o fato de termos dormido juntos. De forma alguma eu iria abordar o assunto.

— Então eu preciso agradecer ao Radich — disse eu.

— Eu não agradeceria — disse ele. — Este trabalho não é difícil. Eu avisei a você que é um tédio.

— O que houve com seu braço?

— O quê? — Ele acompanhou meu olhar até a dobra de seu braço, para o curativo redondo colado ali. — Ah, eu doei sangue. Sou tipo O negativo, doador universal. Umas duas vezes por ano eles me chamam, pedem para eu doar. — Removeu o curativo, revelando a pele sem marca.

Aquele foi o final do diálogo até chegarmos ao nosso destino, onde estacionamos no lado oposto da rua de um bar de aspecto desanimado, freqüentado por trabalhadores.

Shiloh desligou o motor.

— Por que aqui? — perguntei.

— Este local é freqüentado pelos dois sujeitos que nós achamos que têm um laboratório numa casa perto daqui, nesta mesma rua. O bar é uma espécie de escritório para eles — fez uma pausa. — O que é ótimo, pois é difícil vigiar uma casa de fazenda sem dar na vista. Não existe pretexto para estacionar por perto.

— O que estamos procurando?

— Alguma coisa para provar que eles não são apenas dois subempregados que passam tempo demais no botequim. Tenho esperança de que se ficarmos algum tempo de vigia, eles recebam visita. Alguém que a gente conheça, alguém com antecedentes. Muitos desses caras têm um prontuário enorme. Eles saem da prisão e voltam direto para a destilação. — Shiloh virou-se um pouco para me encarar, e sua postura sinalizava interesse, embora seu rosto, não. Percebi que ele estava entrando na personagem. Era a Noite dos Namorados. — Preciso vê-los associados com gente desse calibre. Não basta para um mandado de busca, mas ajuda. — Colocou a mão delicadamente no meu ombro e me disciplinei para não deixar o toque se revelar em meu rosto.

— Genevieve me disse que você é de Utah — disse eu, a título de puxar conversa.

— Genevieve está certa.

— Então você é mórmon?

— Não, de jeito nenhum. — Ele pareceu achar graça na pergunta.

— Qual é a graça?

— Meu pai era ministro de uma pequena igreja sem denominação. Ele nem sequer considerava os mórmons cristãos.

— Ele era fundamentalista?

Shiloh levantou um ombro, negligente.

— As pessoas gostam de rotular; mas para meu pai só havia dois tipos de gente no mundo: os carneiros e as cabras.

— São apenas essas as opções? — Nenhuma das duas soava muito agradável para mim. Eu não tinha ouvido o evangelho do juízo final.

— Lamento — respondeu irônico, e se eu o conhecesse melhor, teria rido.

— Então, como você chegou de Utah às Cidades Gêmeas? — perguntei, mudando de assunto.

— Não foi especificamente um destino — respondeu.

Durante algum tempo ele me contou sobre seu treinamento e seu primeiro trabalho de patrulheiro em Montana, depois sobre sua vinda para o leste, para trabalhar na Entorpecentes, os anos nômades das operações de estourar pontos de venda e os trabalhos mais complexos de policial infiltrado. Seus olhos se desviavam de mim com freqüência e buscavam a rua. Não tentei ajudá-lo a vigiar — eu não saberia a quem estávamos buscando. De vez em quando ele passava os dedos ao longo de meu pescoço e colo, num gesto possessivo e afetuoso. Mantendo a personagem.

Enfim cansou-se de falar sobre si próprio.

— De onde você é? — perguntou.

— Do norte — informei. — Da Cordilheira de Ferro.

Era a minha resposta padronizada para as pessoas que eu acabara de conhecer. Não sei por que, mas eu raramente mencionava

180 Jodi Compton

para alguém o Novo México, a não ser que achasse que nos iríamos conhecer bem. Mike Shiloh não pertencia a tal categoria, pensei.

Mas suas palavras seguintes exigiram que eu infringisse minha própria regra.

— Então você nasceu no estado de Minnesota? — perguntou.

— Ok, não. Morei no Novo México até os 13 anos.

— E depois disso?

— Depois disso eu vim para cá. — Não era que eu estivesse tentando cortar o papo; sabia que precisávamos fazer alguma coisa para passar o tempo. Mas eu acho que a infância da gente é como o clima: você pode falar sobre ele o quanto quiser, mas não há o que possa fazer a respeito.

— Por quê? — perguntou ele. Não estava sendo curioso... fazer perguntas é apenas instintivo para os policiais. Eles fazem perguntas até para as pessoas que não são criminosas nem suspeitas, assim como os cães da raça collie tentam pajear criancinhas quando os animais da fazenda estão longe.

— Minha tia-avó morava aqui. Meu pai me mandou morar com ela. Ele era motorista de caminhão, então ficava muito tempo fora de casa, na estrada. — Fiz uma pausa. — E minha mãe morreu quando eu tinha nove anos. De câncer.

— Sinto muito.

— Já faz muito tempo. De qualquer jeito, meu pai se preocupava comigo quando estava na estrada. Providenciou com minha tia... quer dizer, tia-avó... para eu viver aqui. Imagino que ele também achava que eu precisava de uma influência materna durante a adolescência. Não foi porque eu fosse insubordinada ou tivesse feito alguma coisa errada.

Droga! Eu não sabia de onde tinha saído aquela última frase. Talvez, de certa forma eu temesse que essa era a conclusão a ser tirada de minha história.

No entanto, Mike Shiloh não percebeu meu constrangimento ou não quis chamar a atenção para ele. — Você às vezes vai para lá, para o Novo México?

— Não, e já não tenho parentes lá. E os anos que passei lá parecem ter sido há muito tempo. É como se... — eu tentei encontrar as palavras certas. – ... tudo no Novo México parece uma coisa que aconteceu com outra pessoa. Quase como uma vida passada. É esquisito, mas...

O que estou fazendo?, pensei, parando de chofre.

– Desculpe, eu estava divagando. Só quis dizer – apressei-me em explicar – que naqueles anos não aconteceu muita coisa. Nada realmente me aconteceu no Novo México. – Senti o calor subindo aos poucos sob minha pele.

Porém, mais uma vez Shiloh preferiu ignorar minha consternação. – Eu conheço a sensação – admitiu com um sorriso. – Também não me aconteceu muita coisa em Utah.

Suas palavras eram leves e casuais, porém ele estava olhando para mim com o rosto sério. Não, não era isso. Ele estava olhando para mim de um modo avaliador, mas também gentil, um olhar que me fez sentir...

– Vem cá, vem cá – chamou às pressas, tirando-me com um susto de meu devaneio. Fez um gesto para eu me inclinar para a frente. – Preciso ficar olhando por cima do seu ombro sem ser visto, entende?

Orientada por ele, deslizei no banco até me sentar em seu colo; pelo momento seguinte fomos um casal que trocava carícias num carro estacionado junto à calçada oposta ao bar. As mãos dele se entrelaçaram em minhas costas, abaixo da cintura, seu rosto enterrado no vão entre meu pescoço e meu ombro.

– Assim está bom – avisou.

Distraí-me do caráter íntimo de tudo aquilo pela preocupação com o que eu estava fazendo. Tentei mudar um pouco de posição para parecer natural, sem atrapalhar sua visão.

– Procure agir com naturalidade – disse ele baixinho contra meu pescoço –, mas vá se virando devagar e olhe para o homem de paletó escuro, que está entrando no estacionamento.

Virei-me ligeiramente, meu queixo contra o ombro.

– Estou vendo.

Enquanto eu falava, o homem desapareceu nas portas duplas e inteiriças do bar.

– Ele é alguém que eu conheço de Madison – disse Shiloh. – E quando eu digo que o conheço, quero dizer que o prendi certa vez. Logo, eu não posso entrar lá.

– Mas eu posso?

– Correto. Você vai entrar e se sentar onde consiga vê-lo. Observe com quem ele está sentado. Consiga uma descrição detalhada. Mas ainda não. Vamos dar a ele uns minutos para se acomodar.

– Combinado – disse eu, encantada com a perspectiva de entrar em ação.

– Mas agora já pode sair do meu colo – disse ele.

Eu me afastei precipitadamente. Se não estivesse tão escuro, teria me preocupado com o rubor.

O bar, quando cheguei lá dentro, estava quase tão escuro quanto a rua lá fora. O homem que eu tinha seguido estava tão perto do balcão que eu consegui sentar lá e observá-lo, mas os dois homens com quem se sentou estavam de costas para mim.

Depois de um gole, deixei o chope que havia pedido sobre o balcão e fui para a máquina de cigarros. Remexi na bolsa com ar de frustração.

Caminhei até a mesa em que os três homens estavam sentados.

– Com licença, algum de vocês pode me trocar uma nota de um dólar por moedas de 25 centavos?

– Eu não, coração – disse Madison friamente.

– Espere aí, eu posso – disse um de seus companheiros. Ele era, pude ver, um homem muito alto. Sua altura exata era difícil de avaliar, mas as pernas se estendiam, muito longas, sob a mesa.

– Obrigada – agradeci, colocando sobre a mesinha redonda uma maltratada nota de um dólar e recebendo de sua mão as moedas.

Voltei à máquina de cigarros, comprei um maço de Old Gold e me dirigi ao toalete feminino. Mas em vez de entrar no banheiro, saí por uma porta lateral, que não se podia avistar do balcão.

Parei junto à janela do motorista do Vega e Shiloh baixou o vidro.

– Dois homens louros – relatei. – Um deles é muito, muito alto, barbeado, cabelos longos e olhos azuis. O outro tem estatura média, eu acho. Parece muito com o amigo dele, só que o cabelo é um pouco mais claro e cortado curto. Ele tem uma tatuagem no antebraço esquerdo.

– Um desenho de arame farpado?

– É isso mesmo! – exclamei satisfeita. – Todos dois sem barba. O alto está usando...

– Já está bom – disse Shiloh, acenando que chegava. – Não preciso saber o que estão vestindo.

– E agora, vem o quê?

Shiloh fez um gesto de cabeça em direção ao banco do carona.

– Agora a gente volta para Minneapolis.

– Sério? – fiquei decepcionada. Não parecia trabalho bastante para uma noite.

– Sério. Você trabalhou bem.

Cerca de uma semana depois, Genevieve e eu fomos juntas fazer ginástica. No vestiário, ela quis saber minhas impressões sobre a primeira tarefa de montar campana.

– Como você ficou sabendo?

– Tropecei de novo no Radich. Sabe como é: você passa meses sem ver uma pessoa, e aí esbarra nela duas vezes na mesma semana.

– Foi legal. É meio chato – comentei. Não pensava assim, mas esta tinha sido a avaliação de Shiloh, e eu queria parecer bem calejada.

– Ah, eu achei que você talvez quisesse trabalhar na Entorpecentes, já que está com um pé na soleira da porta.

– Eu não chamaria uma campana de "um pé na soleira da porta".

– E a batida?

– Que batida?

Genevieve estudou minha expressão.

– Eles vão fazer uma batida no laboratório. Radich disse que ia falar com seu sargento sobre emprestar você de novo para poder acompanhá-los. Acho que ele ainda não falou.

– Lundquist não mencionou nada para mim.

– Eu não devia ter dito nada...

184 Jodi Compton

– Para o caso de o sargento recusar? Não se preocupe, eu consigo lidar com a rejeição.

– O Radich provavelmente ainda não pediu, é isso. O Lundquist não vai recusar. De todo modo, ele já tem pessoal suficiente; isto é só uma coisa boa para você, para poder aprender. Porque você os ajudou.

– Que grande ajuda foi essa? Eu só me sentei no colo do Shiloh e fingi que era namorada dele.

– Você ficou chateada de lhe pedirem isso? O Nelson não tinha condições de fazer essa tarefa.

– Eu fiquei à vontade com ela.

– O Shiloh ficou à vontade?

– Ficou, ele estava tranqüilo. O que você ia me contar sobre ele e o Kilander naquele dia?

– O Kilander?

– Sobre a... "a história de inimizade" dos dois?

– Ah, isso; não é nada sério. Já não me lembro de todos os detalhes, mas quando o Shiloh chegou aqui vindo de Madison, ele participou de uma espécie de batida num clube na zona norte de Minneapolis. O caso todo tinha pouca firmeza. Acabou indo parar na mão do Kilander, que seria o advogado de acusação. Acho que ele precisava que o Shiloh fosse... – pude ver Genevieve revisando mentalmente sua lista de palavras inócuas, não-incendiárias – ... *cooperativo* no testemunho. Não me pergunte sobre o que, pois não me lembro. Mas o caso inteiro desagradava ao Shiloh; era inconsistente. Ele não estava nem um pouco interessado em carregar a mão nas cores da história. – Genevieve sacudiu o cadeado de segredo para abri-lo. – Kilander teria no banco uma testemunha muito pouco prestativa. Em vez disso, ele preferiu desistir de chamar o Shiloh. E perdeu a causa.

– E o pessoal da chefatura, o que achou? – A opinião de um policial, pelo menos para mim, contava mais que a do promotor.

– Bem, obviamente a história circulou... foi assim que fiquei sabendo. E alguém mandou buscar uns formulários de inscrição da American Civil Liberties Union, que foram enviados para a delegacia em nome do Shiloh, como se isso fosse algo muito constran-

gedor. Eu duvido que tenha sido o Kilander. Não faz o gênero dele.
– Genevieve amarrou os cordões das botinas. – Por que está per‑
guntando?

– É sempre bom conhecer as fofocas do departamento – res‑
pondi, volúvel.

Quando cheguei à sala do esquadrão, havia uma mensagem à
minha espera da parte de meu superior, o sargento Lundquist. *Falar
com o tenente Radich.*

Se é difícil vigiar uma casa de fazenda, também é difícil, pelas mes‑
mas razões, invadir uma delas de surpresa. De fato, Radich havia
explicado, nós não usaríamos de sutileza. Em vez disso, seria uma
batida na madrugada. Entraríamos porta adentro sem aviso, para
pegar todos adormecidos e desprevenidos.

Eram 5h25 da manhã, e eu estava viajando em direção a Anoka
no mesmo Vega verde que Shiloh e eu tínhamos usado antes. Desta
vez eu ia sentada ao lado de Nelson.

Rodamos em silêncio pela maior parte do tempo. Eu me sentia
mais à vontade com Nelson que com Shiloh. Ele era o tipo de po‑
licial ao qual eu estava habituada, de cabelo cortado à escovinha e
um modo brusco de falar. Relacionava‑se comigo como faria com
qualquer outro policial. Ele não havia me visto nua 45 minutos de‑
pois de nos conhecermos num bar de aeroporto.

Eu tinha trabalhado na rua até uma hora da madrugada e nem
sequer tentara tirar umas horas de sono. O fato de que eu fosse pas‑
sar a noite inteira acordada tinha preocupado Radich e Lundquist.
No entanto, os dois devem ter lido no meu rosto o quanto eu an‑
siava acompanhá‑los, pois no final acabaram me deixando ir. No mo‑
mento eu não sentia um pingo de sono. Sentia‑me como se tivesse
engolido várias dúzias de vespas com muitas xícaras de café preto.

Enquanto eu estava revisando minha arma ao lado do carro,
Shiloh veio falar comigo.

– Acho que tenho de agradecer a Radich por se lembrar de mim
outra vez – disse eu.

– Não, isto foi idéia minha – disse ele com suavidade. – Olha,
eu vim lhe dizer uma coisa...

- Ele já explicou tudo – cortei. – Eu vou ficar atrás do Nelson e dar cobertura a ele; você e o Hadley vão na frente, e o Nelson e eu entramos por trás.

- Não era isso – esclareceu Shiloh. – É uma coisa que aprendi com um psicólogo. Se em algum momento você se apavorar, não que gente do nosso tipo se apavore – ele fez uma pausa para me avisar que se tratava de piada –, você pode colocar as mãos numa esquadria de porta... uma porta de carro, qualquer coisa... e imaginar que está deixando seu medo ali.

Enfiei minha arma no coldre.

- É uma coisa que você pode fazer sem dar a notar, caso haja gente em torno.

- Obrigada – disse eu, lacônica.

Ele não se deixou enganar pela delicadeza superficial de minha resposta.

- Eu não quis dizer que você está apavorada.

- Eu sei.

Ele desviou o olhar para a casa.

- Faça apenas o que combinamos. Essa tarefa não vai nos dar nenhum problema.

Radich tinha dito algo muito parecido anteriormente; agora Shiloh havia dito aquilo. Acho que, diante de tanta provocação cármica, alguma coisa tinha que desandar.

Dois deles estavam dormindo num sofá da sala de estar no andar térreo. Shiloh e Hadley foram direto para o andar de cima, pois ouviram o som abafado de pés correndo. Nelson segurou contra a parede o homem alto do bar – ao vê-lo de pé, eu agora lhe atribuí a impressionante altura de 2,01m ou 2,05m – e começou a algemá-lo. A outra pessoa que dormia no sofá, uma moça muito magra de 20 e poucos anos, disparou na direção da saída mais próxima, uma janela.

Antes mesmo de Nelson virar a cabeça na direção da mulher, eu corri atrás dela. A moça era muito rápida – já havia aberto a janela de guilhotina e colocado cabeça e ombros para fora quando consegui alcançá-la. Diante disso, agarrou-se com tanta força ao beiral da janela que acabou cortando a palma da mão. Ela gritou.

– Veja o que você fez, sua vaca! – berrou ela ao ver o próprio sangue, abrindo a mão para eu poder vê-lo.

– Faça o favor de botar as mãos para trás – ordenei.

– Tire as mãos de mim! Olha só a merda que você fez! Tire as mãos de mim, sua piranha nojenta!

– Trace – disse o suspeito de Nelson, com uma voz cansada. Ele sabia reconhecer uma causa perdida. Trace... ou Tracy, mais provavelmente... não pareceu ouvir. Ela não estava ouvindo ninguém. Continuava a gritar comigo, enquanto eu tentava ler seus direitos de prisioneira. Aquilo estava me deixando nervosa. Se ela não conseguisse ouvir a leitura de seus direitos, eu me perguntava, teria uma possível escapatória no tribunal?

Pelo canto do olho vi Hadley e Shiloh descendo as escadas com um terceiro suspeito. Eu tinha conseguido algemar Tracy, mas gostaria que ela calasse a boca. Eu estava começando a me envergonhar de ser a única a não conseguir manter seu suspeito sob controle.

Naquele momento aconteceu uma coisa muito estranha. A escada tinha um tradicional parapeito aberto, sustentado por colunas de madeira esculpida. Um borrão cor de bronze despencou do espaço entre duas colunas, como se parte do madeirame tivesse adquirido vida, e aterrissou quase diretamente aos pés de Nelson, que deu um salto notavelmente controlado, mas não foi a lugar nenhum. Seus olhos azul-claríssimos ficaram mais pálidos nos cantos.

Eu não se precisei nem mesmo olhar para saber do que se tratava. O som de chocalho de uma cascavel era familiar de minha infância no oeste.

Por uma fração de segundo todos ficaram congelados, até mesmo a cobra enrolada e pronta a dar o bote.

Dei um passo à frente, segurei a serpente por trás da cabeça triangular e quebrei-lhe o pescoço.

O som de seu chocalho, insistindo após a morte, encheu a casa. Hadley e Nelson ficaram olhando para mim como se eu tivesse acabado de cindir o átomo. Tracy tinha parado em pleno grito e estava de boca aberta, olhando espantada para mim. Só Shiloh pareceu não se espantar, embora estivesse me olhando com o brilho de algum pensamento ilegível nos olhos.

— Talvez seja melhor levar todos para fora — sugeriu.

Foi o que fizemos, mas alguém tinha que voltar lá dentro e averiguar se a casa estava segura. Nelson e Hadley não demonstraram o menor interesse. Os olhos deles se voltavam para mim.

— Foi você quem matou o dragão — disse Hadley, só meio de brincadeira.

— Claro, eu cuido disso.

— Eu vou com você — disse Shiloh.

Não havia mais nenhuma cobra à solta. No andar de cima encontramos o viveiro delas.

Numa extremidade, uma lâmpada de calor brilhava sobre uma pedra larga de tomar sol. Na outra ponta, havia uma caixa fria para a qual se retiravam os répteis. Duas serpentes adultas pareciam dormir na areia, enroscadas uma na outra.

— Deus me livre dos traficantes de drogas e seus malditos bichos de estimação — disse Shiloh em tom cansado.

— Nós vamos ter de chamar o Controle de Animais? — Eu estava agachada, examinando o frigobar, que, além de ratos mortos, guardava também pequenos frascos de soro antiofídico.

— Você está brincando? Chamar a "carrocinha"? Eles não vão nem tocar nisso. Acho que vamos precisar chamar aqui é o Controle Ambiental ou o pessoal do zoológico, o que quer dizer que um de nós vai ter de ficar aqui.

— Eu posso ficar.

— Não, Nelson e eu precisamos reunir tudo que sirva de prova. Volte para a delegacia, faça o boletim de ocorrências dos suspeitos, prepare os relatórios. Hadley vai gostar de voltar com você... acho que ele está apaixonado.

Era uma piada, mas eu o vi se dar conta do que tinha dito. Acidentalmente havia evocado aquilo que ambos estávamos nos empenhando em tentar esquecer. Estávamos caminhando sobre uma delgada lâmina de gelo, e ele a quebrara com uma observação inocente. Ambos sentimos o choque da água gelada que se espalhou sobre nosso entendimento recém-criado.

Entretanto, Shiloh estava certo quanto a uma questão. Hadley me telefonou. Saímos juntos por seis semanas de boa camaradagem, que mantivemos oculta para os outros oficiais.

Uma noite eu estava patrulhando sozinha. Quando cruzava a ponte Hennepin, avistei uma caixa de papelão deixada na passagem de pedestres, isolada e sem ninguém por perto. Aquilo me pareceu estranho, e quis ver o que havia dentro.

Aproximei-me do objeto com uma cautela que se mostrou desnecessária. A caixa estava aberta no alto. Dentro dela dormiam dois filhotes de gato em cima de folhas de jornal.

Alguém tinha sentido um espasmo de compaixão no último minuto e não conseguira jogá-los por cima da mureta, dentro do rio. Agora os gatinhos e sua caixa iriam para a sala do esquadrão até o Controle de Animais abrir pela manhã.

Eu não tinha urgência de voltar para meu carro, de modo que fiquei olhando o Mississipi e suas margens. Ainda não havia tráfego na ponte, e nenhum carro se mexia lá embaixo em minha linha de visão. Era como estar no cenário vazio de um filme. Lá no centro da cidade, as janelas dos edifícios altos brilhavam iluminadas, e na distância eu podia ouvir o ruído do fluxo da rodovia interestadual 35W, como o sangue correndo, ouvido no estetoscópio. Aqueles eram os únicos sinais de vida. Mesmo para as 2h35 da madrugada de um dia útil, não era normal. Mas não era perturbador, era misterioso.

Um movimento lá embaixo atraiu meu olhar, uma figura solitária a distância.

Era um corredor, movendo-se a passos largos como um atleta de cross-country perto da linha de chegada, lá no meio de uma rua deserta cuja superfície negra e molhada brilhava à luz.

Só de observá-lo eu soube diversas coisas a seu respeito: que tinha estado nesse ritmo por algum tempo e que era capaz de mantê-lo por um bom tempo. Que estava sentindo a energia de correr pelo centro de uma rua que quase nunca estava deserta. Que ele era o tipo de corredor que eu gostaria de ser, o tipo que consegue deixar a mente solta e se limitar a correr, sem ficar medindo a distância e pensando no momento de poder parar.

Quando ele se aproximou, percebi que o conhecia: era Shiloh.

Ele passou bem embaixo de mim, e quando o fez, houve um súbito ruído de motores atrás de mim, dois carros correndo em direção ao leste, e o momento de sossego se acabou.

Dias depois encontrei Hadley para almoçarmos e discutirmos a relação. Ambos concordamos que de fato ela acabaria por não funcionar. Não sei qual dos dois usou concretamente a expressão *no longo prazo*, mas desconfio que fui eu.

Eu não telefonei para Shiloh nem lancei mão de artifícios para cruzar seu caminho no centro da cidade.

Tampouco tornaram a me chamar para ajudar a força-tarefa antidrogas, embora Radich tenha aparecido para agradecer minha ajuda. O incidente da cascavel me tornara famosa no departamento por um breve intervalo, mas agora havia sido misericordiosamente esquecido. Voltei a ser uma modesta patrulheira, trabalhando em meus turnos do final da noite e da madrugada, em que nada ocorria.

Uma onda de calor se instalou sobre a cidade. Genevieve tirou uma semana de folga durante as férias de primavera de Kamareia, e na falta de uma parceira de ginástica para a sala de musculação, comecei a praticar corridas ao longo do rio durante a tarde. Eu dizia a mim mesma que não estava evitando as partidas de basquete em que jogavam alguns detetives da Entorpecentes; eu dizia que estava só treinando mais uma habilidade, e além disso o tempo quente estava gostoso demais para ser desperdiçado com atividades em recinto fechado.

Eu sempre caminhava os últimos quatrocentos metros para arrefecer o calor. Era o que eu estava fazendo numa tarde, pouco depois das 5 horas, caminhando e desfrutando o cheiro que vinha de uma pizzaria vizinha, quando dobrei a esquina de minha rua e vi um par de longas pernas nos degraus da frente de minha casa. Não se via o restante do corpo do visitante, pois ele estava sentado no degrau do alto, dentro do saguão de entrada, mas as botinas surradas me eram vagamente familiares, tanto quanto o era, percebi de repente, o Catalina verde estacionado na rua.

Alegrei-me por ter reconhecido de antemão de quem se tratava, o que me permitiu não aparentar surpresa quando pela primeira vez em dois meses me encontrei cara a cara com Shiloh.

Era de aproximadamente dois meses o intervalo decorrido desde nossa sucessão de encontros, e vê-lo provocou em mim aquele discreto choque, o choque de reconhecimento e constatação de que nossa própria memória não registrou alguém com a devida fidelidade. Assim, registrei tudo de novo: as feições ligeiramente eurasianas, o cabelo longo e ondulado que evidentemente não tinha sido cortado naquele meio-tempo e, acima de tudo, o olhar direto e petulante. Como estava no degrau mais alto, ele, mesmo sentado, estava quase nivelado comigo.

— Imaginei que se você fosse trabalhar no plantão da madrugada, provavelmente apareceria por aqui a estas horas — disse ele, à guisa de cumprimento. — Você já comeu?

— Você não cogitou telefonar antes?

— Desculpe, o Hadley está aqui agora?

Ele mantinha o rosto completamente sério, mas eu senti que se divertia. Shiloh achava engraçado ter adivinhado uma coisa que Hadley e eu tínhamos nos esforçado tanto para não cair na rede das fofocas.

— Eu já não estou saindo socialmente com o detetive Hadley — retruquei, usando o fraseado mais formal que consegui encontrar e o tom mais frio.

— Alegro-me em saber — disse Shiloh. — Na sexta-feira passada, vi o detetive Hadley à noite, no distrito de Lynlake, com uma moça. Ela estava vestida como se estivesse "saindo socialmente" com ele.

— Sorte dele.

— Você não respondeu à minha pergunta. Está com fome? — Inclinou a cabeça ligeiramente, numa interrogação. — Eu estava pensando no restaurante coreano em St. Paul, mas isso é negociável — prosseguiu. — Tudo depende do que você deseje.

Percebi que durante algum tempo eu estivera tentando decidir quem era aquele homem e se eu gostava dele, mas ainda não tinha chegado a uma conclusão.

– Antes de ir a qualquer lugar – disse eu, de modo formal – quero lhe perguntar uma coisa.

– Pode perguntar.

– Por que ir beber num bar de aeroporto?

Se mais não fosse, eu o surpreendera. Pude vê-lo em seu rosto. Ele esfregou a parte de trás do pescoço por um momento, depois olhou para mim e disse:

– Os aeroportos têm sua própria polícia. Eu queria ir a algum lugar onde não encontrasse nenhum policial que eu conhecesse.

Eu ouvi a verdade em suas palavras. Verdade, e nada do cinismo fácil que teria me permitido despachar aquele homem e parar de pensar nele de uma vez por todas.

– Vamos entrar um minuto – disse eu. – Preciso trocar de roupa.

Capítulo 14

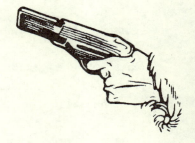

Naomi Wilson, ex-Naomi Shiloh, não havia exagerado em relação ao próprio volume. Usava um vestido amarelo solto e um suéter coral que deixara desabotoado para acomodar a imensa barriga. Parada na lateral do bem-cuidado pátio de recreação da creche, observava as crianças.

Quando me viu chegar, notei que me avaliava: minha altura, a jaqueta de couro preto que eu pensava ser o melhor contra o outono do oeste.

— Você deve ser a Sarah. Pode me chamar de Naomi.

Seus cabelos eram mais escuros que os de Shiloh, e no rosto aberto e delicado não vi muito das feições dele. Mas o porte, o ar, naturalmente, é parte da aparência da pessoa. Quanto mais vivemos, mais nossa vida e nossos pensamentos se refletem em nosso rosto. E já estava claro que em tal particular havia um mundo de diferença entre Naomi e Shiloh.

— Você se importa se conversarmos ali? — Naomi mostrou com um gesto uma mesa de piquenique próxima. Obviamente ela estava à vontade em seu suéter, habituada a ficar ao ar livre com as crianças. — Se você preferir entrar, posso pedir a Marie que fique aqui fora.

— Aqui fora está perfeito — disse eu.

— Posso primeiro lhe oferecer alguma coisa? Um chá ou uma água? Um suco de maçã? Biscoitinhos de aveia? – ela sorriu da própria piada.

— Um café até viria bem.

— Na verdade, não temos café – desculpou-se.

Demasiado tarde me lembrei de Shiloh me dizendo que em Utah, onde os mórmons constituem 75% da população, até as lanchonetes servem refrigerante de cola sem cafeína.

— Tudo bem – disse eu. – Na verdade, estou satisfeita.

Na mesa, ela precisou de um momento para se ajustar confortavelmente.

— Você está no nono mês?

— No sétimo.

— Gêmeos?

Fez que sim com a cabeça.

— É de família.

— Onde mora sua irmã gêmea?

— Ela ainda está na escola – disse Naomi. – Bethany não terminou a faculdade em quatro anos, como eu.

Eu estava a ponto de abordar o assunto em pauta, mas ela se concentrou pensativa em mim, como se eu houvesse subitamente me materializado. – Então o Mike se casou – disse ela. – Eu não sei a razão, mas isso me surpreende.

— É mesmo?

— Ele sempre foi uma espécie de solitário – esclareceu.

— De certo modo, ainda é. Antes de desaparecer, ele estava indo para a academia do FBI na Virgínia. Isso o teria mantido longe de casa por quatro meses, mas eu entendi.

— Ele ia ser agente do FBI?

— É isso.

— Puxa, isso é incrível. – Naomi chegou a rir. – Mike, um agente do FBI.

— Por que isso a surpreende? Você sabia que ele era policial.

— É verdade. Eu sei, mas é que...

— Ele era rebelde quando garoto?

— Sabe como é... — Olhou ligeiramente para cima, como fazem as pessoas quando estão acessando recordações. — Eu de fato não sei. Foi uma espécie de impressão que adquiri, em meus tempos de garota.

— Adquiriu de seus pais?

— Sim, e de Adam e Bill. Mas agora, pensando bem no assunto, não consigo me lembrar de nada específico que eles tenham dito. Talvez eu apenas tenha presumido que alguém que sai de casa tão cedo é um transgressor.

— Um fora-da-lei — sugeri.

— Sim — concordou. — Mas como foi que vocês se conheceram?

Naomi parecia mais interessada na vida de Shiloh em Minnesota do que em seu desaparecimento. Talvez aquilo fosse apenas natural. De certo modo, para ela e a família, Shiloh já havia desaparecido.

— Por intermédio do trabalho — esclareci. — Eu sou policial.

— Eu devia ter adivinhado. Você bem que parece uma oficial de polícia, quer dizer, você é...

— Alta, eu sei — completei, sorrindo para ela. — Quando foi a última vez em que você falou com Mike? — perguntei.

Era hora de tratar de assuntos sérios. Se é que eu sabia qual era o assunto a tratar ali.

— Eu nunca falo com ele — respondeu ela, levemente surpreendida. — Eu recebo cartões de Natal dele.

— Mas você foi a pessoa da família que conseguiu achar a pista dele. Vocês parecem ter um relacionamento mais próximo.

— Eu não diria próximo — corrigiu ela. "Ele foi embora de casa quando eu tinha apenas oito anos de idade.

— Por que você começou a procurá-lo?

Ela parou para pensar.

— Na nossa família, eu era uma espécie de guardiã dos registros. A família é importante para mim. Bem, era importante para todos nós. Mas eu sempre fui a pessoa que fazia as fotos nas reuniões de família e montava os álbuns. Acho que foi por isso que, quando eu estava no final do secundário, comecei a pensar em Mike e se seria possível encontrá-lo.

196 Jodi Compton

— Você usou um desses serviços da internet que localizam pessoas?

Naomi fez que não com a cabeça.

— Isso era caro demais para o dinheiro que eu tinha na época. Eu fiz apenas o que podia. Eu tinha muitos amigos, e toda vez que eles saíam da cidade, eu lhes pedia que procurassem no catálogo telefônico da cidade onde estavam. Shiloh não é um nome comum. Um dia minha amiga Diana lidou de Minneapolis e disse que tinha visto um Michael Shiloh no catálogo, só um número, sem endereço.

"Eu era tímida demais para telefonar; portanto, pedi o auxílio à lista. Eu disse: 'Sei que vocês não podem me dar o endereço, mas este senhor Shiloh é o da Fifth Street?' Peguei este nome de rua ao acaso. E a telefonista disse: 'Não, o endereço que está sendo mostrado é 28th Avenue.' Logo, fiquei realmente animada naquele momento. Era como um projeto. Eu pedi a Diana que pedisse ao primo dela da cidade que procurasse nos registros de zona eleitoral, e o endereço completo de Mike estava lá.

— Quem me dera que todo mundo que trabalha comigo na delegacia tivesse o seu espírito de iniciativa. — Eu não tentava só lisonjeá-la — Sua dedicação impressionava.

Naomi parecia encantada.

— Naquela época eu era uma caloura na faculdade. Escrevi uma carta para ele, embora estivesse tentando não criar uma expectativa muito alta. Então, três semanas depois, recebi uma carta. Não era uma longa, mas devo tê-la relido umas quatro vezes. Eu não conseguia acreditar que tinha encontrado o Mike. Até aquele momento ele não tinha sido uma pessoa real para mim. Ele tinha uma caligrafia engraçada, só de maiúsculas, meio angulosa.

— Eu sei — falei. — E o que ele dizia?

— A maior parte da carta era de respostas às perguntas que eu lhe fizera. Dizia que sim, que era ele, e escreveu um pouco sobre seus "anos perdidos". Sobre o tempo que havia passado trabalhando em Montana, Illinois, Indiana e... o que era mesmo?... Wisconsin, eu acho.

"Disse que tinha feito o supletivo, em vez de terminar o secundário regular, e que agora estava na força policial. Contou-me que gostava de Minneapolis, mas que não tinha certeza se ia ficar por lá em caráter permanente. E "não sou nem nunca fui casado". Achei que esse era um jeito engraçado de falar da questão, como se ele estivesse respondendo a um comitê do senado. – Naomi fez uma pausa e ficou pensativa. – Disse que eu não devia me precipitar em me casar e ter filhos. Disse que eu devia fazer uma pausa nos estudos e conhecer o mundo, ou pelo menos os Estados Unidos. Ter um pouco de perspectiva das coisas. E também me disse para "estudar muito". – Seus olhos se apertaram, olhando para alguma coisa por cima de meu ombro. – Desculpe, eu volto já.

Eu me voltei e passei a perna por cima do banco, observando enquanto Naomi arbitrava uma disputa de um dos brinquedos do playground. Levou alguns minutos encaminhando as coisas e aplacando sentimentos magoados, depois voltou para junto de mim.

– Onde eu parei?

– Você tinha acabado de receber a primeira carta dele.

– Correto. Bem, a mim pareceu um começo promissor. Então escrevi de volta, e ele me escreveu. E pra lá e pra cá, algumas vezes. Quando eu recebia carta dele, respondia quase imediatamente, mas em geral havia uma espera até ele responder à minha.

"Por fim escrevi para perguntar a ele se acreditava que algum dia passaria em Utah, já que não tinha certeza de se radicar em Minnesota, e perguntei a razão de ter ficado tanto tempo longe de casa. Disse que provavelmente todos ficariam felizes se ele voltasse, pelo menos para uma visita. A essa carta ele jamais respondeu. Seis semanas depois resolvi telefonar. – Ela sorriu, mas com o olhar levemente irônico. – E foi o que eu fiz. Ele atendeu, e eu disse: 'Alô, aqui é a Naomi.'

"Ele disse alguma coisa como: 'Sim, Naomi?', e eu achei que ele não sabia quem eu era. Esclareci: 'Sua irmã Naomi', e ele disse: 'Eu sei.'

"Comecei a ficar constrangida. Ao telefone, ele era totalmente diferente do que era nas cartas. Eu disse alguma coisa no sentido de ter telefonado para conversar, e ele perguntou: 'A respeito de quê?'

Eu me senti constrangida em lugar dela, porque podia ouvir perfeitamente a voz fria de Shiloh dizendo aquilo.

198 Jodi Compton

— Não me lembro exatamente do que eu disse, mas estava muito constrangida. Dei um jeito de desligar sem bater o telefone direto na cara dele, mas não foi fácil. Eu nunca mais voltei a fazer aquilo.

Naomi riu um pouco, como se ainda estivesse encabulada.

— Não voltei a fazer contato com ele até a morte de papai. O pior é que mamãe tinha morrido um ano antes, e eu não tinha telefonado para o Mike. É horrível dizer que não me passou pela cabeça, mas eu estava realmente arrasada e simplesmente não pensei nele de jeito nenhum. No ano seguinte, quando papai morreu, eu já tinha passado por aquilo, portanto de certa forma, foi mais fácil. E eu tinha o Rob. Estávamos noivos então, e ele me deu muito apoio.

"A essa altura Mike tinha se mudado e não estava mais na lista, mas eu deixei um recado para ele no departamento de polícia e ele me ligou. — Fez uma pausa, recordando. — Foi muito diferente do telefonema anterior. Ele foi realmente amável. — Ela sorriu. — Quando dei a notícia a ele, perguntou-me como eu estava me sentindo, perguntou sobre Bethany, e assim por diante. Eu lhe contei sobre os arranjos do enterro e... — ela pareceu arrependida... — acho que eu apenas presumi que ele estava vindo. Olhando para trás, não consigo me lembrar de Mike ter dito que viria. Então chegou o dia do enterro, e ele não estava lá. Só mandou um arranjo de flores. Tenho de admitir que fiquei magoada. Não por minha causa, mas por causa da família toda.

Eu me lembrava das flores. A floricultura tinha telefonado para nossa casa com perguntas sobre a encomenda, e se não fosse por isso, eu jamais teria sabido que o pai dele tinha morrido. Eu havia perguntado a ele por que não ia ao enterro e me oferecera para acompanhá-lo. Shiloh havia recusado e desencorajado outras perguntas.

No dia do enterro, Shiloh tinha estado mais ou menos bêbado, e durante semanas, a partir de então, tinha sido uma companhia tão insuportável que optei voluntariamente por dar plantões extras no trabalho e passar o tempo livre com Genevieve e Kamareia.

— Naomi, a morte de seu pai atingiu o Mike com muito mais força do que você talvez tenha notado.

Ela olhou para mim. Ao recontar a história da família, tinha se esquecido de que eu era uma pessoa que viveu com Shiloh e uma testemunha do cotidiano dele.

— Bem — disse ela — seja como for, dois meses depois, quando o Rob e eu nos casamos, ele nos mandou um presente. Eu tinha me esquecido de que havia sequer mencionado o casamento para ele em nossa conversa telefônica. — Uma brisa lhe arrepiou os cabelos, e ela os ajeitou com a mão, colocando-os no lugar. — Era um lindo álbum de fotografias encadernado em couro. Parecia que ele sabia de meu gosto por álbuns de família, embora eu nunca tivesse mencionado o fato. Foi um presente perfeito. Mas sem um bilhete que o acompanhasse. Depois disso, começamos novamente a trocar cartões de Natal, mas os dele eram só assinados. Não havia neles nada de pessoal. — A voz dela ficou um pouco mais baixa. — Acho que eu de fato não o entendo de jeito nenhum.

— Pode ser difícil entendê-lo — concordei. — Ou, para ser honesta, ele pode ser... — *Não diga um pentelho* — ... um saco.

Naomi deu uma risadinha.

— Mas você se casou com ele! — exclamou, um pouco chocada com minha deslealdade conjugal. Então o riso morreu e ela ficou séria. — Ele está desaparecido de verdade? — perguntou, como se eu não tivesse deixado aquilo absolutamente claro.

— Está, sim.

Das bandas do playground levantou-se um alarido, e dessa vez as duas nos viramos. Um garotinho louro estava sentado no chão de cascalho com as pernas dobradas. De um arranhão recém-feito em seu cotovelo saía sangue. Raladuras nos cotovelos e joelhos são para as crianças como o resfriado comum.

Dessa vez eu segui atrás dela. Naomi tirou do suéter um enorme pacote de lenços de papel e comprimiu com eles a pele manchada de sangue do menino.

Em torno dele, outras crianças tinham formado um semicírculo para observar, versões em miniatura das pessoas que eu via ao fazer meu trabalho, as pessoas que paravam tudo para observar acidentes e locais de crime.

200 Jodi Compton

— Isso talvez leve algum tempo. Tenho de levá-lo ao banheiro lá dentro. — Naomi tornou a voz mais alta e animadora. — Pra que chorar tanto, Bobby? Agora está tudo bem.

— Entendo a situação — tranqüilizei-a por cima do som dos soluços de Bobby, agora mais contidos.

— Talvez você possa vir a minha casa hoje à noite, para jantar, e poderíamos conversar um pouco mais.

Era exatamente o que eu tinha planejado sugerir depois de encerrada nossa reunião ali, e agora não precisava fazê-lo.

— Seria ótimo. Se você tiver fotos de Shiloh, qualquer coisa dele, anuários do colégio, eu gostaria de vê-los.

— É claro, eu tenho montes de fotografias da família. — Levantou Bobby pelo braço.

— Antes de ir, preciso de alguma coisa para fazer no resto do dia, e tinha esperança de falar com seus irmãos mais velhos e com Bethany, fazer a eles algumas perguntas elementares. Eu preciso saber qual foi a última vez em que eles o viram ou falaram com ele. Você tem os telefones de onde eles estão durante o dia?

Meio inclinada para segurar o braço de Bobby, ela me lançou um olhar aflito, mas pensativo.

— Acho que posso responder a essas perguntas. Há anos eles não falam com o Mike, desde antes que eu conseguisse localizá-lo. Sei que sou a única da família a ter tido persistência para encontrá-lo.

— E isso ficou evidente pelo que você me contou hoje — falei. — Mas eu preciso ter certeza. Estou apenas sendo meticulosa.

— Venha comigo — disse Naomi, começando a levar o garoto em direção ao edifício. — Sei de cor os números deles todos. Posso anotá-los para você.

Um táxi me apanhou na porta da creche cerca de meia hora depois. A motorista do táxi, a quem pedi uma indicação, me levou a um motel de dois andares, administrado por uma família, no centro de Salt Lake City.

— Não preciso ficar perto da praça do Templo — disse eu a ela. — Não sou turista.

– Mesmo assim, vale a pena visitá-lo enquanto está aqui – recomendou ela.

– Talvez na próxima vez – respondi.

Eu sabia o que a tarde me reservava. Quando a gente precisa mesmo falar ao telefone com alguém, parece que quem sempre atende é a secretária eletrônica.

Em preparação para isso, comprei um sanduíche de máquina e uma Coca-Cola e peguei um pouco de gelo na geladeira do corredor, fortalecendo-me para a longa espera. Depois, já no quarto, disquei os números dos locais de trabalho dos irmãos de Shiloh e, não conseguindo falar com nenhum deles, deixei recados. Então almocei e fiquei cochilando à espera dos telefonemas de retorno.

Devo ter dormido profundamente, pois quando o telefone me despertou e uma voz masculina respondeu à minha, eu disse "Shiloh?", exatamente como tinha feito com Vang.

– Aqui é Adam Shiloh, isso mesmo – disse a voz, parecendo se divertir um pouco com a familiaridade do tom que usei. – Quem está falando é Sarah Pribek?

– Desculpe – respondi, sentando-me na beirada da cama. – Você fala como... como seu irmão.

"Como o Mike? Eu não saberia dizer. Não falo com ele há anos, literalmente. – Ouvia-se ao fundo o barulho de um interfone; ele estava me telefonando do trabalho. – Imagino que isto seja lamentável – prosseguiu.

Falamos rapidamente sobre Shiloh, mas para mim ficou claro de saída que Adam, residindo há seis anos no estado de Washington, não sabia coisa alguma sobre a vida de adulto do irmão. Ouvi ao fundo uma voz feminina sobrepondo-se aos ruídos genéricos de um escritório. Não consegui distinguir as palavras, exceto a última: *vindo?*

– Tenho de ir a uma reunião – disse-me Adam Shiloh. – Mas se eu puder ajudar você em alguma coisa, por favor me diga.

– Muito obrigada, não vou me esquecer disso.

Uma hora depois Bethany Shiloh telefonou de seu dormitório estudantil na zona sul de Utah. Cobrimos o mesmo território, até mais rapidamente, que eu cobrira com Adam. Não, ela não tinha visto nem falado com Mike desde que ele saíra de casa. Ela não co-

202 Jodi Compton

nhecia nenhum amigo dele. Ela queria me encontrar algum dia, depois que "tudo isso tivesse passado".

Desliguei e peguei o bloco de rascunho, só para constatar que não havia o que anotar. Falar com Adam e Bethany havia representado progresso apenas no sentido de que as conversas eram necessárias à minha investigação, mas não no sentido de que me tivessem dado alguma informação proveitosa.

Os irmãos de Shiloh tinham uma coisa em comum. Todos pareciam muito serenos em relação ao sumiço dele. Mas, por outro lado, eles não tinham visto o irmão em muitos anos; talvez aquilo fosse mesmo de se esperar. Eu não podia julgá-los, pois provavelmente também parecia estar levando tudo com demasiada tranqüilidade. Para quem olhava de fora.

Naomi e o marido Robert viviam nos arredores da cidade, numa casa de um pavimento. Cheguei na hora combinada, e Naomi me recebeu à porta, vestida como antes.

— Andei procurando pelas coisas do Shiloh, como você mencionou, mas realmente só tenho meus álbuns — constatou. — Nós poderíamos olhá-los depois do jantar, se você conseguir esperar.

— Acho que ouvi alguém aí na porta. — Um homem jovem entrou, vindo do vestíbulo. Alto e magro, tinha cabelos louros e olhos verdes; era extraordinariamente bonito, pensei.

— Ah, esta é sua cunhada?

— Isso mesmo, é a Sarah — disse Naomi. — Sarah, este é meu marido, Robert.

— Pode me chamar de Rob — disse ele. Tinha na mão um garfo de trinchar: estava preparando o jantar daquela noite.

Durante a refeição Robert me fez muitas perguntas sobre o trabalho de detetive na delegacia do condado. Por fim, Naomi perguntou especificamente sobre o caso de Shiloh.

Contei a eles como Mike havia desaparecido, ou melhor, como eu havia descoberto seu desaparecimento sem encontrar os indicadores habituais do que lhe acontecera. Tentei pintar a situação como menos sombria do que provavelmente era... ignoro se para consolar a irmã ou a mim mesma.

A 37ª hora 203

— Deixe os pratos para mim — disse Naomi ao marido após a refeição. — Vou mostrar umas coisas a Sarah e provavelmente precisaremos conversar, mas eu lavo a louça depois.

Eu a segui pelo corredor até o quarto de hóspedes da casa, recém-convertido num quarto infantil. Já havia nele uma cadeira de balanço; a outra cadeira parecia ter vindo da sala de estar, convocada ao serviço por minha visita.

— Este era nosso quarto de guardar coisas — explicou Naomi. — Ainda guardo muita coisa no armário. — Porém, tinha retirado dali diversos álbuns, que apanhou da cadeira onde estavam descansando e colocou num divã entre nós.

— O primeiro provavelmente é o que mais interessa a você. Tem muita coisa do tempo em que nós seis estávamos crescendo.

Sentei na cadeira de balanço e comecei a olhar as fotos.

O álbum contava uma história consagrada pelo tempo e para a qual não se necessitava de palavras. Começava com imagens de um ritual de cortejar: os Shiloh ainda solteiros, juntos no lago, num grupo maior de jovens, num evento da igreja.

Depois vinha o casamento, um cortejo nupcial no exterior de uma igreja. A noiva com a mãe e a irmã, orgulhosas. Um noivo nervoso com seus padrinhos; quase se podia escutar o riso das pilhérias. A primeira casa. Os bebês. As crianças mais crescidas. Shiloh com seu cabelo avermelhado, num corte à máquina infantil e impessoal. Shiloh com os irmãos mais velhos, muitas vezes ao ar livre. O surgimento de duas gêmeas, Naomi e Bethany. Eu observei Shiloh evoluir de uma criança magrinha para um adolescente esguio, o rosto mudando da abertura sem individualidade de uma criança para aquela expressão pensativa e defendida do homem que eu conhecia. Se eu estivesse sozinha, poderia ter passado a noite inteira estudando aquelas fotos, mas elas não me mostravam nada que me ajudasse, e fui passando depressa as páginas.

Então, voltei uma página.

— Quem é esta?

Naomi inclinou-se para perto e olhou a foto que eu estava apontando. A família inteira posava de pé para um tradicional retrato de estúdio, contra um fundo azul pouco natural. Na foto, o adoles-

204 Jodi Compton

cente Shiloh estava parado ao lado de uma moça quase tão alta quanto ele. Se os cabelos dele tinham a coloração do cobre antigo, a cabeleira dela, usada solta e longa, era o cobre novo e brilhante. Usava um vestido branco de decote redondo e não estava sorrindo.

— Sinclair. Ela é dois anos mais velha que Mike, quatro anos mais nova que Adam.

Seis filhos, pensei. Eu tinha ouvido falar sobre os dois irmãos mais velhos e sobre Naomi e sua gêmea, Bethany. Com Mike eram cinco. Nunca prestei atenção ao fato de a soma estar incompleta.

— De todas as outras fotos, em quais ela aparece?

— Bem, ela aparece em algumas, mas passou a maior parte da vida sem morar conosco — revelou Naomi. — Como era surda de nascença, sempre estava distante, na escola. Folheou o álbum, voltando atrás algumas páginas. — Aqui ela aparece no fundo, pode ver.

Naomi estava olhando uma foto da ceia de Natal, uma agitada cena de cozinha. Eu tinha pensado que a garotinha de cachos ruivos e brilhantes era uma parenta em visita.

— Eu nunca soube que Shiloh tinha uma irmã surda.

— Jura? É estranho, pois os dois eram próximos.

— Tenho certeza de que ele não a mencionou.

— Por muito tempo ela não viveu conosco. Voltou a morar em casa aos 17 anos e foi embora aos 18. Meio que de repente.

— Pode me contar sobre isso? — pedi.

Naomi sentou-se de novo.

— Sabe, a Bethany e eu nunca chegamos a conhecê-la muito. E o Mike, nós só conhecemos um pouco melhor. — Pousou a mão na barriga de gestante. — Durante nossos anos de formação, Sinclair estava numa escola para surdos. Acho que no começo ela costumava passar as férias de verão em casa, mas isso foi antes da minha época. Mais tarde, quando se acostumou a conviver com os surdos e tinha amigos na escola, começou a ficar por lá durante o verão e só aparecia em casa para os feriados de inverno. Bethany e eu precisávamos ser apresentadas de novo a ela; tínhamos cinco ou seis anos. Minha mãe dizia: "Esta é a irmã de vocês, estão lembradas?", e nós dizíamos: "Ah, é mesmo; oi, tudo bem?" Era como se ela fosse uma prima em visita.

Quando Bethany e eu tínhamos seis anos, Sinclair tinha 17. Em mais um ou dois anos ela estaria na faculdade ou se casando, e antes disso mamãe queria tê-la em casa por algum tempo. Nós sempre fomos uma família muito unida; acho que eu já disse isso antes, não foi? Para minha mãe era muito difícil ver Sinclair longe de casa a maior parte do ano. Ela e papai decidiram que Sinclair poderia perfeitamente estudar numa escola pública, com o apoio de um tradutor municipal. E foi assim que a trouxeram de volta para casa.

"De toda forma, as coisas não correram conforme o esperado. Nenhum de nós era bom na linguagem de sinais. A não ser o Mike. Ele era o tradutor da família. Mas Sinclair não estava muito feliz em casa, estava... bem, eu não conheço realmente os detalhes. Mas no prazo de um ano ela foi embora.

— Ela fugiu de casa?

— É, meio que fugiu. Já tinha 18 anos, mas estava no meio do ano letivo, eu acho. Ela não perdeu nem mais um minuto. — Naomi ainda estava olhando a foto. — Quando o Mike foi embora, eles botaram a culpa nela.

— Ele foi embora quando tinha 17 anos. Portanto, um ano depois disso.

— Sim, mas foi em parte por causa dela. O Mike se encrencou porque a deixou entrar de volta em casa. Ela precisava de um lugar para ficar, e ele a botou para dentro de casa escondida, sem ninguém estar sabendo.

— E seus pais o expulsaram de casa? Só por causa disso? — Eu não havia percebido que os pais de Shiloh eram tão autoritários.

— Acho que eles não o forçaram a ir embora — disse ela vagamente. Mas não tinha certeza. A seu ver, tais episódios pareciam coisas acontecidas a uma geração anterior, sem ligação com ela. — Acho que ele foi embora por iniciativa própria.

— Por quê?

— Houve uma cena terrível tarde da noite. Eu não me lembro muito bem. A Bethany saiu de nosso quarto para ver o que estava acontecendo, e eles disseram a ela que voltasse para dentro. Ela vol-

206 Jodi Compton

tou e disse que tinha visto a Sinclair descendo as escadas com uma mochila esportiva no ombro. Eu acho que o Mike foi apanhado botando ela para dentro de casa escondido – disse Naomi. Sua voz adquiriu mais certeza, como se ela estivesse se convencendo. – Meu pai ficou muito zangado. A Sinclair foi embora na mesma hora, e o Mike, no dia seguinte.

– Foi mesmo? – falei.

Naomi passou mais duas páginas no álbum de fotos.

– Veja só, este é o último retrato que nós temos do Mike. Tirado cinco dias antes de ele ir embora.

Era uma foto sem subterfúgios, tirada ao sabor do momento, ligeiramente escurecida pela subexposição. Sentado no sofá, as longas pernas, Shiloh levantava a mão para cobrir metade do rosto contra a surpresa brilhante de um flash, como se olhasse direto nos faróis de um carro que se aproximava. No fundo viam-se pequenas luzes e esparsas, como vaga-lumes dentro de casa.

– Talvez seja hipocrisia de minha parte – disse Naomi –, mas eu nunca tentei entrar em contato com a Sinclair do jeito como tentei com Mike. Ela sempre foi quase completamente estranha a mim. Era alguém com quem eu não podia falar, e nem ela comigo.

– Posso pegar esta foto?

– Esta aqui? – Naomi pareceu espantada. – Tudo bem.

Levantei o celofane protetor e removi a foto de Polaroid.

– Na família, quem é que conheceria mais a Sinclair? – perguntei.

– O Mike. Nós seis estávamos emparelhados de forma bastante definida, como se fossemos três minigerações: Adam e Bill, Mike e Sinclair, Bethany e eu. Mike e Sinclair não passavam tanto tempo juntos quanto a Bethany e eu, ou o Adam e o Bill, mas eles ficaram muito próximos quando ela foi morar conosco. Não só por causa da idade, mas também pela fluência do Mike na linguagem dos sinais.

– E quem mais? Eu preciso de alguém com quem possa falar.

– O Bill, eu acho. Ele era o segundo mais próximo do Mike em idade. E estava presente na noite em que nosso pai apanhou o Mike botando a Sinclair para dentro de casa. – Ela pareceu se recordar de algo. – Ah, mas o Bill não vai chamá-la de Sinclair; este é o nome de solteira de minha avó. O Bill vai chamá-la de Sara – explicou Naomi. – Foi por isso que fiquei tão espantada quando você telefonou ontem à noite. Você disse que era Sarah Shiloh, e eu fiquei pensando: Isto não pode estar acontecendo!

– Claro – falei. – Estou vendo onde isso jogaria você.

O tempo restante foi dedicado a perguntas simples. Indaguei os nomes das escolas freqüentadas por ele em Ogden e se ela lembrava o nome de algum amigo íntimo dele nos tempos de colégio. Alguma coisa que ele tivesse escrito em cartas e cartões de Natal parecia importante agora? Nada voltou à lembrança de Naomi.

– Sinto muito – disse ela. – Há alguma outra coisa que eu possa fazer?

– Eu poderia usar seu telefone? – perguntei. – Não fiz contato com seu irmão Bill hoje e gostaria de ligar e perguntar se posso encontrá-lo pessoalmente, amanhã se possível. Não queria telefonar muito tarde; seria falta de cortesia.

Naomi assentiu.

– Tudo bem. Há um telefone em nosso quarto. É mais tranqüilo para falar. – Ela colocou o álbum de fotos de volta no divã junto com os outros.

Levantei-me e me espreguicei, esperando que ela também se levantasse.

– Sabe, eu estou preocupada com o Mike – confessou. – Se você teve a impressão de que eu não estava, bem, ele e a Sinclair eram as ovelhas negras da família... Fica difícil pensar num rebelde como alguém vulnerável.

Ergueu os olhos para mim de onde estava sentada, e em vez de ficar de pé, Naomi tocou em meu braço.

– Você rezaria comigo? – perguntou. – Pelo Michael?

Capítulo 15

Na manhã seguinte, uma sexta-feira, aluguei um Nissan azul-escuro e me pus a caminho de Ogden pela rodovia I-15. A cidade não era apenas o lugar onde vivera por tantos anos a família Shiloh; era onde Bill Shiloh havia se radicado e começara a criar sua própria família. Quinze minutos depois de sair da cidade, comecei a pegar trânsito mais leve.

Na bolsa, juntamente com os objetos de minhas necessidades diárias, estava a foto que eu pegara com Naomi Wilson. Eu a havia colocado num saco plástico para evitar que ficasse arranhada. Naomi poderia pedi-la de volta algum dia.

É lugar-comum os detetives pedirem fotografias das pessoas desaparecidas, provável razão pela qual Naomi não questionou que eu levasse a foto. Se ela tivesse pensado na questão, talvez se perguntasse por que eu própria não tinha uma foto de Shiloh e por que precisava de uma foto defasada de uma década. Aquela fotografia seria inútil em minha busca por Shiloh, mas eu a queria mesmo assim.

Dificilmente seria um profundo estudo de caráter – era apenas um rapaz, surpreendido por alguém que desejou tirar uma foto sua, e que não estava olhando para as lentes, mas sim para além delas, tentando ver quem era o fotógrafo.

Mas Shiloh tinha adquirido rapidamente seu rosto adulto, e este Shiloh tinha uma extrema semelhança com aquele que eu conhecia. Com a mão levantada para proteger os olhos, ele parecia estranhamente vulnerável, como alguém que olhasse o coração brilhante de um mistério, alguém a ponto de desaparecer. Alguém que ele tinha sido.

De certo modo, Shiloh tinha desaparecido duas vezes. Deixara a família de um jeito tão abrupto que ele bem poderia haver desaparecido, não fora os parentes saberem de sua partida deliberada. Eles até sabiam o motivo.

Na verdade, quando eu pensava no assunto, não tinha uma clareza absoluta do motivo. Ele havia me dito que tinha saído de casa por causa de diferenças religiosas com a família. Esquecera de contar que as divergências religiosas foram exacerbadas por uma crise familiar que envolveu uma irmã transgressora expulsa de casa.

Bill Shiloh quis me encontrar no escritório dele, e não em sua casa. Shiloh me dissera que seus irmãos estavam no ramo de "materiais de escritório, eu acho", mas as instruções de Bill me levaram a uma fábrica de papel.

— Desculpe o barulho que você teve de enfrentar no caminho — disse ele tão logo entramos em seu escritório. — Mas aqui dentro é bastante tranqüilo. Precisa ser, pois passo muito tempo telefonando. — Fechou a porta atrás de nós.

De fato a fábrica estava a todo vapor atrás de nós, mas o barulho era quase inteiramente bloqueado pela porta. A sala era estreita e não tinha janelas, exceto pela lâmina de vidro que dava diretamente para a área de produção. Atrás da escrivaninha havia diversos arquivos de metal e três desenhos escolares na parede, cada qual proclamando "Papai" em formas coloridas. Cada filho estava representado, pensei, vendo sobre a mesa a foto de uma família de cinco pessoas.

— Então você é a mulher do Michael — disse Bill, virtualmente as mesmas palavras com que Naomi tinha abordado o assunto. — Ele assentou a cabeça?

— Sim — respondi, como se Shiloh anteriormente tivesse levado uma vida de aventuras.

— Há quanto tempo vocês estão casados?

— Dois meses.

Bill ergueu as sobrancelhas.

Não é muito tempo. – Ele fez a frase soar como um julgamento. – E você trabalha na polícia de Minneapolis?

– Na delegacia do condado de Hennepin.

– Então você está aqui na qualidade de policial, como investigadora?

– Meu marido está desaparecido. Há cinco dias – respondi com voz cortante. – É por isso que estou aqui.

– Não tive a intenção de ofendê-la – disse ele suavemente.

Desde que chegara a Utah, eu havia de alguma forma me transformado na representante de Shiloh perante sua família, e agora eu estava me ofendendo em sua intenção, lendo juízos de valor em comentários inócuos. Engoli em seco.

– Você não me ofendeu.

– De que jeito eu poderia ajudá-la? – perguntou Bill. Ele parecia mais caloroso e aparentava um certo cansaço, tanto quanto eu me sentia cansada.

– Quer dizer, por que você acha que o Mike está em Utah?

– Eu não acho. Vim aqui para saber mais sobre a vida dele antes de nos conhecermos. Talvez isso ajude, talvez não. – Percebi que não tinha perguntado o óbvio. – Você não teve notícias do Mike, não é?

– Não.

– Quando foi a última vez em que teve?

Como a irmã, Bill ficou surpreso diante de minha pergunta.

– Não falo com o Mike desde que ele foi embora de casa.

Assenti como um gesto. O momento parecia tão bom como qualquer outro para entrar na questão.

– Naomi me disse que você foi testemunha de uma cena cujo resultado foi ele ter de sair de casa pouco depois. É verdade?

– É, sim. Isso tem alguma coisa a ver com o fato de ele estar desaparecido agora?

– Não sei. É a única parte da vida dele sobre a qual eu não sei muito. Ele me disse que saiu de casa porque estava se afastando da religião em que todos vocês foram criados.

Bill ergueu as sobrancelhas.

212 Jodi Compton

— Ele disse isso? — sacudiu a cabeça, enfático. — Pois não é disso que me lembro.

— Do que você se lembra, então?

— Drogas.

— Você está falando sério? — Percebi que sim, que estava. — Ele estava usando regularmente?

— Regularmente? Aí eu não sei. Mas meu pai o pegou. Dentro de nossa casa.

— Naomi não mencionou isso.

— Naomi provavelmente não sabe — esclareceu ele. — Ela e Bethany eram de fato muito pequenas, e nossos pais as protegiam de muita coisa que estava acontecendo. Mas eu estava bem no meio dos acontecimentos. Você quer ouvir a história toda?

Confirmei de cabeça.

— Aconteceu na véspera de Natal.

Naquela foto não eram vaga-lumes, mas sim luzes de Natal.

— No dia seguinte teríamos a casa cheia. Eu estava em casa, em férias da escola, e o Adam chegaria na tarde seguinte, depois de ele, a Pam... a mulher dele... e o bebê terem passado o dia de Natal com a família dela em Provo. Portanto, por uma noite eu tinha o quarto todo para mim, Mike estava no antigo quarto de Sara, e as meninas estavam onde sempre dormiram. Na noite seguinte eu ficaria alojado com Mike, já que Adam e a esposa ocupariam o outro dormitório.

"Seja como for, naquela época eu estava namorando firme com uma garota, a Christy. Prometi telefonar à meia-noite no horário dela, porque era noite de Natal. Christy tinha ido para a casa de família em Sacramento, e eu precisava telefonar à uma da manhã. Levantei-me para fazer isso em completo silêncio, porque todos os outros já haviam se recolhido. Depois de telefonar, eu estava voltando na ponta dos pés para o andar de cima, quando vi a porta do banheiro se abrir, uma moça atravessar o corredor, entrar no quarto em que Mike estava e fechar a porta. Como se não fosse nada de mais.

— Você não reconheceu que a moça era sua irmã?

— Não. Estava um pouco escuro e ela tinha cortado o cabelo, de modo que em vez de cabelos longos tinha um rabo-de-cavalo curto e espetado. Vi que ela estava usando uma das camisetas do Mike. Fiquei parado ali pensando: *Não acredito.* Eu sempre soube que o Mike tinha muito... acho que você diria sangue-frio, mas trazer uma moça para casa na noite de Natal, aí realmente era demais. Àquela altura meu pai tinha ouvido alguém andando pela casa e havia se levantado. Ele abriu a porta e perguntou o que estava acontecendo.

Bill parou neste ponto, ficou calado por um momento. Então continuou:

— Desde então tenho pensado muito naquela noite. Se na época eu soubesse o que sei hoje, acho que eu teria dito: "Nada não. Pode voltar pra cama." Mas eu achava que o Mike tinha levado uma namorada para dentro de casa. Quer dizer, uma *garota* no *quarto* dele, e na noite de Natal, com todos nós ali. E tudo o que eu tinha conseguido fazer era telefonar para minha garota: "Estou com saudade, meu bem, até logo mais." Fiquei um pouco chateado com a situação. Então, em vez da outra frase, eu disse: "O Mike está com uma garota no quarto." — Nesta última parte, Bill abaixou um pouco a voz, imitando a si próprio. — Papai olhou para mim como se não acreditasse, mas vestiu o roupão e saiu do quarto. Olhou para a porta e outra vez para mim, como a me dizer que eu estaria em apuros se não houvesse ninguém lá dentro. E aí ele bateu, abriu a porta e acendeu a luz de supetão.

"Não adiantou nada eu ter falado baixo. Ele berrou: 'Que diabo é isto?' Foi a única vez em que o ouvi usar esse tipo de linguagem. Tentei dar uma olhada no que estava acontecendo, mas ele entrou e bateu a porta com força.

"Eu ainda podia ouvi-lo aos berros lá dentro. Mamãe veio do quarto deles e o mesmo fez Bethany do dela. Não sei como Naomi conseguiu ficar dormindo durante o tumulto. Mas dentro de uns minutos, a moça saiu do quarto de Mike, e na luz eu vi que era a Sara.

"Ainda estava usando a camiseta do Mike e calças de agasalho; segurava os sapatos e tinha uma mochila jogada por cima do ombro. Ela correu escada abaixo e saiu porta afora sem nem mesmo se calçar. Dentro do quarto eu vi o Mike sentado na beira da cama com a cabeça entre as mãos. Então meu pai disse a Bethany e a mim que fôssemos dormir, e eu vi que estava falando sério.

"Eu não podia acreditar que ele estivesse tão furioso com Mike por ter dado a Sara um lugar onde ficar. Mas era óbvio que alguma coisa estava profundamente errada. Mike foi embora de casa no meio da noite de Natal. No dia seguinte meu pai nos reuniu a todos e nos disse que tinha apanhado a Sara e o Michael se drogando juntos.

— Que tipo de droga?

— Papai não disse. Deve ter sido alguma coisa pior que um pouco de maconha, isto sem querer dizer que só a maconha já não é ruim o suficiente. Endireitou-se. — Vou tomar um café, você aceita?

— Sim, obrigada pela gentileza.

Quando Bill voltou com duas xícaras de café, eu disse:

— Naomi disse que Sara foi embora por decisão própria, mas você dá a impressão de que ela foi expulsa de casa.

Bill considerou a questão.

— Ela de fato saiu por decisão própria. Mas acho que nossos pais lhe disseram: Se você sair, só volte se estiver disposta a viver segundo nossas normas. Não apareça por aqui para pedir dinheiro, ou uma refeição quente, ou para lavar a roupa. — Bill me observou, para ver como eu estava recebendo aquilo. — Amor austero, sabe como é?

— Mmm — fiz eu, neutra. Eu não estava ali para fazer editorial sobre métodos de criação de filhos. — Antes daquele Natal, você sabia que sua irmã usava drogas?

— Eu, não. Meus pais talvez soubessem — disse ele, mexendo o café com creme.

— Você teve notícias de Sara depois que ela foi embora?

— Não, nenhum de nós teve. Eu sei que ela é uma poetisa com obras publicadas, mas usa um nome totalmente diferente. Seu prenome, Sinclair, era o nome de solteira de nossa avó, e o sobrenome do marido dela é... Não consigo me lembrar neste momento.

— Goldman — adiantei. A visão mental das estantes de nossa sala de estar em Minneapolis me forneceu o nome, *Sinclair Goldman*.

A 37ª hora 215

Era o nome na capa de um dos livros fininhos de poesia que Shiloh possuía.

– É isso, Goldman. Eu costumava saber o prenome do marido também. Alguma coisa com D. Ele era judeu. – Fez uma pausa, depois abandonou aquela linha de pensamento. – Engraçado, se o amigo de um amigo não tivesse me contado sobre a poesia dela, eu poderia ter passado pelo livro de Sinclair numa livraria sem nunca ter adivinhado que foi minha irmã quem o escreveu.

– Sem contar a questão das drogas, você se lembra de sua irmã como uma pessoa rebelde?

– Rebelde? – repetiu ele. – Na verdade, não. Mas ela era... inamovível. Quando queria ver os amigos, ela ia vê-los, nem que para isso precisasse escapulir de casa. Acho que ela deixava meus pais tão assustados quanto irritados. Como era surda, ela se tornava vulnerável, mesmo sem querer admitir o fato. E também havia a questão de usar a fala ou a linguagem dos sinais.

– Significando o quê?

– A Sara estava trabalhando habilidades vocais na escola e então simplesmente parou. Deixou meus pais frustrados, pois se ela pudesse falar, as coisas seriam muito mais fáceis. Mas Sara resolveu que não queria falar; portanto, não falou. Esse era o seu jeito de ser... não era nada pessoal, mas quando tomava uma decisão, era definitiva.

Assenti com um gesto de cabeça.

– Seu pai era um adepto da disciplina estrita? – O café era aguado e sem graça, pior que qualquer um que eu já tivesse tomado em qualquer subdelegacia rural. Deixei-o de lado.

Bill meneou a cabeça.

– Não, quando fazíamos alguma coisa errada, levávamos um sermão. Eram conversas muito longas, sobre o desejo de Deus em relação a nossas vidas. Com muitas citações da Bíblia. – Sorriu com ternura. – Se houvesse castigos a aplicar de forma prática, principalmente quando éramos menores, era minha mãe quem tinha de fazer aquela parte. Por quê?

Tentei pensar na forma certa de dizer o que disse em seguida. – É que a mim parece extremado surgir tamanha desavença em razão de uso de drogas por adolescentes.

216 Jodi Compton

Bill levantou um ombro.

— Bem, não acho que foi tanto pelas drogas quanto foi por... — Sua voz foi morrendo.

Ergui as sobrancelhas.

— Você precisaria entender meu pai para entender a questão — justificou.

— Então me explique.

Bill hesitou. — Não sou a pessoa mais articulada do mundo.

— Nem eu — respondi, sorrindo de leve. — Relaxe, você não está se dirigindo à assembléia-geral da ONU.

— Pois que seja. — Bill golpeou a escrivaninha com a caneta, compondo-se. — Meu pai era um conquistador de almas. Eu sei que essa expressão pode parecer exagerada, mas se você o tivesse conhecido, saberia que não é exagero. Antes de se tornar pastor, ele sempre viajava para fazer seu trabalho evangélico. Pelo país inteiro. Aqueles foram os melhores tempos da vida dele.

Uma luz piscou no telefone de Bill Shiloh, que a olhou de relance, mas a campainha não tocou. Ele pôs o aparelho para atender automaticamente na caixa postal.

— Quando ele e minha mãe se casaram, ela foi com ele para a estrada. Ela era uma parte daquela vida. Mas quando nasceu o Adam, e depois nasci eu, eles viram que teriam de se radicar em algum lugar. Acho que não foi fácil para meu pai mudar de evangelista para pastor. Uma congregação tem necessidades mais complexas que a simples salvação.

— Casamentos e enterros — disse eu.

— E a permanente alimentação espiritual, e orçamentos anuais e reuniões de comitês. Até mesmo a menor igreja tem essas coisas. Meu pai se dedicou àquele tipo de papel, mas, tanto quanto possível, transformou a dedicação em desafio; ou Deus transformou. Meu pai se sentiu chamado a vir se instalar no norte de Utah, bem no coração do território mórmon. Não quis ir para nenhum lugar onde estaria "pregando para convertidos". Ele gostava de remar contra a correnteza.

Aquilo soava familiar.

A 37ª hora **217**

– Ele costumava ir a Salt Lake City pregar nas esquinas. Distribuía panfletos nas imediações do Templo. Adquiriu um velho ônibus escolar para a igreja. Quando terminou de reformá-lo, havia uma cruz aparafusada na grade do motor, a inscrição "Igreja da Nova Vida" pintada nas laterais e na traseira do ônibus, "Eu sou a Ressurreição e a Vida". – Deu uma risada. – Ah, com certeza todo mundo nos enxergava quando vínhamos pela estrada.

"A questão é que ele comprou aquele ônibus quando o carro da família precisava de um conserto de oitocentos dólares na transmissão. – Sorriu. – Mamãe aceitou de bom grado. Ela entendia o que o evangelismo significava para ele. Não era apenas um trabalho... era sua vida. Certa vez, no meio da noite, ele recebeu um telefonema de um amigo que não tinha sido salvo. O cara, Whitey, tinha estado numa queda-de-braço com ele por meses a fio, recusando o convite para ir à igreja. Então telefonou no meio da noite, querendo conversar sobre Jesus. Meu pai vestiu a roupa e a jaqueta, apanhou a Bíblia e a chave do carro e atravessou a cidade. Como um médico da emergência. Ao voltar para casa, disse que Whitey havia encontrado Jesus às quatro e meia da madrugada. – Ele balançou a cabeça, parecendo enternecido outra vez.

"Dos filhos, nenhum de nós seguiu realmente os passos dele. Somos todos cristãos, é claro. Minha mulher e eu agora freqüentamos uma igreja presbiteriana e aos domingos levamos as crianças, rezamos com elas. Mas eu não senti nenhuma vocação para liderar uma igreja ou ser evangelista. Tampouco o Adam. Talvez isso também tenha decepcionado meu pai, mas acho que ele sabia desde cedo que as coisas seriam assim. Acho que ele sentia que se algum de nós iria segui-lo na condição de ministro, seria o Mike.

– Você está falando sério?

– Estou. O Mike costumava ficar horas e horas lendo a Bíblia. Conhecia a palavra do Senhor da frente para trás e de trás para a frente. – Fez uma pausa. – Você sabe o que são os rituais com serpentes?

– Já ouvi falar – respondi, desconcertada pela mudança de rumo da conversa.

– Isso vem do evangelho de Marcos, em que Cristo diz que seus apóstolos vão tocar nas serpentes e ficar incólumes. Quando Mike tinha quatorze anos, algumas famílias vindas do norte da Flórida se mudaram para cá e entraram para a igreja. Essas pessoas praticavam rituais com serpentes; reuniam-se para rezar e passavam cobras venenosas de umas para as outras. De início não percebemos, mas o Mike estava seguindo o ritual com elas.

— O Mike fez *isso*?

Bill parecia se divertir.

— Fez, sim. Ele nunca lhe contou?

Neguei com um meneio de cabeça.

— Pois saiba que ele fez. Quando minha mãe descobriu, quase teve um ataque do coração. Ela e papai tiveram muita dificuldade em convencê-lo a desistir. Acho que finalmente ele deixou aquilo de lado só para não preocupar nossa mãe. — Ergueu um ombro. — O que estou tentando dizer é que meu pai reconhecia no Mike uma parte de si mesmo que os outros filhos pareciam não ter herdado, e acho que foi por isso que ficou tão magoado quando o perdeu. — Fez uma pausa. — Durante anos meu pai nem sequer o mencionou.

— E a Sinclair?

— A Sara? Acho que ela era diferente. Freqüentou uma escola leiga... quer dizer, para surdos... e no momento em que voltou para casa todos nós percebemos que ela não era uma crente. Desde o começo ela começou... a aprontar, acho que você diria assim. Usava maquiagem, saía de fininho para encontrar rapazes, voltava para casa com cheiro de álcool. Não foi fácil para meus pais, mas lhes deu o tempo necessário para se ajustarem à perda dela. Era como... você conhece a parábola do semeador?

Meneei a cabeça.

— É sobre os diversos tipos de sementes. Sobre como algumas nunca germinam, outras germinam imediatamente e parecem promissoras, mas acabam por morrer, e outras, ainda, começam devagar, mas acabam se transformando em plantas saudáveis e frutíferas. É uma metáfora.

— Do Evangelho — completei.

— Sim, uma metáfora dos diversos tipos de gente que se volta para Cristo ou não. A Sara parecia a semente que cai no terreno pedregoso e nunca germina, mas o Michael era do tipo que parece

A 37ª hora 219

promissor, mas no final não consegue cumprir a promessa. O Mike estava presente... e de repente não estava mais. Teria sido muito menos doloroso se ele nunca, de jeito nenhum, tivesse vivido em Cristo. Acho que era por isso que meu pai nunca falava nele. Depois.

~ Depois de quê? – perguntei. Suas palavras soavam inflexíveis, traçavam uma linha definitiva.

– Depois que o Mike foi embora – respondeu, sucinto. – Talvez meus pais lhe pareçam severos demais. Pais que não se importavam com o destino de Mike e Sara; que não ligavam para como eles estariam vivendo. Mas meu pai não se preocupava com o bem-estar físico, só com a saúde da alma. Quando porventura falava sobre Michael e Sara, papai dizia que eles não poderiam ir à parte alguma sem que Deus lhes conhecesse o paradeiro, e que isso era o principal. Ele também dizia que não lhe importava que eles vivessem na casa em frente, se tivessem dado as costas a Deus. Se estivessem perdidos para Deus, estariam perdidos igualmente para meu pai. – Bill me olhou com atenção, como para ver se suas palavras estavam me alcançando. – Meu pai dizia que Deus podia perdoar qualquer coisa, mas só depois que Lhe pedissem.

Um silêncio caiu sobre nós. Não era um silêncio exatamente constrangedor, mas dentro de um minuto eu o interrompi, mudando de assunto.

– E você?

– Eu o quê?

– Você gostava de seu irmão?

– Do Mike? Sim, acho que sim. – Bill ficou surpreso com a pergunta, mas ficou pensando nela. – Quando o Mike era pequeno, gostava de andar atrás do Adam e de mim. Nós sempre pegávamos carona num trem de carga para atravessar a cidade quando não queríamos ir a pé até algum lugar, e ele sempre conseguiu fazer o mesmo que a gente. Nunca foi preciso reduzir o ritmo por causa dele. Nós íamos nadar num lago nas colinas, que tinha um escarpado íngreme numa das laterais, e o Mike saltava lá do alto, sem um pingo de medo. Eu mesmo cheguei a saltar, uma vez, mas ele saltava o tempo todo.

"E desde pequenininho o Mike sabia muita coisa. Era legal conversar com ele. Quando ficou mais velho, começou a me irritar.

220 Jodi Compton

Não é que ficasse exibindo seu QI. – Bill lutou para encontrar as palavras. – Mas ele era inteligente pra valer, e dava para ver que ele sabia, mesmo quando não dizia nada. Ele sabia que era diferente.

"Acho que foi por isso que me zanguei quando achei que ele estava com uma garota no quarto na noite de Natal. Como se achasse que isso era permitido a ele só pelo fato de ser Mike. Desde aquele dia eu penso que gostaria de tê-lo acobertado. – Bill balançou a cabeça. – Não pensei que ele fosse resolver ir embora por causa do que aconteceu.

Passado um momento de silêncio, percebi que Bill Shiloh tinha acabado seu relato. Não havia moral da história nem epílogo, a não ser sua expressão de leve arrependimento.

Eu tinha uma derradeira pergunta, mas achava que já conhecia a resposta.

– Não creio que Mike esteja correndo perigo; mas se ele estivesse, você sabe de algum amigo a quem ele iria procurar?

– A Sara – disse Bill. – Ele iria procurá-la.

Capítulo 16

Depois de duas entrevistas espontâneas, em que eu lançara a rede bem longe para apanhar tudo o que pudesse utilizar, finalmente uma tarefa muito específica me aguardava: encontrar Sinclair Goldman.

A tarefa me levou à biblioteca pública ao meio-dia. Pelo visto, nenhum irmão ou irmã de Sinclair tinha seu telefone ou endereço atual – ou mesmo antigo. Ainda que Sinclair fosse surda, parti do pressuposto que ela tinha um telefone com teclado de texto, adaptado para deficientes auditivos.

Normalmente, um número de telefone facilitaria as coisas. Lá em Minneapolis, Vang poderia colocar no sistema de telefonia nacional qualquer nome que eu lhe fornecesse e descobrir o número do assinante. O problema era decidir que nome eu lhe daria. O sobrenome de Sinclair poderia ser Goldman, ou ela poderia ter se separado do marido e voltado a usar o nome Shiloh. Seu prenome poderia ser Sinclair, se ela o tivesse mudado legalmente, ou ainda poderia ser Sara.

Sentada numa mesa enorme no salão de leitura da biblioteca, misturei e combinei as possibilidades num pedaço de papel de rascunho. Sinclair Goldman. Sara Goldman. Sinclair Shiloh. Sara Shiloh. Quatro nomes possíveis. Não, seis, concluí. Naomi havia me dito que Sara escrevia seu prenome sem o *h* final. Mas no tra-

222 Jodi Compton

balho investigativo de rotina uma coisa que eu tinha aprendido era a sempre contar com os erros dos escriturários, principalmente erros de grafia comuns em variantes de nomes. Michele e Michelle. Jon e John. Se eu pedisse a Vang tal favor, teria de incluir Sarah Goldman e Sarah Shiloh como nomes possíveis. A lista de Vang poderia se desdobrar em centenas de nomes. Ou mesmo num milhar.

Com algumas daquelas mulheres eu conseguiria falar no primeiro contato. Mas eu também terminaria por deixar dezenas de mensagens em secretárias eletrônicas e em correios de voz, e depois ficaria colada a um telefone num quarto de motel barato em algum lugar à espera das chamadas de retorno.

Havia até uma possibilidade de o telefone de Sinclair não estar registrado sob o nome dela, e sim no do marido, cujo prenome eu nem sabia. *Alguma coisa com D*, dissera Bill Shiloh.

Tinha de haver um recurso melhor que vasculhar bancos de dados oficiais.

Há duas maneiras fáceis de encontrar indivíduos que não são contraventores e não estão se escondendo. Uma delas é buscar pela profissão.

Sinclair era poeta. Não parecia ser muito conhecida, se é que havia isso de ser um poeta conhecido, a não ser pelos poucos chamados a fazer uma leitura em cerimônias de posse de presidentes. Mas mesmo assim ela era uma pessoa semipública. Seu nome, Sinclair Goldman, era sua marca registrada. Era improvável que o tivesse mudado, mesmo que se houvesse separado do marido.

Através de um vestíbulo à minha esquerda via-se outra sala, cheia de computadores. Eram terminais com acesso à internet. Peguei meu pedaço de papel de rascunho e cruzei o vestíbulo.

Todos os terminais estavam ocupados. Ali perto, um cartaz avisava: *Favor se inscrever para usar a internet. Meia hora quando houver outras pessoas esperando.* Embaixo havia uma prancheta pendurada.

Quase todos os usuários pareciam estudantes secundaristas. Será que as escolas os liberavam para fazer as pesquisas bibliográficas por conta própria? Será que matavam aula para ficar na internet? Em

A 37ª hora 223

meus tempos de garota, de vez em quando eu matava aula, mas nunca para ir à biblioteca.

O usuário mais novo teria talvez quinze anos. Estava olhando imagens de carrões turbinados.

— Com licença — disse eu. Mostrei meu distintivo do condado de Hennepin. — Isto é assunto de polícia.

Seus olhos se arregalaram um pouco e ele se levantou, estendendo o braço para a mochila próxima à cadeira.

— Não precisa tirar suas coisas, provavelmente vai ser rápido.

Sentei-me na cadeira ainda quente e digitei na janela do browser o endereço do site de busca preferido de Shiloh. Quando o portal se abriu, digitei "Sinclair Goldman" no campo de busca.

Obtive dois resultados. Um foi a página da editora Last Light Press; isso era promissor. O outro foi ainda mais interessante: era o site da Bale College.

Clicando, descobri que Sinclair Goldman fazia parte do corpo docente da faculdade no semestre em curso. Sinclair Goldman era a palestrante convidada da disciplina de Produção Textual 230. Prática Poética. Senti-me um pouco mais leve, como sempre acontecia quando uma pista estava ficando mais quente.

Mais alguns cliques do mouse me informaram que sua turma se reunia hoje, mas era tarde demais para eu alcançá-la lá, a não ser que a faculdade estivesse localizada em algum ponto do norte do estado. Não estava. A rubrica "como chegar" mostrava uma estrela num mapa ligeiramente ao sul de Santa Fé, Novo México.

— Só mais um minuto — pedi ao garoto que esperava, enquanto clicava no "Entre em Contato Conosco" e esticava a mão para o estoque de papel de rascunho da biblioteca e um toco de lápis.

Liguei de um telefone público próximo aos banheiros da biblioteca, e a telefonista transferiu minha chamada para o departamento de literatura.

— Aqui é a detetive Sarah Pribek — informei ao rapaz que atendeu ao telefone. — Estou tentando entrar em contato com Sinclair Goldman. Sei que ela é deficiente auditiva — adiantei rapidamente. Eu já o tinha ouvido respirar fundo para explicar aquilo. — Mas eu preciso entrar em contato com ela hoje. É assunto de polícia.

— Ela está no campus neste momento. Tem um seminário de poesia das duas às quatro. — Ele tinha uma voz cava e apagada e um sotaque estudantil. A pretexto de quase nada, comecei a imaginá-lo. Cerca de vinte anos, cabelos muito curtos, descoloridos, de um tom prosaico mais para um louro quase branco.

— Estou ligando de Utah — disse eu. — Estou indo para Santa Fé, mas não tão rápido.

— Nós não estamos em Santa Fé. Estamos...

— Não preciso de instruções. Só preciso saber onde posso entrar em contato com Sinclair Goldman depois que ela sair do campus. Um número de telefone ou endereço.

Como previsto, ele recuou.

— Não podemos divulgar endereços.

Aquilo era exatamente o que eu esperava, e não podia pressionar pela questão. Eu estava ao telefone. Ele estava certo em não divulgar informações sobre ela em troca de minha palavra de que era oficial de polícia.

— Um número de telefone, então.

Ele parecia incrédulo.

— Eu acho que ela não tem telefone. A Sra. Goldman é deficiente auditiva.

— Eu sei disso, mas...

— O que *posso* dizer é que ela tem horário de atendimento aqui na terça-feira a partir de...

Com os diabos.

— Veja bem, sou uma detetive de polícia de Minnesota. Não estou vindo ao Novo México conversar com ela sobre a *dissertação do semestre* e não posso esperar até terça-feira. Você poderia verificar, por favor, se há um número de telefone?

Um momento de silêncio.

— Queira aguardar, por favor.

Voltou um minuto depois.

— Consegui um número — informou, parecendo surpreso. Leu o número.

— O caso é que junto ao número existe um nome entre parênteses. Ligieia Moore. Ele significa alguma coisa para a senhora?

– Obrigada, eu agradeço sua ajuda.

Ignorando a pergunta dele, interrompi a ligação com o indicador e esperei antes de tornar a discar.

Sinclair estava na sala de aula agora; então, será que haveria alguém em casa? Talvez D. Goldman, o marido. Ou Ligieia Moore, quem quer que ela fosse. Talvez aquele número fosse algum tipo de contato. Um assistente? Até mesmo seu editor?

O telefone tocou quatro vezes e alguém atendeu.

– Alô? – era uma voz leve, feminina.

– Meu nome é Sarah Pribek, detetive, e estou tentando falar com Sinclair Goldman. Com quem estou falando?

– Aqui é a Ligieia. A Sinclair não está em casa. Você disse que era oficial de polícia?

– Sou detetive da delegacia do condado de Hennepin, Minnesota. Preciso falar com a senhora Goldman como parte de uma investigação. Telefonei para Bale College e este foi o número que me deram como sendo dela. Há um número melhor para o qual deveria ter ligado?

– Não, este é o número correto. Você sabe usar a linguagem dos sinais?

– Não, é pena, mas não sei. Você está dizendo que se eu quiser falar com ela, vou precisar de tradutor.

– Sim, geralmente eu traduzo para Sinclair. Nas aulas dela, e também leio seus poemas em desafios de poesia. Se você quiser organizar alguma coisa, uma reunião, seria mais fácil fazê-lo por meu intermédio. Falarei com ela quando chegar em casa.

– Será que o marido dela consegue traduzir para nós?

– Sinclair não é casada.

– Então ela se divorciou – concluí.

Ligieia fez uma pausa, processando o fato de que eu conhecia pelo menos um pouco a respeito de Sinclair. – Sim – assentiu. – Vou precisar informá-la do que se trata. – Sua voz subiu um pouco no final, indagadora.

Desejei ardentemente que eu conhecesse a linguagem dos sinais. Já era bastante aborrecido chegar através de uma intermediária que eu nem sequer conhecia, e quando me visse cara a cara com Sinclair, provavelmente seria ainda mais intrusivo.

226 Jodi Compton

– Conforme eu disse, sou detetive da delegacia do condado de Hennepin. Mas meu nome de casada é Shiloh – esclareci.

– Ah – disse ela, surpreendida, pois reconheceu o nome.

– Também sou cunhada de Sinclair – prossegui. – O irmão dela Michael, meu marido, está desaparecido. Portanto, é assunto de polícia e também assunto de família.

– Que máximo! – exclamou. A expressão fez sua voz parecer ainda mais jovem. – Vamos ver, você está aqui na cidade? Ou em Santa Fé?

– Ainda não, mas vou estar assim que conseguir pegar um avião. Gostaria de conversar com Sinclair hoje à noite.

– Bem, vou precisar falar com ela antes de marcar alguma coisa. Posso telefonar de volta pra você?

– Não tenho um número que você possa chamar. Na verdade, seria melhor combinarmos alguma coisa agora, e você poderá me dizer como chegar à casa dela. – Eu estava botando pressão.

– Na verdade, não posso fazer isso. Nós dividimos casa, e eu às vezes traduzo para ela, mas é só. A Sinclair é totalmente independente. Não sou tipo uma ajudante de incapacitados.

– Ah, estou entendendo.

– Ela pode concordar com um encontro em casa, mas talvez se sinta mais à vontade se for no campus ou em algum lugar da cidade.

– Que tal eu telefonar para você quando eu chegar a Santa Fé? – capitulei.

– Isso parece uma boa idéia.

– Escute, se você traduz para ela nas aulas... neste momento ela não está dando aula? perguntei, curiosa.

– Está, sim, mas Bale tem curso de linguagem dos sinais no departamento de idiomas. A Sinclair aceitou que uma estudante-modelo traduzisse para ela hoje, como tarefa de curso. Assim eu tenho um tempo de folga para estudar.

– Você está estudando linguagem dos sinais?

– Não, produção textual. Eu escrevo poesia. Mas durante todo o secundário eu tive um namorado surdo, e foi assim que aprendi a linguagem.

Um grupo de escolares turbulentos passou pelos telefones públicos a caminho da biblioteca. Tapei um ouvido e virei o rosto para o outro lado.

– Olhe, espero não ter feito a Sinclair parecer esnobe antes – prosseguiu Ligieia. – Ela é uma pessoa realmente maravilhosa. Tenho certeza de que ficará encantada em conhecer você.

Se eu esperava falar com Sinclair Goldman naquela mesma noite, precisava correr muito, e na rodovia fora da cidade, botei 120 quilômetros por hora em meu carro alugado. Mas praticamente no mesmo momento fui obrigada a pisar no freio num sinal de trânsito. O sinal estava aberto para mim, por isso eu quase voei no cruzamento e entrei num sedã preto. Enquanto eu derrapava e parava com metade do carro em cima da faixa de pedestres, vi que o sedã era um de muitos veículos parecidos que se moviam numa cadeia lenta e sóbria. Olhei para a esquerda, para o começo da procissão. O primeiro da fila era um carro funerário, que atravessou um largo portal de pedra além do qual se retorcia uma estrada estreita que cortava a bem-cuidada relva esmeralda.

Desejei que não estivessem enterrando uma pessoa jovem.

A capela funerária onde foi organizado o funeral de Kamareia tinha compensado com exagero a onda de frio que enfrentávamos; o interior praticamente fulgurava de calor. Além disso, meu vestido de luto – aquele que eu tinha comprado e usado pela última vez na morte de meu pai – era de lã, adequado ao inverno. Enquanto os parentes e amigos de Genevieve chegavam aos poucos e o salão se enchia, eu me sentia incomodamente acalorada e desejava poder sair sem ser notada.

Shiloh estava do outro lado do salão em seu terno escuro de comparecer ao tribunal. Eu havia tirado um dia de folga para ficar com Genevieve e os parentes que estavam hospedados na casa dela, para ajudá-la durante o velório e o enterro. Shiloh tinha conseguido um plantão em turno dividido para poder comparecer ao velório, quando ocorre a exposição do corpo.

Neste caso, tal expressão era mera figura de linguagem. O agente funerário não havia conseguido fazer pelo rosto de Kamareia, tão ma-

228 Jodi Compton

chucado estava; o ataúde na frente do salão era caro, lustroso e estava fechado. Olhei para ele por demasiado tempo, depois dirigi meu olhar aos convidados que chegavam.

Um deles atraiu imediatamente minha atenção.

De vez em quando eu ouvia Genevieve falar de seu breve casamento. Ela era católica, branca, da classe operária urbana do norte; ele tinha nascido negro, na zona rural da Geórgia e fora criado na Primeira Igreja Batista Africana. Quando tamanhas diferenças condenaram o casamento deles ao fracasso, ele havia se mudado para o Harlem e finalmente para a Europa, indo trabalhar como advogado corporativo, enquanto ela havia ficado, para ser policial nas Cidades que por diversas gerações tinham sido o lar de sua família.

Eu nunca tinha visto um retrato de Vincent, mas um dia Genevieve descreveu-o para mim, logo no começo de nossa amizade. Portanto, quando eu o vi, não havia por que eu pensar Quem diabos será este?, mas foi o que pensei, e depois naturalmente inferi.

Eu tinha o hábito de categorizar as pessoas que via como os atletas que elas podiam ter sido no tempo de colégio: beque de futebol, praticante de corrida cross, nadador, pivô. Com aquele homem, isso não era possível. Vincent Brown tinha 1,95m de altura e uma presença física tão poderosa que era impossível de caracterizar. Ele exaltava poder, vestido num terno monocromático de homem rico, com um toque de asteca nas maçãs do rosto e um toque de águia no perfil. Seu olhar escuro não me lembrava em nada os olhos cor de avelã e bem separados de Kamareia. Era difícil imaginá-lo como pai daquela moça alegre e gentil, bem como visualizá-lo como marido de Genevieve, com os dois formandos juntos um lar.

Vincent avistou quem ele estava procurando: Genevieve, no meio da família dela. Postou-se ao seu lado, e os irmãos e irmãs dela se afastaram ligeiramente à aproximação dele. Genevieve ergueu os olhos para Vincent, que a beijou. Não na face, nem mesmo na testa, mas no alto da cabeça. Ao fazê-lo, ele fechou os olhos, um gesto de incomensurável ternura.

De repente vi o que não tinha sido capaz de ver segundos antes: afinidade. Pertinência, malgrado tudo que parecia contradizê-la.

Vincent falou com Genevieve, e ela falou com ele, que se voltou e olhou para mim, e percebi que estavam falando sobre mim. Apanhada

*olhando fixamente, desviei os olhos; mas Vincent já vinha caminhando
em minha direção; portanto, voltei-me para ele.*
– Sarah – disse ele.
– Vincent? – era metade cumprimento, metade pergunta. Ele não
chegou a exatamente me apertar a mão, mas tomou-a e segurou-a por
um momento.
– Você esteve com Kamareia, não foi? A caminho do hospital?
– Estive.
– Muito obrigado.

No aeroporto de Salt Lake City consegui um vôo para Albuquerque em cuja fila de espera eu podia entrar. Apresentei meu cartão de crédito e comprei uma passagem.

Enquanto os diversos extratos de Shiloh – do banco, do telefone, do cartão de crédito – não mostravam atividades suspeitas, eu
estava deixando um rastro de documentos que até uma criança poderia seguir: chamadas interurbanas no cartão, documentação de
uma locadora de automóveis, passagem de avião comprada com o
American Express.

Mas na hora do embarque meu nome não foi chamado, e fiquei
de pé observando o agente de embarque fechar a porta da passare-
la telescópica. Atrás do balcão apagaram-se as pequeninas luzes vermelhas que soletravam "Vôo 519 – Albuquerque – 3h25."

O vôo das 4h40 da tarde estava menos concorrido. A duração
do vôo era de uma hora e vinte. Pelo menos, deveria ter sido. Quando
nos aproximamos da área de Albuquerque, o piloto fez um comunicado.

"Estamos enfrentando alguns atrasos em Albuquerque por falta de teto e chuva na região. Não vamos mudar de rota; esperamos
que todos estejam em solo sem muita demora, mas vamos passar algum tempo em padrão de espera, aguardando autorização para aterrissar. Lamentamos o inconveniente." A voz do piloto tornou-se
calorosa e paternal. "E por falar em tempo, pessoal, por causa das
condições, hoje à tarde seria bom programar uns minutos a mais
em seu tempo de viagem terrestre. Queremos ter certeza de que vocês estarão em segurança, para voltar a voar conosco."

Apoiei a cabeça contra o rebordo da pequena escotilha da janela e fiquei ouvindo o ritmo impaciente de meu próprio coração.

Quanto mais eu me atrasava, maior era a possibilidade de Sinclair e Ligieia adiarem nosso encontro para a manhã seguinte, provavelmente em algum lugar da cidade.

Eu não queria encontrar Sinclair num café ou numa lanchonete. Se eu era obrigada a conversar com a irmã mais próxima de Shiloh por intermédio de uma tradutora, pelo menos eu não queria ter de fazê-lo em local público, que não favorecesse uma conversa demorada e confortável.

O ambiente no qual Naomi Wilson e eu havíamos conversado era ideal: na própria casa dela. Tínhamos tido privacidade e bastante tempo para o diálogo se encaminhar para onde fosse preciso. Provavelmente não seria possível recriar aquilo com Sinclair, não importa o que houvesse. Mas eu queria ir à casa dela, e não era só para termos tempo e privacidade para conversar.

Todo mundo tem um lugar para onde iria se sua vida se desmoronasse. Minha conversa com o irmão dele sugeria que para Shiloh tal lugar talvez fosse onde sua irmã Sinclair vivia.

A vida de Shiloh estava se desmoronando. A vida de Shiloh estava se integrando. Sua carreira estava decolando, seu casamento era jovem e forte. E, no entanto, eu precisava me conformar com o fato de que ele, agindo sob pressões totalmente desconhecidas para mim, havia buscado refúgio neste remoto rincão do país.

Pelo menos para mim, teria parecido uma estranha coincidência se Santa Fé realmente fosse o lugar onde Shiloh se escondera. Até onde eu sabia, ele jamais tinha estado lá, ao passo que uma de minhas recordações mais remotas era daquela cidade.

Eu teria talvez quatro anos quando mamãe me levou em viagem à cidade, para algum tipo de compra que não podia fazer no interior. Da ocasião, só me lembro que parecia ser outono ou inverno. Em minha memória fotográfica, vejo uma fria noite chuvosa e as luzes calorosas e convidativas dos edifícios; lembro-me de ter tomado uma sopa cremosa de abóbora ou abobrinha em um restaurante e de minha satisfação infantil porque só estávamos à mesa minha mãe e eu – eu tinha minha mãe inteiramente para mim...

A voz do piloto me invadiu os pensamentos. Estávamos autorizados a fazer a descida na área de Albuquerque. Uma comissária de bordo deslocou-se suavemente pelo corredor do avião, na periferia de minha visão, alerta às mesinhas ainda abaixadas ou telefones celulares em uso.

O avião mergulhou numa camada de nuvens lisas como a superfície do oceano. No crepúsculo tardio, o banco de nuvens era cinza cor de chumbo; a noite havia praticamente caído sobre a cidade. Gotículas de água se formaram em minha vidraça e começaram a correr deitadas pela superfície do vidro. Envoltos numa neblina cor de carvão, por um momento todos nós, os passageiros, estávamos em lugar nenhum, entre dois mundos.

A perspectiva de que eu pudesse surpreender Shiloh na casa de sua irmã no Novo México era ridícula, e eu o sabia. Mas também sabia por que razão eu me recusava a rejeitá-la de saída. De uma maneira estranha e retrógrada, era atraente.

Certa vez havia ouvido uma mulher dizer que um mês depois de seu marido morrer num acidente de carro, ela começou a se consolar com uma fantasia. A fantasia era de que o marido não estava morto, de que ele apenas a deixara e estava vivendo em outra parte do país. Na época, aquilo não me parecera algo muito reconfortante para se pensar nas altas horas da noite, mas agora eu entendia. O amor daquela mulher tinha sido incondicional: apenas queria que o marido estivesse vivo e passando bem, com ou sem ela.

Das escolhas realistas de que dispunha para explicar o desaparecimento de Shiloh, esta era a única remotamente agradável.

As luzes brancas da pista se levantaram ao encontro do avião.

Capítulo 17

No corredor que levava ao terminal principal, misturei-me a uma pequena multidão. As coisas que eu ainda precisava fazer naquela mesma noite me fizeram sentir cansada de antemão. Na parede, bem à minha frente, havia um conjunto de telefones públicos, mas eu já sabia que não ia telefonar para Ligieia.

O tipo de mapa urbano distribuído de graça em balcões de locadoras de automóveis não era bastante completo para as coordenadas de que eu precisava. Na banca de jornal, encontrei o necessário – um mapa que incluía o estado do Novo México inteiro.

No balcão da locadora, contribuí para aumentar meu rastro de documentos, alugando um Honda. Abri o mapa do estado e apontei a cidadezinha onde ficava a Bale College.

– Quanto tempo eu levaria para chegar aqui? – perguntei.

A recepcionista baixou os olhos para ver o local apontado.

– Uma hora – avaliou. – Talvez um pouco mais, já que está escurecendo e você não conhece a região.

– O carro que você está me dando já vem de tanque cheio?

– Ah, sim, todos os nossos carros já saem com o tanque cheio. A pessoa se responsabiliza pela devolução do carro abastecido ou paga uma taxa de abastecimento.

– E tem suporte pra copo?

– Tem o quê?

– Vou precisar tomar café.

– Eu entendo seu problema – respondeu a moça, uma colega viciada em cafeína.

Mas no fim eu não quis perder tempo parando, logo não voltei até o Starbuck's do terminal principal, nem parei em lugar nenhum. Limitei-me a sair da cidade.

Uma garoa fina caía sem parar, e liguei o limpador de pára-brisa na modalidade intermitente. Tinha esperança de que não houvesse chuva pesada, porque eu estava planejando pisar fundo no acelerador. Eu já ia chegar suficientemente tarde para ser indelicada; cada minuto contava.

Enquanto rodava na rodovia interestadual, fui mantendo a velocidade em torno de 130 quilômetros por hora. Quando o itinerário para a Bale College começou a me levar serra acima, aliviei o pé, mas não o suficiente para rodar na velocidade permitida. Então um piscar de faróis transformou o vidro traseiro nas cores de um caleidoscópio vermelho e azul.

Imediatamente liguei o pisca-alerta, comunicando minha intenção de cooperar, e entrei no acostamento.

O oficial patrulheiro que se aproximou pela lateral de meu carro aparentava uns vinte anos. Pelo nome em seu crachá era o subdelegado Johnson.

– Sabe que velocidade você vinha fazendo? – perguntou Johnson.

– Olha, acho que uns setenta por hora, mas provavelmente você vai me dizer que era mais que isso – respondi, tentando parecer bem-humorada.

– Era muito mais que isso – retrucou sem sorrir. – Pelo meu radar, você estava acima de noventa por hora.

– Acho que agora você me pegou. Este carro não é o meu; quando é um carro estranho, às vezes ele engana a gente.

– Não engana se você ficar de olho no velocímetro – disse ele em tom didático. – Numa chuva leve como essa, é importante dirigir devagar. Veja bem, as pessoas acham que uma chuva leve é melhor que uma chuva pesada, mas tem o óleo derramado no asfalto que...

Eu pago a multa, eu pago em dobro, por favor, pare de falar e preencha o talão da cobrança, pensei. Mas ele era um menino: levava muito a sério o próprio trabalho.

O subdelegado Johnson encerrou seu discurso um minuto depois e levou meu documento de identidade para passar no terminal de computador. Comecei a mexer na bolsa em busca de meu distintivo da delegacia do condado de Hennepin.

Ele voltou e preencheu o talão de multa, que peguei de sua mão.

– Muito obrigado por sua cortesia – disse ele.

– Por favor, espere um momento. Tem uma coisa que preciso lhe perguntar. – Exibi o distintivo. – Eu sou do departamento de polícia do condado de Hennepin. É Minneapolis e as áreas adjacentes.

Suas sobrancelhas se ergueram, numa expressão surpresa e defensiva.

– Não estou buscando cortesia profissional para a multa. Eu vinha com excesso de velocidade, vou pagar a multa – garanti a ele. – Estou aqui como parte de uma investigação. Na verdade, quando você me mandou parar, eu estava a caminho de seu departamento. Tenho um número de telefone local, mas não tenho o endereço, que eu ia pedir a alguém que conseguisse para mim hoje à noite. – Sorri, sinalizando que ele estaria me fazendo um favor. – Se você pudesse falar antecipadamente pelo rádio com seu departamento, talvez eles já estivessem com o endereço em mãos quando do eu chegasse lá.

O subdelegado Johnson franziu o cenho.

– Qual é mesmo a sua jurisdição?

– Sou detetive do condado de Hennepin. Posso lhe dar o telefone do plantonista da noite da divisão de investigação, se alguém quiser conferir.

– Isto é parte de uma investigação?

– É, sim, uma investigação de pessoa desaparecida.

Johnson estava começando a ver aquilo como uma espécie de variação interessante para a tarefa de ficar pilotando um radar móvel.

– Qual é o telefone do endereço que você quer?

236 Jodi Compton

Dei-lhe o telefone de Ligieia, e ele voltou ao rádio.

— Eles já estão procurando o endereço — informou ao voltar, depois me deu instruções de como chegar à subdelegacia. — Detetive Pribek, se enquanto você estiver na cidade houver alguma coisa em que eu possa ajudar, pode voltar e falar comigo. — Ele dava impressão de que sua tarefa não o ocupava o bastante.

Só ao chegar à subdelegacia encontrei alguém que fez a pergunta óbvia, ainda que de modo indireto.

— O condado de Hennepin deve ter dinheiro sobrando no orçamento para conseguir mandar detetives pelo país afora em busca de gente que sumiu — disse o delegado de plantão, erguendo, irônico, uma sobrancelha.

— Não tem, não — contestei. — Este caso é excepcional.

Ele me entregou o endereço, escrito num *post-it*, com o trecho adesivo dobrado para dentro.

— É algum caso especial?

— Até certo ponto, sim. — Não tive vontade de explicar. — Vai ter um cafezinho aí?

Dez minutos depois estacionei diante da porta de um chalé baixo de madeira, próximo do local indicado no mapa como a Bale College. No final da entrada de garagem havia uma luminária exterior que imitava um lampião a gás da era vitoriana. Sua lâmpada de 100 watts lançava uma luz intensa sobre o jardim. A garagem estava fechada, e do lado de fora não se via estacionado nenhum carro limpo e de aparência indefinida, que me sugerisse carro alugado por visitante.

Ouvi passos em resposta à minha batida na porta, mas esta não se abriu de imediato. Em vez disso, uma cortina se moveu numa janela lateral, refletindo a cautela de uma mulher sensata. No instante seguinte, a porta se abriu pouco mais de um palmo.

Na abertura, estava parada uma moça. Tinha cerca de 1,70m de altura e os cachos de sua cabeleira castanho-escura estavam presos em duas tranças grossas. Uma minicamiseta e uma calça de pijama xadrez lhe expunham a barriga achatada, ligeiramente mais clara que chocolate em pó. Os pés estavam descalços.

A 37ª hora 237

– Em que posso lhe ajudar?

– Nós nos falamos por telefone hoje. Sou Sarah Pribek. Eu ia telefonar – avancei com minha explicação antes que ela pudesse falar –, mas meu avião atrasou e cheguei mais tarde. – Aquilo não tinha o menor significado, mas, à sua própria maneira, parecia uma desculpa. – E numa investigação de pessoa desaparecida, o tempo é realmente essencial; portanto, eu vim direto para cá.

Os olhos castanho-escuros de Ligieia me estudavam, mas ela ainda não estava dizendo não. Continuei a defender minha causa.

– Estou com meu bloco de anotações – Toquei na bolsa, onde estava o bloco.

– Você não precisa traduzir, se não lhe convier.

Ela deu um passo atrás.

– Pode entrar – convidou, contrafeita. – Vou perguntar a Sinclair se está de acordo.

Quando fechou a porta atrás de nós, uma garotinha entrou correndo no vestíbulo. Seus cabelos ruivos estavam molhados, e ela se enrolava numa toalha de banho fúcsia, que mantinha no lugar com os braços. Parou ao lado de Ligieia e, erguendo os olhos para mim, levantou as mãos e começou a gesticular. A toalha caiu a seus pés.

– Hope! – exclamou Ligieia, ajoelhando-se para apanhar a toalha e enrolar de novo a criança nua. Ligieia olhou de relance para mim, e quando me viu começar a rir, fez o mesmo, revirando os olhos. Eu não poderia desejar um jeito melhor de quebrar o gelo.

– É a filha de Sinclair? – perguntei.

– Sim, esta é a Hope – disse Ligieia – Acho que a linguagem dos sinais está mostrando que é a filha da Sinclair.

Eu estava olhando para Hope com os olhos abaixados quando senti um movimento na periferia de meu campo visual. Uma moça alta estava parada atrás de Ligieia, seus cabelos ruivos soltos. Pousou em mim um conhecido olhar avaliativo, vindo de olhos de formato ligeiramente eurasiano.

Sinclair. Ligieia ainda não tinha notado a presença dela. Endireitando-me, cumprimentei-a com um gesto de cabeça, e ela devolveu a saudação da mesma forma.

Os cumprimentos me davam uma sensação de formalidade, e não era só por minha impossibilidade de falar diretamente com ela. Eu tinha a sensação de que havia encontrado uma pessoa desaparecida. Dois dias atrás eu não sabia concretamente que ela existia, pelo menos não de nome, e agora ela parecia alguém que eu havia passado muito tempo tentando localizar.

— Segure essa toalha, meu bem — disse Ligieia a Hope, depois se levantou e falou com Sinclair, usando palavras e sinais ao mesmo tempo.

— Esta é Sarah Pribek. — Soletrar meu nome obrigou-a a ir mais devagar. — Está dizendo que o tempo conta muito num caso de desaparecimento, por isso ela veio logo. Quer conversar com você hoje à noite.

Hope observava em silêncio a conversa. Sinclair levantou as mãos e fez sinais.

Ligieia olhou para mim.

— Você já tem onde ficar na cidade?

Droga, pensei, sentindo que ia ser dispensada.

— Ainda não.

Sinclair sinalizou de novo.

— Ela diz que vai arrumar o quarto extra pra você — traduziu Ligieia.

Sinclair pegou a filha no colo e caminhou de volta para o corredor do qual surgira, enquanto eu ficava parada e surpresa com sua inesperada mostra de hospitalidade — afinal de contas, eu era uma completa estranha.

Ligieia interrompeu meus pensamentos.

— Que tal vir comigo para a cozinha? Eu ia mesmo fazer um chá.

— Olha, eu estava falando sério sobre aquilo de você não precisar traduzir — repeti, enquanto a seguia. — Você parece que estava indo se deitar.

— Não, eu estava só estudando. Preciso terminar até amanhã o terceiro ato de O mercador de Veneza. — Ergueu do fogão uma chaleira, que agitou para conferir o nível da água. — Parece uma perda de tempo. Já quase ninguém encena O mercador, e com razão, pois é horrivelmente anti-semita. Acho que hoje em dia ninguém nem mesmo lê a peça. – Riscou um fósforo e o encostou ao queimador: era um fogão muito velho.

– Faz muito tempo que você conhece a Sinclair?

– Três anos – informou Ligieia. – Desde que ela chegou a Bale. Eu fui imediatamente designada para ser sua tradutora e comecei a fazer as leituras dela pouco tempo depois.

– Leituras?

– É, interpreto sua obra em leituras e torneios de poesia – explicou Ligieia. – Isso é um grande desafio, porque eu não estou simplesmente recitando as palavras dela. Estou traduzindo o conteúdo emocional e tentando comunicá-lo. Precisei conhecer muito a Sinclair, precisei ler sua obra como ela própria teria lido se tivesse condições de falar.

Ao som de passos leves às minhas costas, voltei-me e vi Hope com os cabelos ruivos penteados, usando uma camisola branca e olhando para mim com a seriedade das crianças.

– Mamãe disse que você é uma pessoa que fala – anunciou, ao mesmo tempo em que fazia sinais, por via das dúvidas. A voz dela era perfeita, claramente compreensível. Até aquele momento eu havia pensado que ela era surda.

– Sua mãe tem razão.

– Seu nome é Sarah?

Ligieia interrompeu: – Hope, sua mãe sabe que você está aqui? A menina olhou para o chão. Não queria mentir.

– Quer saber o que eu acho? – prosseguiu Ligieia, curvando-se ligeiramente para falar com a criança. – Eu acho que ela já colocou você na cama e pensou que você fosse ficar lá. – Ligieia endireitou-se e apontou.

Hope saiu correndo da cozinha, de volta para o corredor.

Ligieia balançou a cabeça, indulgente e exasperada. – Ela sempre tem de tomar parte em tudo – disse. Colocou a mão no bico da chaleira, testando o vapor. – É a criança mais cerebral que eu já vi. Quando fala, parece que tem dez anos. É fluente na linguagem dos sinais. Tenho certeza de que quando ela crescer, vai fazer o que estou fazendo: vai ler a poesia da mãe em apresentações. Ela vai ser algo especial.

240 Jodi Compton

— Quando foi que a Sinclair se divorciou do pai dela?

Ligieia não respondeu. Seus olhos buscaram um espaço atrás de mim; virei-me e deparei com Sinclair.

Shiloh era igualzinho. Caminhava como se fosse uma maldita nuvem. Muitas vezes eu não o ouvia chegar até que ele já estivesse bem atrás de mim.

— Eu já ia servir o chá — disse Ligieia.

Acomodamo-nos na sala de estar de teto rebaixado repleta de plantas domésticas e marcada por ecléticas notas de cor. Sentei-me numa cadeira de balanço, meti o nariz no chá e fiquei ganhando tempo. Eu tinha entrado ali sob a alegação de que era importante falar com Sinclair naquela noite, e a verdade é que eu não tinha perguntas urgentes para ela. Tinha ido àquela casa para sondar pessoalmente se Shiloh não estava ali, e para mim era evidente que ele não estava.

Foi Sinclair quem rompeu o silêncio, e não eu.

— *Estou contente de você ter vindo* — disse, por intermédio de Ligieia. — *Tenho muita curiosidade sobre o Michael. Faz muitos anos desde a última vez em que o vi. Mas provavelmente você tem perguntas a me fazer primeiro.*

Baixei a xícara de chá.

— Esta era minha primeira pergunta: quando foi a última vez em que você teve notícias dele?

Ligieia esperou enquanto Sinclair pensava.

— *Há uns cinco ou seis anos* — disse por sinais. — *Não consigo me lembrar exatamente. Eu estava nas Cidades para fazer uma leitura no Loft e uma palestra em Augsburg College, como convidada; depois fui de carro até Northfield, fazer uma palestra em Carleton College. Eu me lembro muito bem da visita a Carleton, porque cheguei lá alguns dias depois de três estudantes da instituição terem morrido num terrível desastre de carro perto das Cidades. Fiquei muito triste. Coisas assim atingem com muita força uma escola pequena.*

— Ah, sim. — Recordei o acidente. — Eu também me lembro.

— *Você quer que eu verifique o dia exato?*

A 37ª hora 241

– Não é preciso. Foi há tanto tempo que quase seguramente não teve peso no que houve agora. Eu estava mais curiosa de saber com que freqüência você entrava em contato com o Shiloh. Você o viu pessoalmente quando esteve lá?

– *Sim, nós nos esbarramos na rua.*

– Você não combinou de encontrá-lo?

– *Eu nem sabia que ele morava lá.*

– Depois disso, teve notícia dele? Cartas, mensagens de e-mail?

Sinclair negou com um aceno.

– Quando você ficou sabendo que ele foi embora, pensou em alguma coisa que poderia ter acontecido a ele?

Sinclair acenou de novo, negando. Constatei que suas respostas concisas não procuravam evitar a cooperação, mas na verdade eram ditadas pela cortesia: ela estava se comunicando comigo diretamente.

– Que motivo, em sua opinião, levou Mike a fugir de casa aos 17 anos?

Diante dessa pergunta, ela moveu o olhar das mãos de Ligieia para meus olhos e passou o polegar rapidamente sobre as pontas dos dedos. Imaginei se este gesto se equiparava ao de uma pessoa falante passar a língua pelo lábio superior durante uma entrevista, um gesto de contemporização.

– *Só fiquei sabendo disso anos depois. Mas o Mike não se entendia com nosso pai melhor do que eu.*

– Não é o que dizem seu irmão e sua irmã.

Desta vez houve uma pausa ligeiramente mais longa, enquanto Ligieia esperava as mãos de Sinclair pararem de se agitar. Então ela traduziu.

– Eles viram o que quiseram ver. Minha família estava habituada a pensar em mim como diferente, mas queria que o Mike fosse como eles.

– Quando você saiu de casa, para onde foi?

– *Salt Lake City. Fiquei com um grupo de amigos que eram... Jack Mórmons?* – Houve um intervalo momentâneo no processo de tradução, enquanto Ligieia tropeçava naquela expressão. – *Mórmons que se afastaram da Igreja dos Santos dos Últimos Dias.*

242 Jodi Compton

Aquela expressão não me confundiu – eu tinha ouvido Shiloh usá-la antes.

– *Quando eles saíram da cidade para os feriados de Natal, eu senti solidão e fui para a casa de meus pais. O Michael me deixou entrar em casa, pulando por uma janela que tinha uma árvore enorme do lado de fora. Entrei do mesmo jeito como costumava fugir de casa.*

Fez uma pausa para Ligieia terminar o trecho.

– *Mas fomos apanhados, e meu pai ficou muito zangado. Lamentei ter metido o Mike numa encrenca. Mas ele teria rompido com nossa família mais cedo mais tarde.*

– O Mike foi a Salt Lake City procurar você depois que ele saiu de casa?

– *Não; conforme eu disse, só fui saber disso muito depois.*

Minhas perguntas, o olhar de Sinclair, a voz de Ligieia... eu tinha a sensação de estar recebendo informação através de um sistema parecido com uma antiga linha de telefone compartilhado da zona rural: parecia um serviço precário.

– A seu ver, por que motivo ele não procurou você? – perguntei. Havia outra coisa que eu precisava perguntar, mas preferi guardar para depois.

O olhar de Sinclair, tão parecido com o de Shiloh, foi muito direto ao pousar em mim. Ela sinalizou. *Mike sempre foi muito independente* – traduziu Ligieia. – *Posso lhe perguntar por que você está me perguntando sobre isso? Já faz tanto tempo.*

Levantei a caneca, mas não bebi de novo. O chá de morango, quando Ligieia o servira, tinha uma sedutora nuance transparente de rosado, mas quando o provei na cozinha, percebi que era ácido, ralo e insípido.

– Pela história – expliquei. – Só estou buscando um padrão. – Obriguei-me a engolir um pouco do chá. – Mas se você não o viu nem soube dele durante anos, não resta muito que eu possa lhe perguntar.

No momento seguinte quem rompeu o silêncio não foi Sinclair nem fui eu – foi Ligieia.

– Será que só eu estou querendo tomar alguma coisa mais forte que chá? – sugeriu Ligieia. Olhou para Sinclair, que agitou a mão no ar, sem grande entusiasmo nem desaprovação. Eu começava a achar que era esse o jeito de Sinclair receber tudo, assim como vinha, na paz.

Ligieia saiu da sala. *Agora nós podemos conversar pra valer*, pensei, olhando para Sinclair. Mas naturalmente não podíamos. Eu teria gostado de conversar com ela sem a presença descabida de Ligieia, que era bem amável, mas não tinha conhecido Shiloh. Era uma estranha ao diálogo.

— Não estou conseguindo dormir — disse a meu lado uma manhosa voz infantil.

Virei-me para olhar para onde Sinclair estava olhando. Hope havia entrado na sala, de camisola e pés descalços. Sinclair balançou a cabeça com exasperação maternal.

Ligieia voltou trazendo uma garrafa de gim Bombay e parou de chofre quando viu Hope.

— O que é isso? — Olhou para Sinclair. — Não se levante, eu a levo de volta para a cama. — Esticou a mão para Hope.

Mas Sinclair balançou a cabeça e disse alguma coisa por sinais. Ligieia riu.

— Todo mundo detesta ser barrado no baile — explicou. Olhou novamente para a menina. — Tudo bem, criança, a mamãe está dizendo que você pode ficar um pouquinho. — Virou-se e serviu a bebida no copo de Sinclair e depois em seu próprio copo.

— Para mim não — falei, quando se curvou para minha caneca: tarde demais. Ela já estava servindo com a mão pesada.

— Desculpe, posso trazer mais chá para você.

— Não — atalhei apressada. — Não tem problema, para mim está bem desse jeito.

Ela pousou a garrafa e voltou ao seu lugar no sofá.

— Venha cá, senhorita Hope, quer sentar entre a mamãe e eu? — Ligieia bateu de leve no espaço entre ela e Sinclair.

Mas Hope subiu em minha cadeira para se sentar junto de mim, levando a cadeira a adernar para a frente.

De fato não havia muito espaço, e a criança, com a cabeça sobre meu peito, apoiou o peso em mim.

As sobrancelhas de Ligieia se ergueram, e até Sinclair pareceu discretamente surpresa. Disse alguma coisa por sinais.

Ligieia traduziu:

— Você faz amizade bem depressa.

— Em geral não tão depressa.

Hope levantou os olhos para mim. — Seu nome é Sarah? — perguntou de novo. Declarou que não conseguia dormir, mas vi em seus olhos e ouvi em sua voz que o sono já vinha em seu encalço. No meu também, reparei.

— É, sim.

Hope levantou a mão e começou a soletrar com sinais.

— Ela está soletrando seu nome — informou Ligieia. — Está se exibindo para você.

— Puxa, estou muito impressionada — disse-lhe eu. — Agora nós vamos nos inclinar um pouquinho para a frente — avisei. A cadeira se inclinou de novo para adiante quando estendi o braço para pegar o chá frio com gim.

Fiz girar o líquido dentro da caneca, um gesto de ganhar tempo comparável a ficar batendo a bola na linha do lance livre.

Meu plano era não beber o gim; desde o primeiro momento em que constatei o sumiço de Shiloh, tinha me precavido contra bebidas alcoólicas, mesmo que fosse apenas uma dose. Uma dose, havia dito a mim mesma, poderia levar a outras; o calor da bebida aliviando o medo em meu peito e a tensão em meus ombros, retirando-me da realidade, embotando minha mente, tornando minha busca mais lenta. Tudo isso quando meu marido precisava que eu mantivesse a clareza de raciocínio.

E então, fosse como fosse, eu bebi. Eu estava tão cansada! O gim fez melhorar o sabor do chá.

— Chegou sua vez de fazer perguntas — disse eu.

Sinclair levantou as mãos e fez sinais. Foi direto ao assunto.

— *O Mike está metido em alguma encrenca?*

Balancei a cabeça, negando enfaticamente. Era o mais perto que conseguia chegar de ser capaz de me comunicar na língua dela.

— Não — reiterei. — Não que eu saiba. Alguma coisa aconteceu com ele. Estou tentando descobrir o quê.

Sinclair gesticulou de novo.

– *Como vocês se conheceram?*

– Foi no trabalho. Os dois somos policiais. – Enquanto eu dizia as palavras evasivas daquela meia-verdade, senti um lampejo de arrependimento dentro de mim. Eu quase desejei poder contar a verdadeira história a Sinclair. Então o sentimento passou. – Na verdade, foi numa batida contra drogas. – Mesmo que só estivéssemos as duas na sala, a verdadeira história era demasiado longa e demorada para contar e, além disso, era uma história que eu nunca havia contado antes a ninguém.

– *Como é o Michael hoje?*

Tomei outro gole, a ação me dava tempo para teorizar.

– Difícil de resumir – declarei. – Dolorosamente honesto.

Uma sensação de calor se irradiava desde o fundo do meu estômago. Nos tempos em que eu bebia pra valer, teria sido preciso uma quantidade muito maior de bebida para me fazer sentir seus efeitos. Tornei a bebericar da caneca e comecei a empurrar de leve o pé no chão, embalando a criança e a mim.

– *Há quanto tempo vocês estão casados?*

Enquanto traduzia, Ligieia levantou-se para servir mais gim em minha caneca, e eu deixei que o fizesse.

– Só dois meses. Não é muito tempo.

– *Antes disso, há quanto tempo você o conhecia?*

– Uns cinco anos. Mas nós não ficamos juntos esse tempo todo. Houve um intervalo em que nos separamos.

Talvez a bebida estivesse me influenciando, pois perdi aquela sensação, típica de linha telefônica compartilhada, de estar a um grau de distância de Sinclair. Principalmente se eu mantivesse os olhos abaixados e postos em Hope, que adormecera, as palavras de Ligieia se transformavam de forma inconsútil na voz de Sinclair.

– *Por quê?*

– Porque Shiloh e eu chegamos a um beco sem saída. – Eu falava devagar, refletindo. – Em certo aspecto, foi uma questão profissional. Não estávamos nivelados no trabalho, e aquilo me incomodava. Quando era mais nova, eu me zangava facilmente. Muitas vezes ficava zangada com ele e nem sequer poderia explicar o motivo. –

Eu já estou embriagada, deveria parar agora mesmo. Não parei. – E, além disso, algumas vezes ele estava muito distante, e quando eu era mais nova, eu me agarrava às coisas que me pareciam necessárias; fiquei apavorada quando senti que havia uma parte dele que jamais seria minha.

Foi como pisar descalça num caco de vidro de tristeza que eu não havia visto antes. Enfiei o rosto entre as mãos, baixando a cabeça tanto quanto possível sem acordar Hope.

Sinclair veio e ficou de pé à minha frente, então fez um gesto estranho e adorável: colocou a mão em minha testa como se eu estivesse com febre e depois a deslizou da testa para trás sobre meus cabelos.

– Sinto falta dele – disse eu baixinho, e Sinclair concordou com a cabeça.

Desta vez quando ela falou comigo, mexeu os lábios juntamente com as mãos, e eu juro que entendi antes mesmo de Ligieia traduzir.

– *Conte-me alguma coisa sobre o Mike. Qualquer coisa.*

Então, servi-me de mais gim e contei a ela como Shiloh apanhou Annelise Eliot.

Capítulo 18

Logo no início de seus tempos de investigador de crimes arquivados, Shiloh havia ido, numa missão de rotina, a Eden Prairie, um subúrbio de Minneapolis onde diversas igrejas mantinham conjuntamente um asilo para desabrigados. Naquela instituição, um homem de meia-idade que estava morrendo de Aids precisava ser entrevistado novamente, antes que suas recordações sobre um crime antigo se apagassem junto com a chama vacilante de sua existência. Shiloh sentou-se aos pés da cama do moribundo, ouviu, fez anotações. E depois que o homem adormeceu, a reverenda Aileen Lennox, que ajudava a administrar o abrigo, ofereceu a Shiloh o que ela chamava depreciativamente de "excursão de um tostão".

Ele andou pelo recinto com a mulher alta e vestida com singeleza e ouviu-a descrever com discreto orgulho as instalações que tinham sido remodeladas apenas um ano antes, para servir de estação de escala para os moribundos. Ela assinalou os detalhes que davam conforto e aconchego; falou das empresas e dos indivíduos que haviam doado tempo e dinheiro. Enquanto ela falava, Shiloh sentiu nos cabelos da nuca uma espécie de arrepio.

Na época, ela estava 12 anos mais velha do que quando desaparecera. Suas pronunciadas maçãs do rosto tinham adquirido contornos suavizantes, em torno dos olhos azuis glaciais havia pequenas rugas, e seus cabelos, que outrora haviam tido mechas louras, estavam agora tingidos de um castanho sem viço. Mas Shiloh viu nos olhos, na estrutura óssea, no porte: Aileen Lennox era Annelise Eliot.

– Eu ouvi Montana na voz dela – disse-me Shiloh naquela noite – mas quando perguntei sobre isso, ela afirmou que nunca havia morado lá.

– Você está blefando – disse-lhe eu. – Não pode ter ouvido um sotaque de Montana.

– Ah, eu posso, sim – insistiu Shiloh.

Annelise Eliot tinha sido criada em Montana. Era herdeira da indústria madeireira, filha de um latifundiário dono de serrarias, fábricas de papel e grandes extensões de terras. O nome dela, com suas conotações européias, fazia pensar em uma aristocrata, talvez um tanto neurastênica, com uma teia de veias azuis sob a pele de narciso, branca feito papel. Nada podia estar mais distante da verdade. Anni, como era conhecida antes que a celebridade a fixasse na mente do público como Annelise, era alta, robusta e forte. E se nos cabelos louros havia mechas mais claras, reflexos feitos em salões dispendiosos, bem, com freqüência Annelise tinha as unhas um pouco sujas de cuidar pessoalmente de seus cavalos.

Desde tenra idade, Anni tinha possuído cavalos selvagens e ligeiros da raça appaloosa, cavalgados por ela em circuitos de obstáculo nos rodeios. Depois dos 17 anos, dirigia um Mustang turbinado, e quando seu cupê vermelho 1966 disparava estrada afora, os radares de trânsito dos delegados locais pareciam atacados de um estranho defeito. Da mesma forma, as histórias sobre a residência de verão da família Eliot em Flathead Lake – consumo excessivo de bebidas por menores, jogos de pôquer com strip-tease e brincadeiras descontroladas – continuavam a ser apenas isso, histórias sobre Anni e seus amigos, contadas com inveja quase melancólica por adultos que estavam demasiado velhos e sensíveis a esse tipo de comportamento. Ela era uma menina travessa, dona de uma vida encantada.

Os problemas finalmente chegaram a Annelise quando ela completou 19 anos. Por três anos ela havia namorado Owen Greene, e o relacionamento estava ficando sério – havia sobrevivido à decisão dele de cursar a faculdade na Califórnia. Estudante da graduação na Universidade da Califórnia em San Diego, Greene tinha notas altas e era benquisto por professores e colegas. Então Marnie Hahn, uma linda garota daquela cidade que estava terminando o curso secundário, acusou Greene de havê-la estuprado depois de uma festa no endinheirado setor de La Jolla.

Hahn, uma estudante pouco diligente, que trabalhava numa pizzaria nas imediações do campus, tinha ido à festa por vontade própria. Mesmo sendo menor de idade, ela havia bebido. Era o tipo de moça pouco passível de processar um universitário rico por estupro; porém, agarrou-se à sua versão da história.

Ignora-se o que Greene contou a Annelise por interurbano depois do acontecido, mas ela pegou um avião para a Califórnia, numa demonstração pública de apoio. Durante a estadia de Annelise, Hahn apareceu morta, golpeada com um objeto pesado que nunca foi recuperado e nem sequer identificado.

Greene tinha um álibi sólido. Annelise, por outro lado, não tinha nenhum. As provas – circunstanciais, porém inevitáveis como uma nevasca – começaram a se acumular. Testemunhas tinham visto o carro alugado por Annelise estacionado à porta da casa de Marnie. Um pouco do sangue da garota, só um vestígio, foi recuperado do tapete daquele carro, no lugar do motorista.

A polícia andou depressa, mas a família Eliot foi mais rápida. Na época em que havia provas suficientes para uma detenção, Annelise desapareceu.

Os pais negaram qualquer conhecimento do sumiço da filha. Contrataram um advogado e fizeram aparições públicas, conclamando a polícia a investigar o desaparecimento da filha deles como um seqüestro. Entretanto, se estavam mandando dinheiro para Annelise – e todas as autoridades acreditavam que sim –, não foi possível levantar a pista.

A questão ficou nesse pé durante anos, apesar dos intensos esforços do FBI e da polícia em dois estados. Milhares de pistas se evaporaram. Talvez o aspecto mais frustrante do caso fosse a inexistência de impressões digitais registradas de Annelise. Ela jamais tinha sido presa e era o tipo de moça que sempre tem um bando de amigas ao seu redor usando os objetos dela. Não havia meios de provar que qualquer impressão digital latente obtida de algum objeto de propriedade de Annelise pudesse ter sido deixada por ela.

O caso foi manchete em todo o território nacional, mas teve particular destaque em Montana, onde Shiloh, então com 18 anos, o acompanhou pelos jornais. Ele tinha sido empregado por uma das equipes de madeireiros do velho Eliot – pormenor em que se deliciaram os repórteres de revista que tinham publicado matérias sobre o assunto.

Mas no começo, quando Shiloh acreditou ter encontrado Annelise Eliot nas Cidades Gêmeas, 12 anos depois do crime, a teoria dele não impressionou ninguém. No começo, não impressionou sequer a própria Annelise.

Como a maioria dos investigadores, ele foi descrevendo círculos cada vez mais estreitos em torno do alvo, puxando as beiradas da identidade dela como Aileen Lennox, descobrindo como essa identidade era tênue e imaterial. À medida que ele prosseguia sua sondagem cortês e implacável, os nervos dela começaram a se esgarçar. Annelise de início tentou uma abordagem arrogante, escrevendo a Shiloh uma carta em que lhe exigia a suspensão de suas atividades. Depois se queixou de assédio aos superiores de Shiloh, à semelhança de alguns correligionários dela. E os superiores dele deram ouvidos a ela.

Aquela era uma mulher obediente à lei, salientaram. Aliás, ela transcendia tal condição: praticava a filantropia, era membro do clero. Não podia ser Annelise Eliot, afirmaram. Todo mundo sabia onde Annelise Eliot estava – ela estava vivendo na Suíça com outros americanos expatriados. Ou talvez em Cozumel, onde os dólares enviados pelos pais rendiam muito. Com certeza não estava em Minnesota, um frio estado do meio-oeste onde ela não conhecia ninguém, como ministra de uma igreja da Nova Era sem denominação, dando de comer aos desabrigados e socorrendo os moribundos.

E eles assinalaram: mesmo que talvez fosse um caso arquivado, o caso Eliot não era um caso arquivado de *Minnesota*. Annelise tinha vivido em Montana e matado na Califórnia. Desista, disseram eles. Vá cuidar de seus próprios casos.

A 37ª hora   251

Shiloh havia recuado, mas só para se entrincheirar de novo, investigando a vida de Annelise, e não a vida de Aileen. Conversou com detetives em Montana. Começou por conversar com o agente do FBI que chefiara a investigação Eliot, o qual se mostrou polido, mas não muito interessado. E finalmente ele começou a conversar com gente que tinha conhecido Annelise. Não os amigos íntimos, mas sim velhos conhecidos das margens da vida dela.

Levou um longo tempo, e foi uma investigação espremida no começo e no final de seu expediente no trabalho. Mas enfim chegou o dia em que ele teve uma longa e amistosa conversa telefônica com uma colega de Annelise dos tempos de colégio. No decorrer das reminiscências da mulher, ela subitamente se lembrou de que durante as aulas de biologia do começo do secundário, ambas tinham sido parceiras nas práticas de laboratório. Tinham feito a classificação do grupo sanguíneo uma da outra. Ah, sim, também tinham classificado as impressões digitais uma da outra. De fato, ela nunca havia pensado naquilo antes.

Com a voz calma e o coração disparado, Shiloh perguntou se ela tinha guardado o antigo material escolar.

Talvez, respondeu. Seus pais eram verdadeiros colecionadores de entulho.

Naquela noite de primavera ele chegou do trabalho um pouco tarde. Quando o encontrei no degrau da porta dos fundos, ele me pegou pela cintura e me suspendeu no ar como um jovem e exuberante pai teria feito com uma filha pequena.

Passados alguns dias, quase um ano depois de ele ter encontrado Aileen Lennox, Shiloh abriu uma encomenda da Federal Express que continha as impressões digitais patentes de Annelise Eliot. Elas continham 19 pontos de coincidência com outras obtidas por um técnico de datiloscopia, a pedido de Shiloh, alguns meses antes, as quais haviam sido extraídas da carta polida e irritada que Lennox lhe escrevera.

E então o agente especial Jay Thompson, do FBI, ficou interessado. Tomou um avião para Minnesota. Nunca vou me esquecer da visão dele na porta de nossa casa, um homem magro de aparência curtida, beirando os 50 anos. Parecia cansado, astuto e feliz, características que eu nunca tinha visto na expressão de um agente federal.

— Vamos pegá-la, Mike — disse ele.

Não foi fácil, mesmo então. Thompson voou para Montana, onde a mãe de Annelise Eliot, agora viúva, ainda morava numa graciosa casa antiga com 16 hectares de terreno. Thompson e o detetive que originalmente coordenara a investigação de Montana conseguiram um mandado de busca na casa da família Eliot; vários oficiais acorreram para ajudá-los.

A viúva Eliot era tão alta quanto a filha, e sua cabeleira loura estava começando a exibir mechas brancas. Ela tivera tempo de se acostumar às visitas de acompanhamento feitas por detetives, principalmente o homem de Montana, Oldham. Se ela ficou alarmada porque dessa vez ele estava com um mandado de busca — a primeira busca em 12 anos —, não demonstrou, segundo relatou Thompson posteriormente. Ofereceu aos homens biscoitos de gengibre feitos em casa.

Foi uma boa encenação, mas ela deveria ter sabido o quão inútil isso era. Embora na casa houvesse poucos elementos capazes de denunciar seu contato permanente com a filha — as faturas da conta telefônica, por exemplo, não mostravam ligações para Minnesota —, no escritório havia uma carta lacrada e selada, sem endereço do remetente, na velha escrivaninha de porta de enrolar. Estava separada da outra correspondência a ser enviada, como se a Sra. Eliot planejasse depositá-la em separado numa caixa de correio pública na cidade. Acima do endereço não havia o nome do destinatário, mas a carta se destinava a Eden Prairie, Minnesota.

Quem encontrou a carta foi Thompson e a partir daquele momento ele soube que precisava se mover cautelosamente. A carta não estava escondida. Pareceu-lhe pouco provável que a Sra. Eliot acreditasse que eles não a haviam visto, mesmo que a deixassem para trás e intacta, na mesma posição sobre a escrivaninha. Fosse como fosse, assim que a polícia saísse da casa, a viúva telefonaria para Minnesota.

Não havia como recuar. Thompson abriu a carta. A saudação inicial era: *Querida Anni.*

Thompson enfiou a carta no bolso e foi procurar Oldham, a quem instruiu que se que sentasse com a mãe de Annelise para tornar a entrevistá-la. – É preciso mantê-la ocupada – disse ele. Enquanto Oldham aceitava biscoitos de gengibre e uma xícara de chá num salão do térreo, Thompson voltou ao escritório do segundo andar e deu dois telefonemas rápidos, discretos e urgentes para Minneapolis. O primeiro foi para um juiz federal; o segundo foi para o celular de Shiloh.

– É hoje o dia – anunciou. – Estamos na casa. Nós a apanhamos, e a mãe sabe. Estou conseguindo um mandado para você. Ficará pronto em vinte minutos. – Ele olhou pela janela espaçosa, para o lugar onde a terra dos Eliot se estendia pacífica e branca sob a neve de março. – Vá buscá-la *agora mesmo*, Mike.

Annelise jamais havia acreditado que de fato seria apanhada por Shiloh. Quando naquela tarde ele foi procurá-la no escritório da igreja, de início ela pensou que era para fazer mais perguntas inúteis e especulativas. Mas quando Mike começou a lhe informar seus direitos constitucionais, ela finalmente entendeu o que estava acontecendo.

A expressão nos olhos dela, disse Shiloh, deve ter sido a mesma que Marnie Hahn viu pouco antes de morrer, uma fúria nascida do sentimento de direito frustrado, contrariado. Annelise Eliot havia olhado para ele assim por um momento. Em seguida, agarrara uma espátula de abrir cartas. Shiloh mal havia tido tempo de levantar a mão para desviar o golpe.

– Ela achou mesmo que poderia se livrar da situação matando-o? – perguntou Ligieia. Sinclair não havia mexido as mãos. Era Ligieia quem estava perguntando, por pura curiosidade, pois a história havia lhe interessado.

– Não tenho certeza de que ela estivesse tentando matá-lo. Era só raiva – disse eu. – Ela jamais acreditou de verdade que ele fosse conseguir alguma prova que pudesse usar. E eu acho – fiz uma pausa, olhando agora para Sinclair – que ela realmente pensou ter pagado sua dívida com a sociedade, por causa do bem que estava fazendo em Minnesota. Talvez até sentisse que tinha resgatado a memória de Marnie Hahn.

254 Jodi Compton

Sinclair estava fazendo sinais.

– *E quando Mike não deixou as coisas como estavam* – traduziu Ligieia –, *quando ela soube que ele realmente ia fazê-la pagar, ficou furiosa de novo. Exatamente como havia se enfurecido anos antes, com Hahn, a moça que estava arruinando a vida dela.*

– Foi isso – disse eu, concordando com um aceno. Sinclair tinha a intuição ampla e contextual de Shiloh. E, além disso, pensei, ela também entendia o irmão. Ela viu que ele se havia zangado, na adolescência, com o assassinato a sangue-frio de Marnie Hahn e tinha atiçado e alimentado aquele sentimento longamente represado durante uma longa e aparentemente infrutífera investigação, que finalmente pegara fogo.

E então eu contei a Sinclair e a Ligieia o resto, a parte que eu considerava o epílogo da história.

Marnie Hahn, Shiloh me dissera mais tarde na noite da detenção, era a ovelha do pobre.

– Mmm, isto é coisa da Bíblia, não é? – perguntei. A referência em si não me era familiar, mas seu jeito de fazer alusões era.

– No Antigo Testamento – explicou –, o rei Davi deseja Betsabéia, uma mulher casada, e dorme com ela. Ele engravida Betsabéia e, quando percebe que não poderá acobertar seu pecado, manda o marido à frente de guerra. Manda o homem para a morte certa. E o plano funciona: o homem morre.

"Para fazê-lo entender que suas ações estavam erradas, o profeta Natã relata a David uma história sobre um homem rico e dono de um rebanho inteiro de carneiros... isto é, metaforicamente o rei Davi... que mata o único carneiro de seu vizinho empobrecido, em vez de ceder um carneiro de seu próprio rebanho.

– Marnie era filha única dos Hahn? – perguntei.

– Era, mas não é esta a questão, pois Annelise também é filha única. – Shiloh ficou em silêncio por um momento, depois explicou:

– Annelise e Owen tinham praticamente tudo, Marnie não tinha praticamente nada. E o pouco que tinha, eles tiraram.

Naquela noite, eu ouvi na voz dele o credo inflexível de sua infância e juventude sobre o certo e o errado –, e me perguntei se haveria, afinal de contas, uma distância ideológica tão grande separando o reverendo Shiloh e seu filho.

Quando terminei a história, Sinclair sinalizou *Muito obrigada*. Pela história, eu supus. Eu queria agradecer a ela por ter me deixado contá-la. Tinha restaurado meu equilíbrio perdido.

Ela se levantou e veio novamente para junto de mim, olhando para baixo, para o rosto corado e adormecido da filha. Inclinou-se para tomar Hope nos braços. Endireitando-se, acenou com a cabeça em direção ao corredor, num convite. Era hora de dormir. Ligieia tinha ido à nossa frente e entrado no corredor.

Antes de Sinclair desviar os olhos, eu falei sem preâmbulos, encarando-a diretamente para lhe permitir ler meus lábios. – Você algum dia soube que o Mike usasse drogas?

Era a pergunta que eu não tinha feito antes.

Sinclair franziu a testa no que pareceu ser autêntico desconcerto e abanou a cabeça: *Não*.

Antes de adormecer, pensei ter ouvido o antiquado batucar de uma máquina de escrever, mas não consegui me levantar e investigar, e então o som foi morrendo no nada, como o ruído de um trem que passasse e fosse desaparecendo ao longe.

Capítulo 19

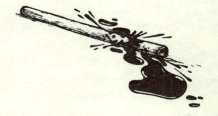

— Você pode repetir para mim? — pedi a Sorenson, o comandante do plantão no Terceiro Distrito Policial de Minneapolis. Sobre o piso de linóleo da cozinha de minha casa, meus pés descalços estavam frios. Durante minha estadia no calor do oeste, pelo visto Minnesota havia mergulhado de cabeça num frio quase hibernal.

— Um cara da Delegacia de Costumes prendeu uma prostituta numa batida. Ela quer trocar informação, mas diz que só fala com a detetive Pribek.

— Informação a respeito de quê?

— Delito grave, é só o que diz. — Ele tossiu. — Sei que você está de licença por motivo pessoal, mas ela pediu você.

— Não faz mal, eu dou uma passada por aí.

Eu esperava ver uma magricela consumidora de drogas mal saída da adolescência, pouco atraente e pronta para entregar seu cafetão por alguma coisa que ele tivesse feito. Na sala de interrogatório, esperava-me uma pessoa muito diferente. Era difícil definir-lhe a idade. Tinha a pele perfeita e o cabelo lustroso da juventude, mas o olhar e principalmente a pose faziam lembrar uma mulher mais velha.

Ela havia tirado um casaco forrado de pele, revelando um vestido de couro branco que lhe deixava os braços nus. O prédio do Terceiro Distrito tinha calefação generosa, mas meus pés continuavam gelados.

258 Jodi Compton

– Fui informada que você tem uma coisa pra me contar – disse eu.

– Você tem cigarro? – perguntou ela.

Eu estava propensa a dizer não, para exercer algum controle sobre o encontro. Mas ao olhá-la, tive a sensação de que ela não estava nem um pouco nervosa. Poderia se negar a prosseguir até que conseguisse um cigarro.

No corredor acenei para um detetive do plantão noturno, um cristão recém-convertido que eu conhecia de vista.

– Preciso de um cigarro – disse eu, e ele acenou que sim. – Fósforos também.

A prostituta não disse nada quando voltei com o cigarro para ela. Pegou cigarro e fósforos, em seguida acendeu o cigarro, fazendo uma prodigiosa nuvem de fumaça. Então deu uma tragada, soprou a fumaça e apagou o cigarro.

– Obrigada – disse em voz rouca.

Era uma disputa de poder. *Foda-se a informação*. – Já era – retruquei. – Agora, pode curtir seus três meses de cana.

Quando eu já estava saindo, ela perguntou:

– Não vai querer notícia de seu marido?

Parei onde estava e me virei.

Seus olhos passearam sobre mim como os meus haviam feito sobre ela, indo de meu gorro de lã e minha camiseta cinza até minhas botinas de inverno manchadas de sal. Eu não tinha me dado ao incômodo de vestir roupas de trabalho, pois estávamos no meio da noite e, obviamente, ela sabia quem eu era, já que me citara especificamente.

– Eu o matei – declarou, depois cruzou as pernas cobertas por botas de cano muito alto.

Sentei-me na cadeira diante dela. Ficar de pé era uma posição de maior autoridade, mas eu não queria deixar minhas mãos em sua linha de visão, para o caso de começarem a tremer.

– Eu duvido – respondi calmamente. – Você pode provar?

– Eu anuncio nos jornais semanais. Ele telefonou para mim, querendo sexo. Quando entrei aqui hoje à noite, eu reconheci a foto que está lá no quadro de aviso.

A 37ª hora 259

– Eu disse uma prova, não disse detalhes circunstanciais. – Por que meus pés estariam tão absurdamente gelados?

– Posso dizer a você onde ele está enterrado.

– Deixa de babaquice. Se você tivesse escapado ao flagrante de um crime de assassinato, não estaria aqui confessando.

– Ele era muito bom de cama, não era?

– Pára com isso. Você leu sobre ele no *Star Tribune* e resolveu sacanear a polícia com uma confissão falsa, só pra se divertir.

– Não, eu queria dar uma olhada em você. Ele me disse que uma vez você pegou uma cascavel e matou quebrando o pescoço dela. É verdade? – perguntou ela.

– É, sim. – Agora minhas mãos estavam tremendo muito. Ela não tinha como saber daquele episódio.

– Perguntei a ele por que estava procurando uma foda fora de casa, quando tinha dentro de casa uma mulher assim – disse ela. Depois, inclinou-se para a frente para falar confidencialmente: – Seu marido me contou que, na cama, você nunca conseguia se soltar pra valer por causa do que seu irmão lhe fez quando você era criança.

As batidas fortes de meu coração me despertaram. Precisei de um momento para me lembrar onde estava. Um cartaz que anunciava o Ashland Shakespeare Festival me trouxe de volta: estava no Novo México, no sábado de manhã, na casa da irmã de Shiloh.

Eu tinha dormido no sofá do escritório de Sinclair, enrolada em colchas de retalhos. Meus pés descalços, que haviam escapado das cobertas, estavam gelados.

Entrevada como um cachorro velho que tivesse dormido no chão duro, joguei as cobertas de lado e me levantei. A flexibilidade foi voltando aos poucos, enquanto eu dobrava os cobertores e os empilhava tão ordeiramente quanto possível sobre o sofá, colocando o travesseiro no alto da pilha. Então me curvei para reunir minhas coisas. Enquanto arrumava meus pertences, remexi na mochila de viagem em busca da camiseta da Kalispell Search and Rescuer de Shiloh, sentindo um súbito desejo de usá-la.

Quando entrei na cozinha com os cabelos molhados do banho de chuveiro, Ligieia estava à mesa, lendo O *mercador de Veneza*. Ergueu os olhos à minha aproximação.

— A Sinclair ainda está por aqui? — perguntei a Ligieia. Algo me dava a sensação de que ela não estava.

— Não — confirmou Ligieia. Ela teve que ir fazer umas coisas.

Pegando minha mochila, tirei uma folha de papel do bloco de rascunho que trouxera, rasgando-a ao meio. Na metade superior escrevi meus números de telefone de casa e do correio de voz do trabalho, bem como meu endereço eletrônico no trabalho.

— Caso ela se lembre de mais alguma coisa, você pode telefonar para mim, ou ela pode mandar uma mensagem — expliquei.

Depois pendurei no outro ombro a mochila de viagem.

— Muito obrigada por tudo. Diga a Sinclair que eu lamento não ter podido me despedir.

Ligieia acompanhou-me até a porta da frente.

— Se você não se importa de eu perguntar, o que você vai fazer agora? A respeito de seu marido?

— Vou voltar para Minneapolis. Tenho mais algumas pistas que posso seguir a partir de lá.

— Neste caso, boa sorte.

Na volta de carro para Albuquerque, mantive a velocidade abaixo do limite permitido.

E de fato não havia motivo para ter pressa. Eu tomaria o primeiro vôo disponível de volta às Cidades, mas não tinha muita idéia do que faria ao chegar lá.

Com tanto tempo na polícia, para mim a mentira era uma segunda natureza quando um civil como Ligieia me perguntava em que pé andava uma investigação. Não importa o quanto uma investigação esteja indo mal, um policial nunca diz ter chegado a um beco sem saída. Ele diz: As *pistas estão surgindo todos os dias, e não posso comentar nada além disso*.

Quase sempre isso é verdade, se é que é relevante. Casos de pessoas desaparecidas, de homicídios, de roubos a bancos — todo delito grave gera pistas fornecidas pelo público. Grande parte delas, porém, carece de valor: visões de médiuns, mentiras de anônimos brincalhões, testemunhos de cidadãos honestos que viram alguma coisa que se revela imaterial.

Vang, entretanto, tinha prometido seguir quaisquer pistas e me enviar uma mensagem se alguma coisa parecesse promissora. Até agora eu não tivera notícias dele.

No setor de telefones públicos do aeroporto de Denver, fiz a primeira de minhas duas checagens diárias de mensagens. Hoje, a voz na gravação informou que havia mensagem. Para minha surpresa, era de Genevieve, mas nada revelava.

– Sou eu – dizia apenas. – Acho que volto a ligar mais tarde.

Botei a mensagem para tocar de novo. Na voz de Genevieve havia uma raiva contida. Não consegui imaginar o que ela desejaria de mim. Bem, eu chamaria quando estivesse de novo nas Cidades, pensei. Se ela tivesse notícias urgentes, certamente teria deixado detalhes na mensagem.

No avião que seguia para o leste, escrevi copiosas anotações – ainda que não particularmente articuladas – em meu bloco de rascunho. Estava tentando identificar o que faria em seguida.

Entrevistar de novo todas as testemunhas da vizinhança? Esta era a resposta que eu provavelmente teria escrito, com bastante confiança, se isso fosse algum exercício de meu treinamento policial. A pista de Shiloh parecia estar mais fresca em nosso próprio bairro, onde ele tinha comprado comida no Conoco no dia do desaparecimento, onde a Sra. Muzio o havia visto caminhando com "cara de zangado" num dia que muito provavelmente tinha sido o sábado, o dia em que ele havia sumido.

Mas eu já estava sentindo desalento em relação ao caso. Se a informação mais útil de que dispunha era o fato de que Shiloh estava caminhando em algum lugar no sábado e parecendo decidido, então realmente eu não tinha nada. Eu não entendia nada sobre a maneira ou a razão pela qual ele desaparecera.

As idéias de Genevieve tinham sido as mais simples e mais prováveis. De alguma forma ele tinha caminhado para a própria morte em algum local nas vizinhanças. Suicídio saltando da ponte, assassinato nas mãos de alguma prostituta ou do cafetão dela.

262 Jodi Compton

Maldita Genevieve. Ela praticamente havia me plantado na mente o sonho que eu tivera na noite anterior. Do ponto de vista físico, Shiloh e eu sempre tínhamos sido absolutamente compatíveis; eu nunca tivera preocupações quanto a este lado. Mas *foda fora de casa* havia sido a expressão que ela usara, e a prostituta em meu sonho tinha citado Genevieve.

As teorias dela de adultério ou suicídio não se enquadravam no que eu conhecia de Shiloh. Construir semelhantes teorias era um desrespeito à sua... – a *ele*, droga!, não à *sua memória*.

Fechei o bloco de notas, que guardei de novo na bolsa. No entanto, quando o guardei, senti minha mão esbarrar num retângulo de papel mais liso e resistente que os papéis esparsos que jogara na bolsa para a viagem ao oeste.

Era um envelope tamanho carta e obviamente continha mais de uma folha de papel; estava quase acolchoado. No lado do endereço, em caligrafia inédita, estava escrita uma palavra: *Sarah*.

Sinclair, pensei. Abri o envelope e encontrei um pequeno maço de folhas de papel. Quando o desdobrei, caiu de dentro dele um envelope ainda menor, de três quartos do tamanho daquele que eu acabara de abrir. Era de papel creme, lacrado, sem indicações.

Depositei-o na poltrona desocupada ao meu lado e dirigi minha atenção à carta datilografada que tinha diante dos olhos.

Sarah,

Tenho a impressão de que hoje vou acordar e sair de casa antes de você despertar. Quem dera tivéssemos tido mais tempo para conversar. Pensando em nossa conversa, percebo que nada daquilo parece ter sido fundamental para sua busca por Mike. Porém, presumo de suas palavras a necessidade que sente de entender os antecedentes dele, e nisso eu talvez possa ajudá-la. Conheço-a há muito pouco tempo, mas Hope gosta de você, e já descobri que minha filha é excelente em julgar o caráter alheio.

Não tenho certeza de poder contar muita coisa sobre a vida em casa durante os anos de formação de Mike. Passei grande parte da infância e adolescência fora de casa, no internato. Mike e eu não chegamos a nos conhecer bem até ficarmos mais velhos, quando voltei a morar em casa. A época se destaca em minha lembrança por ter sido difícil.

Quando meus pais me enviaram para aquela escola distante, eles o fizeram com hesitação, primeiro por nossa família ser muito unida, e também por se inquietarem de me ver num ambiente secular. Para compensar, mandaram comigo uma Bíblia das Crianças, e quando fiquei mais velha me enviavam livros de devoção e de preces diárias por correio. Quando voltava para casa nos feriados escolares, eu sempre ia com eles à igreja e me juntava às preces à mesa de refeições. Mas no final seus temores foram bem fundados.

Eu tinha muita liberdade na escola. Não havia a obrigação de freqüentar a igreja ou a capela. Eu podia ler o que bem entendesse na biblioteca da escola. E as outras meninas eram provenientes de muitas culturas diferentes, e com freqüência discutíamos nossos antecedentes e nossas crenças em matéria de religião. Eu jamais questionei a divisão entre meus dois mundos. O lar era uma espécie de lugar e a escola era outra espécie.

Eu amava minha família, naturalmente, e fiquei feliz de ir para casa de vez, quando meus pais determinaram. Mas realmente estar ali foi um choque. Serviços religiosos na manhã de domingo, grupo de jovens nas noites de sábado, estudo da Bíblia nas noites de quarta-feira. Nada de televisão ou de filmes profanos. O mais penoso, entretanto, era que ninguém em casa conseguia usar a linguagem dos sinais com a mesma desenvoltura do pessoal da escola. Meus dois irmãos mais velhos estavam enferrujados, e Naomi e Bethany eram pequenas demais para ter fluência. Meus pais me estimulavam a falar em voz alta, mas eu não queria. Algumas das meninas da escola haviam descrito como as outras crianças riam do jeito de falar dos surdos, que comparavam aos balidos das ovelhas ou aos sons emitidos pelos golfinhos. Então o orgulho me fez insistir em falar por sinais.

Grande parte de minhas ações naquela época estava enraizada no orgulho ou era um impulso de liberdade. Subitamente eu estava fora do claustro que era minha escola particular e dentro do mundo mais vasto; no entanto, eu me sentia, acima de tudo, mais enclausurada. Pelas normas de meus pais e pelo estilo de vida de minha família. Pelos olhares desviados das crianças ouvintes, que temiam fazer contato vi-

264 Jodi Compton

sual comigo pelo medo de que eu tentasse me comunicar com elas sem que me pudessem entender. Pelos toques e abraços indesejados das pessoas da congregação que achavam que o fato de ser deficiente me tornava "especial", infantil e moralmente pura. Comecei a entrar em pânico, como se faltasse oxigênio no ar.

Durante esse período, só havia uma pessoa capaz de me fazer sentir como aquela que eu tinha sido na escola. Essa pessoa era o Michael.

Quando setembro chegou, eu tinha passado todo o verão em casa, mas não tinha visto o Mike. Na verdade, eu não o vira por um ano inteiro. Eu tinha passado o feriado do último semestre na escola, e então em junho, quando voltei para casa, Mike já estava fora, num projeto de verão, de serviços relacionados à igreja, construindo casas numa reserva indígena. Por diversas vezes coincidimos de não nos encontrar. E no retorno para casa em setembro, ele também chegou atrasado, pois tinha quebrado o braço ao cair de um telhado no qual estava trabalhando. Eles o deixaram ficar por lá e perder a primeira semana de aulas, para poder retirar o gesso antes de viajar.

Então, numa noite durante a primeira semana de aulas, eu estava trabalhando numa resenha de livro e senti a presença de alguém atrás de mim – quando você é surda, fica perita nisso. Eu me virei e dei de cara com ele.

Por um minuto pensei que se tratasse de algum amigo de Adam ou de Bill. Mike tinha crescido uns oito centímetros desde a última vez em que o encontrara; de repente havia ficado mais alto que eu. E quando ele me perguntou se o que eu estava lendo valia a pena, percebi que ele de fato era exímio no uso da linguagem dos sinais... e fiquei tremendamente aliviada.

Depois disso passávamos muito tempo juntos. Tínhamos ficado afastados por tanto tempo – e mudado tanto naquele intervalo – que era como conhecer um estranho. Sempre tínhamos longas conversas. Mike tinha profundo conhecimento da Bíblia; era capaz de debater como um seminarista, mas nunca me julgava quando eu lhe dizia das coisas que não entendia ou não conseguia acreditar sobre Deus e a Bíblia. Reparei que ele também estava perdendo a fé. Nunca pretendi empurrá-lo nessa direção, mas eu não conseguia mentir sobre meus sentimentos. Eu precisava ter alguém com quem pudesse ser comple-

tamente eu mesma, e esse alguém era Mike. A apostasia foi difícil para ele; é mais difícil perder a fé, como no caso dele, do que perceber que de fato nunca se teve nenhuma, como no meu caso.

A situação com meus pais foi piorando aos poucos. Eu queria liberdade – e eu a tomei onde os jovens geralmente o fazem – na bebida e no sexo. Não me orgulho de todo de meu comportamento na ocasião, mas eu era jovem. Meus pais recorreram a restrições mais severas, a toques de recolher mais estritos. Comecei a me esgueirar para fora de casa, mas depois de ter sido apanhada algumas vezes, parei de tentar. Sabia que bastava esperar pelos 18 anos e poderia ir embora, e até que os completasse, Mike tornou minha estadia em casa suportável. Ele era o oxigênio no ar quando eu me sentia sufocada.

Sei que nada disso ajudará você a encontrá-lo. Só queria que você ficasse sabendo. Mike tem sua própria vida agora, e eu tenho a minha, mas ele sempre será especial para mim. Quando você falou sobre ele ontem à noite, vi o que ele significa para você, e mesmo sem falar com ele, sei o quanto você deve significar para ele, pois o Mike é uma pessoa ferozmente leal. Ele tem muita sorte em ter você. Sei que irá encontrá-lo, e quando o fizer, quero que entregue a ele a mensagem que anexei.

Sinclair

Depois de ler a carta, senti-me estranhamente leve, do jeito como me sinto quando recebo uma gentileza inesperada. Apanhei o pequeno envelope na poltrona ao meu lado.

Abra-o. Esta foi minha primeira reação instintiva; estava conduzindo uma investigação, e toda informação contava.

Não seja ridícula. Em seguida percebi que obviamente era ridícula a idéia de Sinclair ter posto alguma informação importante num envelope lacrado à guisa de teste. Ela não iria fazer jogos quando estava em risco o bem-estar de seu irmão.

O bilhete lacrado era um gesto de fé, em dose dupla: dizia que ela confiava em que eu encontraria seu irmão e que ela sabia que eu não iria abrir e ler uma mensagem pessoal para Mike sem a permissão dele. Era um gesto amável, sutil, astuto. Deslizei o envelope para o bolso de minha jaqueta de couro.

Genevieve, Shiloh, agora Sinclair... se havia um Deus, me ocorreu perguntar por que Ele teria escolhido me cercar de gente muito mais inteligente do que eu, e depois fazer depender de mim tanto do que estava acontecendo a nós.

Capítulo 20

Talvez por causa do sonho que eu havia tido naquela manhã, o primeiro lugar ao qual voltei em Minneapolis foi a chefatura. Eu queria percorrer seus corredores na luz sensata e normal do dia e reivindicá-los como meu território. E falar pessoalmente com Vang; ver se ele se havia inteirado de alguma coisa que talvez não lhe parecesse suficientemente importante para me telefonar a respeito.

Mas quando cheguei ao local, Vang tinha saído. Conferi o correio de voz em minha escrivaninha. Não havia nenhuma mensagem. Mas eu ainda não tinha retornado o telefonema de Genevieve.

– E aí, quais são as novidades? – perguntei quando ela atendeu.
– Você me telefonou hoje cedo.

– É ele – respondeu ela, sem preâmbulos. – O canalha do Shorty. O filho da puta tem uma sorte dos diabos.

Da parte de Genevieve, este era um linguajar espantoso.

– O que aconteceu? – perguntei.

– Ele roubou a picape do velho, mas não vai ser preso – disse ela.

– Espera aí. Vamos com calma, certo? Qual picape, de qual velho?

– Todo mundo achava que era um velho que estava sumido – esclareceu Genevieve. – A picape dele foi encontrada batida ao lado de uma estrada rural nas cercanias de Blue Earth, e eles

268 Jodi Compton

acharam que ele tinha saído caminhando desorientado depois do acidente.

— Sim, lembro de ter ouvido a história no noticiário.

— Faz dois dias que o velho apareceu. Ele estava em Louisiana, visitando um amigo, e enquanto estava fora, a picape dele foi roubada do pátio de estacionamento da ferrovia. Então a perícia recolheu as impressões digitais deixadas no carro, e adivinha o nome de quem apareceu?

— Royce Stewart.

— Com uma puta certeza — esbravejou Genevieve. — A porta tinha impressões parciais. Mas ele vendeu à polícia uma história fajuta. Disse que estava voltando para casa quando por acaso encontrou a picape batida. Havia estado bebendo na cidade, é claro. Como sempre.

— Mmm — fiz eu.

— Disse que checou a picape de perto, pra ver se não tinha ninguém machucado dentro. Quando viu que não tinha ninguém, disse que imaginou que não era nada e foi pra casa. Um verdadeiro santo, esse Shorty.

— Ele tem algum álibi para a hora em que o veículo foi roubado?

— Não se apurou exatamente em que momento a camionete foi levada — disse Genevieve. — O dono a deixou estacionada no pátio da Amtrak. Então isso torna a questão confusa para a polícia. Mas é bem o tipo de coisa que ele faria. Ele não tem carro... vai passando e vê um que lhe agrada, então pega e rouba o carro. E vai conseguir sair impune.

— Foi só por essa razão que você me ligou?

— E não é o bastante? — retorquiu ela. — Será que só eu consigo ver o que esse cara é?

— Eu também sei o que ele é, Gen. Mas não há nada que a gente possa fazer. A hora dele vai chegar.

Pelo silêncio no outro lado da linha, eu sabia que minha resposta não a deixara satisfeita.

Então ela disse: — Eu devo perguntar como vai a busca por Shiloh?

A 37ª hora   269

– Não – disse eu.

Depois de desligarmos, fiquei sentada à minha mesa por um momento. Pensei nas pessoas que eu conhecia que eram parentes de desaparecidos em caráter permanente. Eles checavam com Genevieve ou comigo a intervalos cada vez menos freqüentes. Tentavam fazer com que os repórteres se interessassem por histórias de "aniversários"do desaparecimento. Esperavam que alguém por aí denunciasse um companheiro de cela ou um ex-namorado. Agarravam-se à esperança de pouco mais que a possibilidade de algum dia haver um funeral adequado, um túmulo para visitar.

Quando esses dias chegariam para mim?

Em cinco dias de investigação do desaparecimento de Shiloh, eu não tinha apurado nada, praticamente nada. Não conseguia me lembrar de um só caso em que tivesse feito menos progresso.

No saguão do térreo, um cartaz em forma de seta prendeu minha atenção. DOAÇÃO DE SANGUE HOJE, era o texto.

Shiloh era tipo O negativo e doava sangue religiosamente.

Ryan Crane, um conhecido meu, auxiliar administrativo do registro de ocorrências, virou a esquina e se aproximou. Na dobra do braço tinha uma atadura rosa-choque: tinha acabado de doar sangue.

– Vai deixar lhe espetarem uma agulha, detetive Pribek? – perguntou com jovialidade.

– Não tinha pensado nisso – respondi, apanhada desprevenida. – Só vim aqui para...

– Ah, desculpe, eu tinha esquecido – disse Crane. – Já teve alguma notícia de seu marido?

– Não – respondi. – Nada. Ainda estou trabalhando no caso.

Ele assentiu com a cabeça, com um ar solidário. Tinha no máximo 22 anos – eu nunca tinha perguntado –, mas sabia que era casado e pai de dois filhos.

Crane se foi, mas eu não prossegui meu caminho para a rampa do estacionamento.

Meu sangue era A positivo, um tipo comum, mas não tão útil quanto o de Shiloh. Mas ele não estava presente para a doação, e

270 Jodi Compton

esse fato me incomodava, como se agora coubesse a mim agir em lugar dele

Além disso, repetir as entrevistas em meu bairro ia ser uma rodada cansativa numa pista fria. Elas não eram urgentes.

O pessoal do banco de sangue tinha se instalado na maior sala de reuniões disponível. Havia quatro cadeiras reclináveis com pedestais com rodinhas junto a elas, dos quais pendiam bolsas plásticas, algumas se enchendo de sangue, outras vazias.

Todas as cadeiras estavam ocupadas. Aquilo não me surpreendeu. Eu tinha ouvido as palestras antes, nos tempos em que usava uniforme. Embora a maioria dos policiais encerrasse a carreira sem ter sofrido ferimentos graves, os sargentos e capitães gostavam de salmodiar os alunos da academia sobre como o sangue doado por eles poderia facilmente salvar a vida de um colega oficial ferido na linha do dever.

Enquanto eu esperava que uma cadeira vagasse, uma enfermeira de jaleco branco foi lendo a lista de condições improváveis que poderiam me desqualificar: eu ou algum parente sofria do mal de Creutzfeldt-Jakob? Algum dia pagara favores sexuais com drogas ou aceitara drogas em troca de sexo? Tinha tido relações sexuais com alguém que tivesse morado na África de 1977 para cá?

Como recompensa por todas as minhas respostas negativas, ela me espetou o dedo com uma lanceta afiada.

— Pode se sentar naquela cadeira — orientou. — Eu volto a falar com você quando seu hematócrito estiver pronto.

Recostei-me ao lado de um grisalho agente da condicional, que conhecia superficialmente.

— Como vai você? — perguntou ele.

— Cheia de sangue — respondi com despreocupação. Por mais que eu deteste consultórios médicos e salas de exame, as agulhas nunca me preocuparam, principalmente quando coletando sangue em meu local de trabalho, lugar onde fico à vontade na maioria das vezes.

— Segure isto — disse uma moça de jaleco branco, voltando para meu lado.

Entregou-me uma bola de borracha branca.

— Vamos começar. Feche a mão e aperte a bola.

Eu obedeci, fazendo uma veia ficar saltada. A enfermeira pincelou anti-séptico no interior da dobra de meu braço, colocou um garrote na parte de cima, e então senti a picada da agulha.

— Continue a apertar a bolinha — recomendou. — Não aplique força de mais nem de menos. Isso deve levar uns dez minutos.

Ela removeu o torniquete, e o tubo transparente se tingiu de vermelho, o sangue escorrendo de meu corpo como se estivesse ansioso para escapulir.

O agente da condicional estava absorvido na leitura de um exemplar do *FBI Law Enforcement Bulletin*. Eu não tinha trazido nada para ler. Fechei os olhos e rememorei minha conversa com Genevieve e o que ela havia dito a respeito de Shorty. Quando eu pensava na questão, achava plausível o álibi que apresentou.

Em roubos de carro, o lugar mais provável onde encontrar impressões digitais boas e usáveis é o espelho retrovisor. Qualquer um precisa ajustá-lo quando está num carro que não conhece. Até mesmo os ladrões. Mas Genevieve tinha dito que a polícia de Blue Earth só tinha encontrado impressões parciais na porta.

Imaginei Genevieve dizendo: *E daí?* Ela tinha sido minha parceira por muito tempo nesse tipo de dedução, e para mim era natural me imaginar discutindo o assunto com ela.

E daí, pensei, que parciais na porta são coerentes com a ação dele de vistoriar um veículo acidentado, e não de roubá-lo. Para entrar, ele tocou na porta. Não tocou no espelho porque não tinha planos de dirigir o carro para lugar nenhum.

Ele estava usando luvas, disse Gen, sucinta. Em minha imaginação ouvi a irritação com que ela revidaria, me acusando de tomar o partido de Shorty.

Por que ele tocaria na porta com as mãos nuas e depois calçaria cuidadosamente as luvas para ajustar o espelho?, pensei.

Porque age por impulso. Ele não planeja antes de agir.

Então por que motivo calçaria as luvas? E se ele age por impulso, por que sairia de seu caminho para ir a uma estação de trem roubar uma picape?

272 Jodi Compton

Ele roubou a picape da estação da Amtrak porque sabia que ninguém daria pela falta do carro imediatamente, com o proprietário fora da cidade.

Mas isso indica planejar antes de agir, que segundo você não é o estilo dele. Além do mais, o que ele vai fazer? Dirigir por aí durante alguns dias na mesma área onde roubou, onde todo mundo pode vê-lo ao volante? Não tem lógica. Esse tipo de roubo só funciona se alguém usar o carro algumas horas e depois abandoná-lo.

Abri os olhos, atingida por uma impossibilidade.

— Mas de jeito nenhum — murmurei, sentando-me de chofre.

Um carro é uma arma, havia dito Shiloh.

O mundo girou cinzento diante de meus olhos. Quando ouvi um grito alarmado junto a mim, pensei que a mesma revelação tivesse atingido a todos nós ao mesmo tempo. A cadeira começou a se inclinar sob meu corpo.

— Levante bem os pés. — Já não era mais a voz de Genevieve em minha mente; era uma voz de verdade, em algum lugar para além da neblina em que me encontrava. — Você está me ouvindo? Mexa os pés, faça movimentos circulares com eles. Círculos grandes.

Abri os olhos — ou talvez eles já estivessem abertos. Fechados ou abertos, o fato é que o cinza estava se dissipando e eu conseguia ver meus pés. Respondi ao comando, mexendo os dedos.

— Muito bem, agora sim. Continue a mexê-los. — A auxiliar da coleta de sangue que havia me atendido estava parada ao meu lado. Uma outra se aproximava com um saco de papel pardo. Abriu-o com um brusco movimento do braço.

— Tome aqui, respire dentro disso — instruiu a segunda mulher.

— Eu já estou bem — declarei, tentando me sentar de novo. Assim que o fiz, fiquei tonta.

— Pode ir se deitando de novo. Nós é que vamos lhe dizer quando pode se levantar. Vai respirando aí dentro.

Peguei de sua mão o saco de papel e fiz o que mandou. De toda forma, eu precisava de um momento para refletir.

Não havia ninguém a quem eu pudesse chamar ainda. Não havia nada que pudesse provar. Teria que fazer eu mesma o trabalho braçal.

Vinte minutos se passaram antes que me autorizassem a sair. Primeiro me mandaram sentar ao lado da cadeira reclinável, e depois de alguns minutos ali me permitiram ir para a área de recuperação, uma mesa e cadeiras dobráveis onde estavam servidos suco de laranja e biscoitos. Tocaram em meu rosto e me observaram caminhar, antes de finalmente me liberarem para descer a rampa do estacionamento e chegar ao carro, com uma gaze verde-limão enrolada no braço. Eu tinha doado metade da cota normal de sangue.

Eu me sentia bastante recuperada, apenas um pouco cansada, quando abri com um pontapé a teimosa porta da cozinha de casa, com minha mochila de viagem jogada por cima do ombro do braço que não fora espetado. Não havia tempo para desfazer a bagagem.

Ao telefone, disquei um dos dois números que passara a conhecer de cor: o que estava escrito no verso da passagem de avião de Shiloh. Disquei o número com o código de área 507. Aquele número havia sido atendido no bar, e na época eu havia imaginado que isso não significava nada.

Mas nos últimos tempos tinha havido um excesso de carma do sul de Minnesota em minha vida, do qual nenhuma parte fora bom carma.

— Sportsman. — Era de novo meu amigo Bruce. Ruído de multidão ao fundo.

— Isso talvez pareça uma pergunta boba — disse eu tentando soar despreocupada e à vontade —, mas onde é que vocês ficam, exatamente?

— Bem na margem oeste da cidade — esclareceu Bruce.

— Margem oeste de qual cidade? — perguntei.

— Puxa, você realmente não sabe onde está — disse ele, parecendo surpreso, mas ainda brincalhão. — Blue Earth.

Blue Earth.

— Então eu vou precisar de orientação.

— Você está vindo de onde?

— Ãhn... Mankato — disse eu, tropeçando na mentira.

274 Jodi Compton

Mas Bruce não percebeu a hesitação em minha voz. Rapidamente metralhou as instruções para mim de um jeito experiente, depois perguntou:

— Você está vindo lá de Mankato só para tomar um drinque? Cara, nós somos uma turma animada pra beber, mas eu não sabia que nossa fama tinha chegado tão longe.

— O Shorty está por aí?

Uma fração de segundos se passou antes que ele respondesse, mas agora sua voz estava mais intrigada que insinuante.

— Não. Quem está falando?

Eu desliguei, pensando: *Eu sabia.*

Blue Earth seria um longo trajeto ao volante, cerca de três horas, mas o tempo contava a meu favor. O problema é que Bruce, do Sportsman, parecia bastante chegado à "turma animada" do bar, e era provável que contasse a Shorty que uma estranha tinha telefonado perguntando por ele e desligado para não dar o nome. Talvez até se lembrasse do telefonema de Sarah Pribek, que tinha deixado o nome e o telefone alguns dias antes. Shorty podia ter um raro momento de lucidez e se mandar.

O número dos Lowe era o segundo que eu havia gravado na memória, e dessa vez não precisei procurá-lo. Deborah atendeu.

— Oi, Deb, sou eu. — A essa altura ela certamente reconheceu minha voz. — Posso falar com a Genevieve?

Genevieve entrou na linha.

— O que está havendo? — perguntou, mas sua voz não estava curiosa.

— Preciso de uma coisa de sua parte. — Eu não tinha respondido à pergunta dela. — Você sabe o endereço do Shorty, não sabe?

— O quê? — Mais alerta agora.

— Você vem seguindo a pista do cara já faz um tempo. Deve ter o endereço dele. Eu vou precisar.

— Mas o que está havendo? — perguntou de novo.

— Eu só preciso do endereço.

— Vou ter de procurá-lo. — Deixou o telefone fora do gancho.

Shorty era o único assunto que tiraria Genevieve da depressão, e agora, coerentemente, ela estava mostrando sinais de interesse.

A 37ª hora **275**

Quando me deu o endereço, provavelmente entendeu que eu iria para lá. Ela talvez quisesse se encontrar comigo, me acompanhar.

De certa forma, eu teria gostado que ela fosse comigo, mas não era uma boa idéia. Talvez eu precisasse argumentar com Shorty, cair em suas boas graças. Acho que não conseguiria fazê-lo com um anjo vingador materno à guisa de co-piloto.

Genevieve voltou ao telefone e me deu o endereço. Não foi surpresa descobrir que ele morava na Route 165.

– O que está acontecendo? – perguntou ela outra vez.

– Talvez nada. Ligo pra você amanhã.

– Você está indo lá? O que ele andou fazendo desta vez?

– Eu ligo pra você amanhã – repeti.

– Sarah...

Desliguei na cara dela. Eu não tinha tempo para meu espasmo de remorso, e em vez disso comecei a reunir as coisas de que precisava: minhas chaves, a jaqueta, minha arma de serviço. Estava ansiosa para chegar à estrada. Exatamente como Shiloh tinha estado.

Capítulo 21

Cada vez que eu dirigia para o sul pela estrada 169, e esta era a terceira vez na mesma semana, eu levava menos tempo que antes. Isso era um atestado da nefasta aceleração de minha vida nos últimos sete dias. Quando cheguei aos limites da cidade de Mankato, constatei que tinha reduzido quase trinta minutos em relação à vez anterior. Para minha surpresa, não me deparei com nenhum radar de tráfego ao longo do caminho. Não tardei a cruzar as ruas sossegadas de Blue Earth.

Será que Shorty estaria em casa ou no bar? Há quem diga que o freguês cativo de bar comparece "toda noite" ao seu bebedouro favorito, mas em geral isso é um exagero. Pelo que eu sabia, esta noite Shorty poderia ter ficado em casa.

Eu não precisaria esperar muito para descobrir. Já podia ver à minha frente um brilhante pato de néon, voando acima de um edifício baixo de vidraças fumê. Não precisei ir muito além do prédio para saber que tinha encontrado o Sportsman.

Se eu fosse esperta, se eu fosse cuidadosa, esperaria até o dia seguinte. Procuraria Shorty em seu local de trabalho, na sóbria luz do dia, sob o pleno peso de minha autoridade. Mas eu nunca havia sido esperta, e o pouco que dolorosamente havia aprendido sobre ser cuidadosa tinha se afogado sob o implacável rufar de tambores de minha ânsia de saber.

278 Jodi Compton

Para um sábado à noite, o local não estava movimentado. A TV mostrava o time de basquete de Minnesota, os Timberwolves, e a vitrola automática tocava tão baixo que na verdade se podia escutar o comentarista narrar a partida. Shorty estava no bar com dois amigos. Bem, pelo menos amigos de copo. Os amigos talvez nem mesmo gostassem dele à luz do dia.

Caminhei direto para ele e absolutamente todos no bar me observaram fazê-lo.

Shorty havia me visto no banco das testemunhas na audiência anterior à instauração do processo, na qual eu havia sido identificada como amiga de Kamareia e principal testemunha da acusação contra ele. E naturalmente ele soubera que eu era policial. Agora, quando me viu caminhado em sua direção, ele arregalou os olhos. Por um momento, pareceu tão alarmado que pensei que ele talvez fosse escapulir pela porta dos fundos.

Então recuperou o controle, lembrando-se de que o caso contra ele estava encerrado. Seu rosto se endureceu, passando do alarme ao desdém, os olhos cravados de mim.

Parei a um passo de seu banco de bar e disse:

— Preciso falar com você. Lá fora.

Este foi o primeiro erro que cometi, especificando o "lá fora". Ele só precisava se recusar, e eu ficaria de cara no chão. Ele olhou para os amigos e deu uma risadinha irônica. — A-hã — fez ele.

Olhei para seus amigos, concluindo que era gente mais ou menos obediente à lei. Puxei a carteira com o distintivo e coloquei-a sobre o balcão, mas não a abri até haver tocado o tampo. Não queria que todos ao redor me vissem exibindo-a. Mas os colegas de Shorty viram e me olharam no rosto.

— Saiam daqui — ordenei sucintamente.

Eles se levantaram, carregando suas canecas, e foram se sentar num reservado. A exibição de autoridade embotou o bom humor de Shorty; sua expressão agora tinha ficado carrancuda. Sentei-me num banco alto desocupado por um de seus colegas de bebedeira.

— O que você está querendo? — perguntou.

— Pode tratar de ir falando sobre Mike Shiloh.

A 37ª hora 279

O desconforto varreu o último vestígio do sorriso tolo. – Não sei de quem se trata – mentiu. Então tomou um gole da cerveja, e a caneca era uma trincheira simbólica onde se esconder.

– Ah, sabe sim. Você pode me falar disso agora, ou posso conseguir um mandado para sua detenção. – Era minha vez de mentir. Eu não tinha nada que sequer se aproximasse de uma causa provável.

– Você está me importunando – disse ele. – Todos vão saber que é por causa daquela coisa nas Cidades. Eles não vão escutar você.

Você quer dizer aquele estupro e assassinato, é isso que você quer dizer com "coisa"? Não, não o antagonize, ou jamais conseguirá o que necessita. Vá com calma.

– Me diga agora o que aconteceu, antes que o caldo engrosse – insisti. – Assim ficará mais fácil.

– Mais fácil que o quê? Na última vez, eu ganhei de você. Não poderia ficar mais fácil do que isso.

Então Shorty percebeu que o que tinha dito estava perigosamente perto de ser uma admissão do crime. Seu processo tinha sido indeferido por falta de provas, mas a impossibilidade de ser julgado outra vez pelo mesmo fato criminoso não se aplicava a ele, pois Shorty não tinha sido, de fato, julgado e absolvido. Diante disto, ele não sabia o que era e o que não era seguro dizer.

– Você quer realmente me ver em seu processo, Shorty? – indaguei. – Se quiser, continue agindo assim. Fique de boca fechada e não me diga o que sabe.

– Eu já lhe disse o que eu sei: não sei porra nenhuma – replicou, emburrado.

Levantei do banco do bar e rumei para a porta, sem olhar para trás para ver se ele estava me observando ou não.

Fora do bar fiz um retorno ilegal e me dirigi ao centro da cidade. Pouco depois estacionei no acostamento da estrada. Fiquei lá por tanto tempo, tentando raciocinar, que finalmente desliguei o motor do carro.

Shorty não ia me dizer o que eu queria saber. Não havia razão para que o fizesse. Tampouco me deixaria dar uma olhada no interior de sua casa, coisa que eu queria fazer em seguida.

Enquanto eu pensava, ficava tentando roer a unha do dedo médio; roer unhas era um péssimo hábito em que eu recaía nos momentos difíceis.

Não consegui roer nem um pedacinho da borda das unhas, porque elas tinham sido cortadas muito recentemente. Não por mim, mas por Shiloh, que havia se sentado na beira de nossa cama, segurado minhas mãos entre as dele e cortado minhas unhas para mim.

Prewitt tinha me advertido de que, no decorrer da investigação do desaparecimento de Shiloh, eu me considerasse uma representante da delegacia do condado de Hennepin. Com isso, ele certamente não queria dizer arrombamento e invasão de domicílio.

Toda a reflexão que fiz à beira da estrada não foi realmente uma reflexão – eu estava justificando uma decisão que já havia tomado.

A estrada escura que o Nova devorava tão gulosamente era a mesma rodovia pela qual Shorty caminhava para chegar a sua casa quando vinha do bar. Da cidade à casa dele não era extremamente longe, mas tampouco era o que a maioria considera uma distância para se fazer a pé. O que levava Shorty a percorrer aquela distância tarde da noite, mesmo no inverno e no começo da primavera, não era só a bebida. Com menos dinheiro e mais conforto, ele poderia beber em casa. Mas não seria a mesma coisa. Ele provavelmente preferiria não comprar mantimentos a abrir mão de gastar dinheiro com um bem tirado chope Budweiser em companhia dos parceiros.

A "casa" de Shorty não passava de um barracão de guardar ferramentas, atrás de uma casa de fazenda de dois andares. Apaguei os faróis e continuei avançando apenas com a luz das lanternas acesas. As luzes da casa da frente estavam apagadas, as janelas escuras como olhos cegos. Mesmo assim, deslizei suavemente para dentro do quintal como se meu carro pudesse andar na ponta dos pés se eu pisasse bem de leve no acelerador.

Seguindo a passagem de terra cheia de sulcos, contornei o barracão e estacionei atrás dele, onde meu carro não seria visível da estrada. Apaguei as luzes e tirei a chave da ignição. Quando desci do carro, deixei a porta encostada para não fazer barulho ao fechar, desligando primeiro a luz interna para não descarregar a bateria.

A 37ª hora 281

Segurei a lanterna de mão sob a axila, enquanto organizava as ferramentas de que precisaria para abrir a fechadura. A porta parecia tão frágil que teria vindo abaixo com um par de pontapés, se eu pudesse me dar ao luxo de ser tão óbvia.

Quando toquei na maçaneta, vi que não ia precisar forçar a fechadura. A porta já estava destrancada.

Alguma coisa naquilo me pareceu errada. Mas eu disse a mim mesma: *Vamos lá, relaxe. Afinal de contas, o que um sujeito como Shorty teria de seu que merecesse ser roubado? Está tudo bem. O que você está esperando?*

Entrei na casa e acendi a lanterna de mão.

No facho de luz uma figura se levantou de repente, bem próxima. Botei a mão em meu W&S calibre 40.

– Sarah, espere, sou eu! – A sombra à minha frente já estava se jogando no chão.

– Gen? – Apontei a lanterna para baixo. Ela apertou os olhos diante do brilho, levantando a mão para se proteger do raio de luz. – O que você está fazendo aqui?

– Esperando você. Eu cheguei mais cedo. Não jogue essa luz em meus olhos.

Mais tarde eu iria me dar conta do quanto ela estava mudada naquele momento, do quanto havia revivido em comparação com o zumbi que fora nas últimas semanas.

Meu coração bateu forte, com atraso.

– Você está maluca? Eu quase atirei em você!

– Quer parar de jogar essa luz em mim? – repetiu ela. – Tem uma coisa que você devia ver.

Quando ela se levantou, o feixe de luz brincou em cima de sua mão. Ela estava segurando um objeto.

Sem dizer palavra, Genevieve colocou-o sob o facho e inclinou-o. Alguma coisa brilhou: o selo holográfico do estado de Minnesota. Era uma carteira de motorista. A carteira de motorista de Michael David Shiloh.

Eu tinha certeza, mas não estava pronta para encarar os fatos, não mesmo. Se ela não tivesse falado de novo, não sei por quanto tempo eu teria ficado olhando para a carteira.

282 Jodi Compton

– Que diabos está havendo? – exigiu saber.

– Onde você encontrou isso?

Genevieve apontou. Segui seu gesto com o facho da lanterna. No chão havia uma mochila. Também de Shiloh. Ele a havia usado algumas vezes, quando precisava ir à biblioteca fazer pesquisa e trazer uma pilha de livros para casa. Devido à sua pouca utilização, eu não dera por falta do objeto ao revistar o armário.

Caminhei até a mochila e me ajoelhei. Dentro dela havia um guia rodoviário, uma maçã machucada e fermentada – e a carteira de dinheiro, vazia.

– Shorty – murmurei. – Aquele filho da puta.

– É isso aí – concordou Genevieve. – Mas o que houve? Como você soube que tinha de procurar aqui?

Apontei o facho da lanterna para o teto pintado de branco, gerando uma claridade ambiente que nos permitisse enxergar uma à outra.

– Você estava equivocada – disse eu em voz contida, mas bastante firme. – Shorty não roubou a picape, foi o Shiloh que roubou.

– O Shiloh? – Ela estava incrédula.

– Ele veio aqui na semana passada, enquanto eu estava visitando você. Mal eu saí da cidade, ele pegou carona num trem de carga.

– Num trem?

– Ele e os irmãos costumavam pegar carona em cargueiros por distâncias curtas, só por esporte. Ele sabia como fazer isso. E foi assim que não deixou rastro: ônibus, trem, nada. Ninguém o viu, ninguém lhe deu carona de carro. O trem levou-o diretamente para a estação da Amtrak, onde poderia roubar um veículo de que ninguém desse falta por algum tempo. Depois poderia devolvê-lo e pegar o trem de carga de volta para casa.

– Mas por quê?

– Kamareia – respondi, e estava a ponto de prosseguir, quando ruídos que vinham de fora me distraíram: o ranger e o bater de um portão muito parecido com o que havia entre a propriedade e a estrada. Genevieve também ouviu e foi até a janela suja e sem persianas, aproximando o rosto do vidro para ver o que conseguia discernir na penumbra noturna.

— Pelo jeito o Shorty já bebeu bastante por esta noite — observou com voz calma.

Eu me levantei.

— Nós não podíamos estar aqui — disse eu. — Legalmente.

— Eu não vou fugir daquele canalha assassino. Você vai? — desafiou-me ela.

— Não — respondi. — Segure a lanterna. Dirija o facho de luz para baixo.

Genevieve fez isso agachando-se para ficar perto do chão. Caminhei para a porta. O cascalho rangia sob o peso dos passos de alguém, e ambas observamos a maçaneta da porta ser torcida para abrir.

Tão logo Shorty cruzou a porta, dei-lhe um violento soco no plexo. Enquanto ele se dobrava ao meio, agarrei-o pelos cabelos e puxei seu rosto de encontro ao meu joelho, que se erguia. Ele caiu no chão com um chiado de respiração dolorosa.

— Como estão as coisas por aí, Shorty? Fiquei um pouco frustrada com o pé em que ficou nossa conversa lá no bar.

Genevieve ainda estava segurando a lanterna para baixo.

— Que tal você acender a lâmpada do teto? — sugeri.

Ela puxou o cordão, e a luz se acendeu.

Era um lugarzinho miserável. Uma lâmpada nua no teto, uma cama estreita. Uma mesa de jogar cartas, uma cadeira dobrável, uma cômoda ordinária. Ao lado do vestíbulo um banheiro; avistei o reflexo de uma velha banheira com pés, uma pia antiga pousada numa coluna de louça. A cozinha constava de uma pia e um fogão de uma boca.

Entretanto, Shorty tinha suas habilidades. Obviamente estava convertendo o lugar numa residência. Vi ferramentas de bombeiro no chão do banheiro, uma chave de grifo e alguns canos. Na peça principal havia coisas que ele provavelmente usava em seu trabalho diário: equipamentos de pintura de parede, lonas para forrar, uma espátula de remover papel de parede com um cabo de 30 centímetros e uma lâmina assimétrica e amolada.

284 Jodi Compton

Shorty rolou de lado para olhar para Genevieve. Quando a viu, pareceu um homem que estava recebendo a visita das harpias.

— Pode ir tratando de falar sobre Mike Shiloh — insisti, como se nunca tivesse saído do bar.

— Vá se foder — resmungou ele. Antes lhe faltara coragem para falar assim com uma policial, mas obviamente viu que as coisas haviam mudado.

— Você está com a mochila dele, a carteira de dinheiro dele bem vazia e a carteira de motorista. Isso cheira mal — falei.

Shorty se sentou.

— Eu encontrei tudo numa vala.

— Numa vala de que lugar?

— Na estrada do condado.

— Pertinho dali onde você cobriu a picape de impressões digitais?

— Isto é ilegal — disse ele. — Você arrombou minha casa. O que acha que o juiz vai fazer com qualquer coisa que você tenha encontrado aqui? Esta merda de revista é ilegal.

Shorty sabia um pouco a respeito do sistema, como qualquer um com sua ficha policial deveria saber. E eu lhe vi no rosto a astúcia que, por algum tempo, pode fazer as vezes de verdadeira inteligência.

Puxei novamente a arma, que apontei para ele.

— Ninguém aqui está pensando em tribunal. Só você.

Ele se levantou e me encarou. Parecia bem valente para um sujeito com metade da cara coberta de sangue. Não disse nada. De certa forma ele tinha visto a verdade em meu rosto: que mesmo depois de tudo o que ele havia feito, eu não puxaria o gatilho. Uma sombra do desprezo que tinha demonstrado no bar assomou a seus lábios.

Então ele se virou para Genevieve e disse:

— Sua filha *adorou* trepar comigo.

Seus olhos voltaram a me encarar, para ver como eu estava recebendo sua piadinha. Aquele foi o seu erro. Ele estava prestando atenção principalmente em mim. Não tinha examinado o rosto de Genevieve para ver o que podia ser lido ali.

A 37ª hora 285

– Gen, não faça isso! – berrei, mas era tarde demais. O braço dela foi só um borrão quando mergulhou profundamente a lâmina da espátula de remover papel de parede do próprio Shorty nas artérias do pescoço dele.

Shorty fez um barulho como quem tosse, e eu não consegui saltar para trás a tempo de evitar que seu sangue se esparramasse sobre mim. Ele cambaleou para trás, revirando os olhos em direção a Genevieve. Ela atacou de novo, enterrando a lâmina ainda mais fundo no pescoço dele.

– Gen! – agarrei o braço dela. Shorty caiu a certa distância de nós duas, as mãos na garganta. Elas já estavam vermelhas, com o sangue arterial jorrando por debaixo.

– Ligue para a emergência – falei.

Genevieve olhou para mim, e eu sabia o que ela estava pensando. Se Shorty morresse e nós apagássemos nossos rastros, ficaria tudo como era antes. Caso contrário, a vida profissional de nós duas estava acabada. Nossa liberdade também. Tudo isso por causa de um estuprador e assassino. Eu não esperava que ela chamasse socorro.

– Pelo jeito, não há telefone aqui – disse ela.

Shorty, no chão, fez um gargarejo que não pareceu promissor.

– Na casa da frente, então. Vamos acordá-los – disse eu.

Genevieve olhou para Shorty, olhou para mim, depois deu as costas e saiu pela porta.

O sangue no piso da deplorável casa de Shorty era verdadeiramente espantoso. Havia um lago de sangue. Do chão, os olhos de Shorty encontraram os meus.

– Mantenha a pressão sobre o pescoço – orientei.

– Não tem ninguém em casa – revelou com a voz rouca.

– Na casa da frente? – perguntei

Ele não pôde confirmar com a cabeça, com medo de abrir mais ainda a ferida em sua garganta. Porém o assentimento estava em seus olhos.

Apesar do sangue que encharcou minhas pernas dos joelhos até os pés, eu me ajoelhei.

– Então, provavelmente para você o jogo já terminou. Você sabe disso, não sabe? – perguntei.

– Sei.

– Eu só quero saber o que aconteceu – disse eu. O sangue, empapando minha roupa, tocava a pele de minhas pernas, e seu calor era desagradável. – Se eu puder, quero levá-lo para casa e enterrá lo. Mas mesmo que eu não possa, preciso saber o que realmente aconteceu.

Uma bolha de sangue apareceu no canto da boca de Royce Stewart. Ele tossiu.

– Por favor – pedi.

Ele ficou em silêncio por tanto tempo que eu pensei que seu coração se havia endurecido contra mim. Então começou a falar.

– Eu estava caminhando pra casa, era tarde – disse ele com esforço. – Uma picape passou por mim. Uma Ford grandona. Muita gente no meu trabalho tem esse tipo de carro.

Concordei com a cabeça. Uma picape grande, com motor possante, um sólido chassi e uma grade do radiador alta. O tipo de veículo com o qual alguém poderia – se estivesse bastante zangado e fosse bastante corajoso – atropelar outro ser humano e não ficar seriamente ferido.

Royce respirou com um estremecimento.

– Uns cinco minutos depois eu ouvi o motor de novo, cada vez mais alto, como se a picape estivesse voltando. Mas eu não conseguia vê-la em lugar nenhum. Então as luzes se acenderam, surgindo do nada. Ele tinha dirigido com as luzes apagadas e agora vinha numa velocidade alucinada pela contramão. Pelo lado da pista em que eu estava.

"Eu não sabia quem era, mas sabia que estava vindo para cima de mim. Comecei a correr e caí. Tinha chovido e a água da chuva havia congelado. Tinha gelo na pista. Fiquei sentado ali olhando os faróis que avançavam em minha direção. Pensei que ia morrer.

– Suas mãos se apertaram em torno da garganta.

Eu me lembrava de ter visto a camionete preta no noticiário. Sem avarias, na estrada, os faróis como um gelado fogo branco... para Shorty, deve ter parecido a morte chegando.

– Então o cara desviou – prosseguiu Shorty – e voltou para o meio da estrada. Ele continuou disparado, e então a camionete bateu num trecho de gelo e derrapou. Acho que ele nem teve chance de pisar no freio antes de sair da estrada e se chocar contra a árvore.

"Esperei uns minutos para ver se saía alguém ou se vinha outro carro atrás. Mas não havia movimento, então fui ver o que estava acontecendo. – Ele deu uma respirada vacilante. – Lá dentro só tinha um homem. Os olhos dele estavam abertos, mas ele não me enxergou. Tava todo ferrado. Então eu agarrei os objetos dele e saí fora.

– Quando você saiu, ele ainda estava no carro.

– Sim, e sangrando muito, mas respirando e tudo mais. Mas eu não ia chamar ninguém pra ajudá-lo. – Os olhos de Shorty examinaram meu rosto. Estava observando minha reação a essa parte de sua história. – Ele tinha armado pra cima de mim. Foi por sua própria culpa que se arrebentou daquele jeito.

– Quando você diz que ele desviou e passou por você, tem certeza de que não foi porque o carro perdeu o controle? – Eu precisava ter certeza. Prendi o olhar de Shorty para melhor observar a verdade. Mas eu acreditava no que Kilander me havia explicado: quem está morrendo já está além da necessidade de mentir.

– Foi de propósito – disse Royce. Sua voz estava ficando mais fraca e mais fina. – Ele perdeu o controle porque desviou no último minuto. Foram duas coisas diferentes.

Eu não tinha mais nada a acrescentar. Genevieve não voltava nunca. Shorty tossiu de novo. – Eu queria – sussurrou ele – eu queria...

Nunca chegou a terminar aquele pensamento. Começou cinco ou seis vezes, e de repente seus olhos ficaram vidrados; eu me levantei, saí da casa e perdi a noção do tempo.

Quando Genevieve retornou, eu estava sentada debaixo do salgueiro, olhando para uma lua minguante que havia surgido sobre as árvores. Finalmente fui distraída da visão do céu noturno por Genevieve, que abanava a mão diante dos meus olhos. Ela estava dizendo alguma coisa, mas eu não conseguia entender. Então a mão dela virou uma mancha escura na periferia de minha visão e ela me deu um tapa no rosto.

288 Jodi Compton

– O que é isso?! – reagi, esfregando a região dolorida na bochecha.

– Assim está melhor – disse Genevieve. – A casa do Shorty precisa pegar fogo – explicou. – Você teve a esperteza de usar luvas, mas eu não. – A lua brilhava no metal do galão que ela segurava. – Por enquanto, pode ficar aí, se quiser. Você quer alguma das coisas do Shiloh?

– As coisas dele? – perguntei num eco.

– As coisas que encontramos lá dentro. Sarah, tente ficar aqui comigo. A maior parte dessas coisas eu posso fazer sozinha, mas quando a gente sair daqui, não posso ir dirigindo o meu carro e o seu.

– Seu carro? Onde... ?

– Meu carro está bem ali. – Ela apontou. – Você não o viu quando chegou aqui, e o Shorty também não, porque estacionei do outro lado da casa principal. Eu não sabia exatamente por que você estava vindo à casa dele, mas não me pareceu sensato anunciar que nós estávamos aqui.

Ela caminhou para a cabana e entrou. Seu passo era leve e cheio de energia. Um instante depois tornou a sair.

– Em mais um minuto eu vou botar fogo. Depois disso, nós precisamos sair daqui bem depressa, você concorda?

– Concordo – respondi devidamente.

– Você vai me seguir até a casa da minha irmã, entendeu? – cobrou ela.

– Entendi. – Não consegui me forçar a perguntar se antes de montar aquele plano ela havia feito alguma tentativa de achar um telefone e chamar a emergência. Eu já tinha certeza de conhecer a resposta.

Ficamos o tempo suficiente para nos certificarmos de que a casa de Shorty estava realmente consumida pelas chamas. Talvez tenhamos ficado um pouco mais que o necessário, assistindo ao espetáculo do incêndio. Estávamos atraídas pela destruição, exatamente como a destruição parecia atraída por nós.

No caminho de volta, em direção a Blue Earth, o carro de Genevieve foi na frente, mas ela parou quando viu meu carro estacionar junto à árvore que se erguia na escuridão.

A luz dos faróis de meu carro, procurei na grama molhada e compacta até encontrar o que estava procurando: um pedacinho de vidro quebrado.

Agachada sobre os calcanhares, eu o recolhi da terra.

Genevieve veio ficar parada atrás de mim.

— O tempo todo você tinha razão, Genevieve — falei. — Ele está no rio. Provavelmente conseguiu caminhar até o rio Blue Earth; se não tivesse conseguido, já teriam achado o corpo quando estavam procurando pelo velho proprietário da camionete.

— Olha, é melhor que ninguém passe de carro e nos veja aqui. Ou veja nossos carros — disse ela, com doçura. — Nós não temos a menor necessidade de ser localizadas em Blue Earth tarde da noite.

— O corpo dele provavelmente está no rio Minnesota agora. Nunca mais vai ser encontrado.

— Sarah, vamos lá. Eu não estou brincando — insistiu. Mas meus pés pareciam estar congelados.

Genevieve me tomou pela mão e me levou de volta ao Nova.

Seu carro saiu do acostamento e voltou à estrada primeiro, e eu fui seguindo atrás de suas lanternas traseiras vermelhas pelo caminho de volta a Mankato.

Eu podia ter certeza de que Shiloh estava morto? Ainda não, talvez nunca, se seu corpo tivesse sido arrastado pelo rio como eu tinha sugerido a Genevieve. Ele tinha abandonado o carro acidentado; as palavras de Shorty deixaram isso evidente. Mas já fazia sete dias que Shiloh estava desaparecido, e agora que eu entendia o que lhe havia acontecido, esse prazo implicava seis dias de atraso. A área adjacente a Blue Earth era zona rural, mas não chegava a ser uma mata de extensão suficiente para alguém se perder nela, mesmo uma pessoa com uma lesão na cabeça. Se ele não havia conseguido encontrar quem o socorresse e nem havia sido avistado pelas equipes que procuravam o suposto desaparecido Thomas Hall, ele estava morto.

De minha experiência de dar aconselhamento às famílias dos desaparecidos, eu sabia que era preciso um longo e complexo pro-

290 Jodi Compton

cesso legal antes de o sistema dar um desaparecido como morto. Um momento decisivo mais importante, totalmente oculto às vistas do mundo, era o silencioso e horrendo reconhecimento por parte de maridos, mulheres, amantes, pais e filhos de desaparecidos; aquele momento em que o murmúrio tranqüilo e suave dizia: *Ele morreu.*

Genevieve apagou os faróis do carro ao entrar no pátio da casa de fazenda dos Lowe, e eu fiz o mesmo, esgueirando-me para estacionar ao lado dela.

Quando coloquei as chaves no bolso de minha jaqueta preta de couro, senti a rigidez do papel e puxei o pequeno envelope que Sinclair me entregara. Tinha ficado na jaqueta desde aquela manhã bem cedo, quando eu abrira a carta dela no avião.

Em vez de sair do carro, olhei para Genevieve, agora nos degraus da casa da irmã. Eu esperava que ela perdesse a paciência comigo de novo, que me apressasse como havia feito junto à árvore ao lado da rodovia. Mas agora que estávamos em perfeita segurança, longe de Blue Earth, em propriedade privada e fora das vistas, ela parecia haver relaxado. Na penumbra ela era apenas uma silhueta, mas eu vi o alívio na forma como se deixou ficar apoiada no corrimão da varanda, estudando o céu noturno.

Abri a porta do carro só um pouquinho, para a luz interna iluminar o banco da frente, passei a unha debaixo da aba que fechava o envelope creme e o abri.

Sinclair havia lacrado o envelope acreditando que Shiloh o abriria. Foi um gesto de fé. E eu não tinha aberto o lacre, pois ainda não estava pronta para ouvir o murmúrio tranqüilo e suave dentro de mim mesma.

A mensagem de Sinclair era tão curta que, por comparação, fez parecer enorme o pedacinho de papel em que estava escrita.

Michael,
Estou muito contente por você e Sarah.
Por favor, seja feliz.
S.

A 37ª hora 291

Genevieve e eu ficamos acordadas por mais de uma hora depois de nos esgueirarmos para dentro de casa como ladras. Por sorte Deb e o marido não tinham acordado.

Enquanto a máquina de lavar no porão removia de nossas roupas, ainda que não de nossas mãos, as manchas da morte de Royce Stewart, Gen e eu montamos nossa história. Eu tinha telefonado para ela das Cidades, perguntando se podia vir a Mankato. O extrato da conta telefônica confirmaria a história, se chegássemos ao ponto de alguém conferir. Eu tinha ido primeiro a Blue Earth, para conversar com Shorty, que havia se recusado a falar sobre o roubo da picape e o acidente do veículo, que a nós duas pareceram suspeitos. Quando ele se recusou a conversar comigo, fui embora para Mankato. Genevieve tinha ficado acordada para me receber e me acomodar, o que explicava por que eu não tinha tocado a campainha e acordado outras pessoas na casa.

Mais tarde, ficamos conversando em voz baixa como duas colegas de dormitório estudantil, nas camas geminadas do quarto de hóspedes dos Lowe. Ali relatei a Genevieve a história que Royce Stewart havia me contado, de como no último minuto Shiloh tinha desviado de seu trajeto assassino.

— Isso traz a você algum consolo? — perguntou Genevieve.

— O que me traz consolo?

— Saber que Shiloh não conseguiu cumprir o intento de atropelar o Shorty.

— Sim, traz. Mas também é estranho. Tudo o que eu costumava saber, ou pensava que soubesse, estava errado.

Fiz uma pausa, pensando como ia ser difícil explicar o que eu tinha acabado de dizer e que Gen ia querer uma explicação para uma afirmativa tão críptica quanto aquela.

Mas os olhos de Genevieve estavam fechados e sua respiração, lenta e regular. Ela havia adormecido.

Tudo o que eu sabia estava errado.

No departamento, eu tinha uma reputação de impulsiva, uma *moça sem subterfúgios*, conforme definira Kilander. Havia sido eu quem saltara no rio Mississipi atrás de uma adolescente. Genevieve tinha a reputação de ser paciente, de conseguir que até os criminosos mais calejados se abrissem com ela na sala de interrogatório.

De nós três, Genevieve, Shiloh e eu, quem eu teria elegido como a pessoa mais propensa a sucumbir aos ditames de uma secreta personalidade assassina era eu. Depois de mim, eu diria Shiloh, e por último a suave Genevieve.

Mas foi Genevieve que mergulhou a lâmina da espátula na garganta de um homem desarmado e depois ficou praticamente assobiando enquanto ateava fogo ao local do crime. Foi Shiloh que traçou planos para assassinar, colocando em ação uma raiva que eu nunca tinha visto se acumular dentro dele. E, no entanto, no momento final, não tinha conseguido levar a cabo seus planos. Fui eu que me sentei ao lado de um moribundo que sentia um ódio implacável por mulheres e policiais, e o coagi a me contar o que eu precisava saber. Fui eu que rezei em Salt Lake City com a irmã de Shiloh.

Olhei para Genevieve. Agora ela era uma assassina, mas estava dormindo numa paz que ultrapassava qualquer compreensão.

O sono para mim não chegou facilmente. Eu ainda estava acordada quando os primeiros raios de sol passaram sob as cortinas transparentes e brancas do quarto de hóspedes dos Lowe e o galo cantou no galinheiro da casa.

Genevieve se mexeu e abriu os olhos. Quando me viu, ela disse "Sarah?", como se esquecida por completo dos acontecimentos da noite anterior.

Então esticou o braço em direção à minha cama. Dei-lhe a mão e ela a apertou.

Nós nos levantamos quando ouvimos Deborah e Doug se movendo do outro lado da porta. Houve discretas exclamações de surpresa diante de minha presença.

— Sarah tinha uns assuntos para resolver por estes lados — esclareceu Gen. — Ela telefonou um pouco tarde. Vocês provavelmente não ouviram o telefone tocar. Eu atendi no primeiro toque.

— Ah, sim — disse Douglas, esfregando o queixo, e se ele ou Deborah tinham dúvidas quanto à vaga e breve explicação, não se pronunciaram.

— Vocês duas estão com fome? Tem café aí, também — informou Deb.

— Eu bem que gostaria de um cafezinho — disse eu e percebi que provavelmente seria capaz de comer um pouco, também.

Quinze minutos depois nos sentávamos os quatro ao redor da mesa dos Lowe, comendo ovos com lingüiça e tomando café. Até onde posso reconstituir os fatos, era ali que eu estava no momento em que Shiloh entrou na delegacia em Mason City, Iowa, e se entregou à polícia pelo assassinato de Royce Stewart.

Capítulo 22

A memória nos prega peças, disse o psicólogo da polícia que entrevistou Shiloh. A convicção do entrevistado de que tinha assassinado Royce Stewart era um produto de amnésia retroativa. Como tantas vítimas de colisão em automóveis, ele não conseguia se lembrar dos momentos próximos ao desastre. Mas em seu caso, a mente havia fornecido detalhes, detalhes que não se provaram verdadeiros. Sem ter tido a intenção, o próprio Shiloh havia concorrido para isso.

Na preparação para assassinar Stewart, Shiloh havia revisto muitas vezes o roteiro, ensaiando mentalmente, endurecendo-se para poder levá-lo a cabo. Na violência do acidente, de certa forma a imaginação se transformou em lembrança.

– Eu v˙ o acidente em minha imaginação – contou-me ele. – Quando eu pensava no acidente, via o sujeito cair. Sentia o impacto do momento em que a picape bateu nele. Era tudo extremamente real.

Shiloh não conseguia se lembrar com clareza de todo o período decorrido entre o momento do acidente e a visita ao distrito policial. Sabia que sofrera uma lesão na cabeça e que tivera febre, mas não buscara ajuda médica. Estava paranóico, convencido de que a polícia procurava por ele, uma ilusão sustentada pelo fato de haver um helicóptero cruzando o céu de um lado para a outro, à procura do suposto desaparecido Thomas Hall.

Ele se embrenhou cada vez mais na mata, irracionalmente se movendo rumo ao sul, em vez de voltar para o norte, na direção das Cidades, onde conhecia gente que lhe poderia ter dado abrigo.

Certa manhã, depois de um sono particularmente longo, acordou se sentindo mais lúcido e soube que precisava se entregar à polícia.

Entretanto, demorou um tempo até que todas as partes envolvidas tivessem localizado todos os detalhes.

Às 7h20 da manhã, o sargento de plantão no atendimento em Mason City estava desfrutando uma xícara de café da manhã de domingo e os 40 minutos finais de seu plantão quando Shiloh entrou porta adentro e fez sua confissão.

O que Shiloh disse concretamente foi que ele era o homem que tinha atropelado Royce Stewart em Blue Earth, Minnesota. A última parte de sua declaração foi: "Não precisa me algemar. Eu não vou resistir à prisão e provavelmente meu braço está quebrado."

O sargento de plantão tratou-o com a cautela que se deve ter com alguém que se identificou como assassino. Ele prendeu Shiloh numa cela enquanto falava com o supervisor. Era óbvio para os dois que Shiloh provavelmente estava tão doente quando machucado, e eles destacaram um oficial para levá-lo ao hospital, onde lhe engessaram o braço fraturado e o trataram dos ferimentos da cabeça e da febre de 40 graus.

Além disso, os policiais de Mason City encaminharam a situação para a delegacia do condado de Faribault.

A identidade do prisioneiro foi confirmada com bastante facilidade. Ele não tinha documentos ao se apresentar, mas só em saber o nome dele, o condado descobriu que ele não tinha antecedentes criminais nem mandados de prisão, mas que era um desaparecido que calhava de ser policial.

O telefone tocou na chefatura de polícia de Minneapolis às 9h45 da manhã. Cerca de vinte minutos depois meu correio de voz gravou uma mensagem da parte do comandante do turno da manhã que estava de plantão no departamento de polícia de Minneapolis.

Se não fosse um fim de semana, e se as agências envolvidas estivessem com seu elenco regular de funcionários, o paradeiro de

Royce Stewart não teria deixado todos tão intrigados. Afinal de contas, a amiga de Genevieve no tribunal tinha conhecimento do atual endereço de Stewart. Mas como não havia registro de que ele fosse uma vítima de assassinato, ou sequer estivesse morto, para os delegados locais foi um processo lento descobrir se ele estava entre os vivos.

A companhia telefônica Qwest não tinha o nome de Royce Stewart em suas listas.

O departamento de veículos motorizados tinha o endereço da última vez em que ele havia tirado carteira de motorista. Era o da casa da mãe dele, na periferia de Imogene. Contatada por um detetive, a Sra. Stewart explicou os arranjos de moradia do filho. Royce, sempre hábil com as ferramentas, tinha feito um acordo com um casal de conhecidos. Ele viveria de graça num pequeno imóvel atrás da casa de fazenda do casal e em troca faria obras no lugar, para transformá-lo num anexo habitável.

O imóvel, nos estágios iniciais de remodelação, não dispunha de linha telefônica. A Sra. Stewart explicou que chamava o filho ao telefone da casa principal. Do casal que vivia ali, ela só conhecia os prenomes: John e Ellen. E não tinha o endereço.

Foi preciso algum tempo ao telefone com os plantonistas de fim de semana na Qwest para que os delegados de Faribault pudessem encontrar o endereço correspondente ao número de telefone que a Sra. Stewart tinha do filho. Então o delegado Jim Brooke foi numa viatura até a casa de John e Ellen Brewer. Brooke não precisou sequer chegar à porta da frente para notar que alguma coisa estava evidentemente errada.

Tinham dito que Royce Stewart estava morando num anexo, mas até onde ele podia ver, não havia anexo nenhum. Brooke ficou parado na entrada de garagem dos Brewer, olhando confuso para uma grande mancha de escombros calcinados e ainda fumegantes.

Em algum momento próximo àquele em que o delegado Brooke fazia sua descoberta, eu estava parada no quarto de hóspedes dos Lowe, observando Genevieve fazer a mala. Ela tinha resolvido voltar comigo para as Cidades. Mesmo em carros separados, esperei para viajar com ela.

298 Jodi Compton

Arrumar as bagagens tomou-lhe muito tempo. Ele havia morado no interior por cerca de um mês, e seus pertences tinham começado a se espalhar por diversos lugares da casa da irmã.

Fiquei andando de um lado para o outro no corredor do lado de fora do quarto de hóspedes, mas não estava inquieta. Agora que Shiloh estava morto – e de fato era nisso que eu havia começado a acreditar –, já não havia mais pressa. Meu estado mental era calmo, beirando o estupor.

Mesmo assim, decidi conferi as mensagens que haviam chegado para mim nas Cidades. Aquilo se convertera num hábito. Meu correio de voz continha uma mensagem de Beth Burke, a comandante do turno da manhã em Minneapolis. Antes, eu teria ficado curiosa em saber o que queria a tenente Burke. Foi somente o sentido do dever que me fez avisar a Genevieve:

– Vou telefonar para as Cidades. Vou deixar dinheiro para cobrir a despesa. – Não esperei que Genevieve respondesse, e se ela o fez, não ouvi. Eu já estava discando.

Os próximos minutos provavelmente se qualificam como os mais estarrecedores de minha vida. Para começar, achei que a tenente Burke estava me dizendo que Shiloh tinha aparecido em Iowa e confessado o assassinato e o incêndio criminoso da noite anterior. Eu não entendia da situação sequer o suficiente para saber que mentiras dizer. Fiquei dizendo "o quê?" uma porção de vezes e finalmente recorri à frase: "Não importa o que ele fez ou deixou de fazer, só me diga onde ele está."

Quando desliguei o telefone, chamei Genevieve com um berro.

Lá pelo meio da manhã, os peritos em investigação de incêndio removeram um corpo do meio das cinzas, madeiras e água que tinham sido a casa de Shorty. À luz da confissão de Shiloh, aquilo foi considerado suspeito. Dois detetives do condado de Faribault foram a Mason City falar com Shiloh, chegando meia hora antes de Genevieve e eu.

– Pode sentar – disse a enfermeira da recepção do hospital. – Quando os policiais entraram, deram ordem de não deixar nenhum visitante entrar até eles terminarem de falar com ele.

A 37ª hora 299

– Em que quarto ele está? Só quero saber, para depois.

– Quarto 306.

– Obrigada – disse eu, e em vez de voltar à sala de espera, passei pelo balcão e entrei no corredor.

– Hei, espera aí! – O protesto dela me acompanhou. Levantei meu distintivo para o policial de uniforme na porta do 306 e ele nem tentou me impedir.

Os dois detetives me olharam quando entrei. Só Shiloh não pareceu surpreso de me ver.

– Você precisa de um advogado – fui logo dizendo a ele, ignorando os investigadores. Minha voz soava ríspida.

– Você não pode entrar aqui – disse um dos detetives de modo cortante. Eles se pareciam um com o outro, ambos de meia-idade e brancos, todos dois um tanto parrudos. Um deles usava um bigode espesso, o outro estava barbeado.

– Ele sofreu um acidente de carro – enfatizei. – E foi vítima de uma concussão. Qualquer coisa que vocês consigam hoje poderá ser impugnado por causa disso.

O outro detetive levantou-se para me botar para fora.

– Você tem de sair daqui, gata – advertiu.

– Mas eu sou a mulher dele.

– Isso não me importa.

– E sou policial.

– Não me importa – repetiu o detetive, me agarrando pelo braço.

– Não! – Shiloh falou pela primeira vez, com um tom incisivo o bastante para os dois homens olharem para ele, ao que estava a meu lado com a mão ainda em meu cotovelo. – A gente encerrou por aqui.

– Mas ainda temos perguntas...

– Está encerrado – repetiu Shiloh.

Os detetives se entreolharam.

– Você vai chamar um advogado? – perguntou o primeiro.

Não foi isso o que Shiloh quis dizer, porém colocava as coisas em termos que eles pudessem entender.

– Sim, vou chamar um advogado.

300 Jodi Compton

O detetive que estava sentado olhou para o parceiro, e então eles recolheram seus blocos de anotações e foram embora. A porta se fechou, deixando o silêncio em sua esteira. A dois metros de distância um do outro, Shiloh e eu nos avaliávamos. Ele estava emaciado e com a barba por fazer, lembrando muito o policial infiltrado da Entorpecentes que eu tinha conhecido alguns anos antes num bar de aeroporto. Por um longo momento, não consegui encontrar o que dizer. Ele rompeu o silêncio primeiro.

– Eu sinto muito – disse Shiloh.

Foi então que o fato me atingiu: este era Shiloh, ele não tinha morrido, eu estava olhando para ele de novo. Caminhei até a cama, me enterrei em seu pescoço e em seus ombros e chorei.

Shiloh me apertava tanto que em circunstâncias normais teria me machucado. Em seus ossos proeminentes, duros contra minha carne, senti o quanto ele tinha perdido peso.

– Sinto muito, meu bem, sinto muito – repetia ele. Acariciava meus cabelos, murmurando palavras carinhosas e reconfortantes, abraçando-me como se ele fosse o forte e eu, a fraca.

Shiloh ficou no hospital por dois dias, enquanto os médicos avaliavam a extensão da concussão cerebral e resolviam que ele não precisava ficar sob cuidados médicos. Então ele foi levado de volta a Minnesota e internado na prisão do condado de Faribault.

Embora ninguém pudesse corroborar onde ele estava na noite em que Shorty morreu, a história de Shiloh e as provas físicas que a acompanhavam – seus ferimentos – eram suficientemente convincentes para descartar a possibilidade de ele ter voltado a Blue Earth para matar Shorty. O roubo de automóvel, por outro lado, era uma acusação que ia pegar.

Quando Shiloh foi indiciado, seu advogado pleiteou que fosse posto em liberdade mediante o pagamento de fiança, dizendo que ele era um réu primário e empregado no aparato policial, com excelente reputação profissional. O juiz salientou que Shiloh no momento não estava empregado na força policial, que era altamente improvável ele algum dia voltasse a trabalhar como policial e que ele já

A 37ª hora 301

se havia mostrado capaz de escapar da justiça mesmo em circunstâncias difíceis. A fiança foi negada.

Não havia nada que eu pudesse fazer no condado de Faribault. Voltei às Cidades para evitar enlouquecer, depois achei que a mudança de local não era antídoto para a inquietação nervosa que se recusava a ser exaurida por exercícios físicos ou distraída pela televisão. Em meu primeiro dia de volta a casa, telefonei para Utah e deixei uma mensagem para Naomi, explicando que Shiloh tinha aparecido vivo e razoavelmente bem de saúde. Depois escrevi um bilhete para Sinclair e enviei por correio.

Naomi telefonou na tarde seguinte em busca de detalhes, e fiz o possível para explicar meu marido e suas ações. A conversa foi longa, e do lado de fora o céu foi perdendo sua luz e ficando mais escuro. Depois de desligarmos, eu me deixei ficar sentada no sofá e pensei improdutivamente sobre o futuro, e como não consegui me levar a acender a lâmpada, o crepúsculo caiu em nossa sala de estar como havia caído lá fora.

Dez minutos depois eu estava na rodovia 94. Queria ver como Genevieve estava se adaptando em sua volta a St. Paul. E queria saber principalmente em que momento ela estaria pronta para voltar ao trabalho. Eu própria estava bem desesperada para ter as distrações do trabalho.

Mas quando cheguei à sua casa, não foi ela quem abriu a porta da frente.

– Oi, Vincent – disse eu.

– Oi, Sarah – respondeu o ex-marido de Genevieve. Sob as pálpebras pesadas, seu olhar oprimia: eu o senti no fundo da espinha dorsal.

Genevieve apareceu na luz que se derramava por trás dele. Reparei de novo o quanto haviam os cabelos dela crescido, outrora usados curtos: agora estavam na altura do queixo, longos o bastante para balançar um pouco quando ela se movia e brilhar quando a luz incidia sobre eles. Genevieve puxou uma mecha para trás da orelha direita, revelando o sutil lampejo prateado de um brinquinho de argola.

– Entre, Sarah – convidou. – Eu vou fazer um café.

302 Jodi Compton

– Boa idéia. – A noite estava fria, mas ainda não tinha começado a nevar. Rajadas de vento cortante perseguiam pelas calçadas e ruas as últimas folhas mortas que restavam.

– Vincent, que tal fazer uma pausa e sentar um pouco conosco? – sugeriu Genevieve.

– Não, obrigado. Vou continuar o trabalho. – Quando eu o segui para dentro da casa, ele se dirigiu à escadaria.

Na cozinha, perguntei a Genevieve: – O que ele está fazendo aqui?

– Está desocupando o quarto de Kamareia.

Aquela resposta não esclareceu as coisas, mas senti que era um prefácio e aguardei o restante.

Genevieve pegou um pacote de café moído na porta da geladeira e colocou o pó no filtro de papel com uma colher.

– Na verdade, estamos trabalhando para desocupar a casa toda. Eu apresentei minha demissão definitiva no trabalho.

– Você fez isso? – Minha voz saiu mais aguda que de hábito.

– Quando o Vincent voltar para Paris, eu vou com ele. – Ergueu um ombro, acanhada, e despejou água na cafeteira.

– Você está brincando!

– Não estou, não. – Ela se virou para me encarar.

– Por quê?

Genevieve sacudiu a cabeça.

– Eu não consigo mais viver aqui. Não nesta casa, nem mesmo em St. Paul. Eu posso aprender a viver sem Kamareia, mas não aqui.

Minha única parceira como detetive. Minha parceira de dois anos e amiga por muito mais tempo que isso. Todas aquelas manhãs de frio em que fantasiávamos a fuga para algum paraíso distante, como São Francisco ou Nova Orleans. Agora Genevieve o estava fazendo para valer. Estava indo para mais longe do que nós havíamos imaginado. De forma permanente. Sem mim.

Você não pode ir, pensei, como uma criança.

– Quer um golinho disso? O Vincent trouxe do avião. Levantou uma garrafinha individual de uísque Bailey's; no balcão próximo havia outra, ao lado de uma garrafa igualmente pequena de gim.

Na primeira vez que eu havia estado na casa de Genevieve foi depois do expediente, numa noite do meio do inverno, e ela tinha feito quase exatamente a mesma coisa – preparara um café para nós. Na ocasião, havia dito: "Já que não está de plantão, quer tornar este café especial para você?" e tinha derramado no meu café e no dela um pouco de um caro licor de chocolate branco. Eu me recordo o quanto me agradou sua generosidade, o quanto me desconcertou estar na casa de alguém que tinha uma cozinha grande e um armário de bebidas, em vez de um conjugado e umas cervejas na geladeira.

Eu duvidava que ela soubesse tudo o que significava para mim mesmo naquela época.

– Esse negócio com o Vincent – falei – não é meio repentino?

– Repentino e longamente adiado. Havia uma razão para eu nunca me casar de novo, nem arranjar namorado. – Sua voz estava contente, um alegre dobrar de sinos por nossa amizade. Apanhou duas pesadas canecas de vidro no armário e serviu o café. Temperou um deles com a primeira garrafa de bebida e empurrou a caneca em minha direção. – Ele teve negócios a atender em Chicago e depois disso veio para cá, e nós dois meio que nos demos conta de que... você sabe.

Eu me alegrava por sua felicidade recém-encontrada, mas o comportamento dela era ligeiramente otimista demais. Talvez ela estivesse finalmente deixando descansar a lembrança de Kamareia, mas a morte de Royce Stewart era outra coisa. Aquela lembrança ainda estava crua e sangrenta, e Genevieve estava tentando enterrá-la numa cova rasa e anônima que ela nunca visitaria em seus pensamentos. Estava simplesmente dando as costas a suas ações, e talvez fosse aquela a melhor maneira de lidar com a questão. Talvez ela tivesse razão na primeira vez. Talvez haja uma supervalorização do encerramento.

– Ah, puxa vida, me desculpe. – Genevieve olhou para mim com atenção, depois veio para junto de mim. – Eu nem perguntei sobre o Shiloh. Como ele está?

Ela tinha interpretado mal meus pensamentos não revelados. Tomei um gole do café.

– Difícil de dizer – expliquei. – Ele quer se confessar culpado e cumprir pena; a advogada dele está tentando convencê-lo do contrário. Ela acha que, em termos de procedimento, pode conseguir encontrar furos na forma como foi obtida a confissão dele, acentuar a gravidade dos ferimentos na cabeça e a maneira como estes podem tê-lo afetado. Pode obter elementos suficientes para derrubar a abertura de processo.

– Você acha que o Shiloh vai compactuar com isso?

Virei-me para dar a ela o que provavelmente era um olhar seco e mortiço.

– Não, ele não vai. Ele quer... – precisei procurar a palavra certa – ... pagar pelo que fez. – *Pagar* era uma palavra muito sutil. Para expressar o que estava acontecendo mais honestamente, deveria dizer que Shiloh queria punir a si mesmo: punir-se por ter cedido aos impulsos assassinos e, ainda assim, ter fracassado em vingar Kamareia; punir-se por ter arruinado sua carreira e me haver submetido a uma semana de angústia e incerteza.

– Talvez o juiz seja leniente – sugeriu Genevieve. Em sua própria felicidade, ela buscava estender alguma felicidade para mim.

– Não – insisti. – Ele vai cumprir sentença. – Eu não podia me dar ao luxo de enganar a mim mesma.

– E quanto a vocês dois? – perguntou Genevieve. Vocês têm conversado sobre o futuro?

Balancei a cabeça.

– Você nunca teve uma conversa de presídio, teve? – perguntei. – Na sala onde são obrigadas a conversar as mulheres, as namoradas e os parentes? É uma situação que não se presta muito a sérias discussões sobre o futuro.

– Então o que vai acontecer? – pressionou-me ela.

– O que vai acontecer? Shiloh vai cumprir pena –, tornei a dizer a ela.

– Pelo roubo do carro – disse Genevieve. – A sentença é muito leve. Quando ele sair, o que vai acontecer entre vocês dois?

Eu não tinha uma resposta fácil para ela. Para ganhar tempo, fiquei olhando pela janela, por entre os galhos das árvores vizinhas, o prateado gélido do luar ao anoitecer.

Conforme o juiz havia assinalado no indiciamento, Shiloh jamais voltaria a trabalhar na polícia. Durante toda a sua vida adulta, ele praticamente não havia feito outra coisa, desde os dias em que participava do salvamento de crianças perdidas no terreno acidentado de Montana até a época em que prendeu uma fugitiva conhecida no país inteiro. Quando, em algum momento no futuro, ele saísse dos portões da prisão, tudo por que havia trabalhado teria desaparecido. Eu ainda seria uma policial, e ele seria um ex-presidiário. Desigualdades desse teor tinham o potencial de envenenar os relacionamentos. Lentamente. Dolorosamente.

Todas as vezes em que nos falamos, essas coisas ficaram pendentes entre nós, impossíveis de esquecer, porém demasiado pesadas para serem admitidas.

— Nós cruzaremos essa ponte quando chegarmos a ela — disse eu.

Minha mão estava pousada sobre a bancada, e Genevieve agora colocou sua mão sobre ela, carinhosamente.

— E você, como você está, está legal?

— Não tenho certeza se sei — respondi com franqueza.

Dei uma parada no trabalho para dizer a Vang que eu estaria de volta no dia seguinte e que Genevieve nunca mais voltaria.

— Eu já soube — disse ele. — Aqui as notícias voam. O que me faz lembrar — acrescentou, e seu tom ficou mais animado — já pegaram o cara que estava dando aqueles telefonemas para as mulheres e namoradas. Você se lembra?

— Claro que me lembro. Aqueles telefonemas do tipo morto-em-ação, não é?

— É isso mesmo. O sargento Rowe contou o caso à mulher dele. Ela tinha um dispositivo no telefone que permitia a gravação das chamadas e deixou-o ligado, só para prevenir. O cara telefonou para ela e disse que Rowe tinha sido morto num tiroteio. Ela fingiu que tinha pirado, e ele ficou na linha durante algum tempo, fornecendo a ela os detalhes inventados. Rowe trouxe a fita para cá e deixou circular entre o pessoal, pra todo mundo ouvir.

— E era alguém do departamento?

306 Jodi Compton

— Não, na verdade era da medicina legal. Nenhum de nós conhece o cara, o nome dele é...

Eu terminei a frase por ele:

— ...Frank Rossella.

Vang olhou para mim, surpreso:

— Como foi que você soube?

Epílogo

Shiloh foi condenado a um ano e dez meses de prisão, sentença severa para um réu primário, pelos padrões de Minnesota. O juiz havia resolvido atribuir a pena mais alta, diante do fato de que a confiança pública depositada no réu tinha sido traída. A verdade, segundo creio, é que o magistrado tinha em mente a acusação da qual Shiloh conseguira se safar, a de tramar um homicídio, seu intento ao roubar o carro.

Era evidente que o tribunal não via Shiloh como uma figura simpática. Entretanto, Shiloh tinha participado de muitos processos abertos contra infratores sérios e violentos; aqueles homens estavam cumprindo pena em todas as prisões do estado de Minnesota. A segurança de Shiloh era um elemento que o juiz não poderia ignorar. Ele encaminhou a questão à superintendência dos presídios, que providenciou para que o condenado cumprisse pena do outro lado da divisa estadual, em Wisconsin.

Shiloh foi transferido imediatamente após o veredicto: fui visitá-lo uma semana depois, no começo de dezembro. As primeiras neves tinham caído na noite anterior. Sob a nova brancura, os campos e os estábulos do Wisconsin estavam ridiculamente adoráveis.

Não sei se foi cortesia profissional, mas fui autorizada a conversar com Shiloh numa sala de entrevistas pequena e privativa.

Ele estava de novo sem barba, mas não tinha recuperado o peso que perdera na mata. A camisa lhe caía folgada no corpo.

— Como você está? — perguntou imediatamente.

— Estou bem — respondi.

— Eles estão tratando você direito no trabalho?

Na verdade, eu já estava sentindo uma imensa falta de Genevieve, em parte porque só ela teria me tratado normalmente. Todo mundo no departamento tinha ficado chocado ao saber o que Shiloh havia feito; quando me encontravam, não sabiam o que dizer. De forma quase unânime, o jeito que meus colegas oficiais encontraram para lidar com a questão foi nunca mencioná-la.

— Claro que sim.

Shiloh percebeu a mentira.

— De verdade, como estão as coisas?

— Todo mundo está me tratando bem — insisti. — Eu vim conversar com você sobre outra coisa.

Olhei em torno. Por muito que a sala parecesse privativa, eu duvidava que não houvesse algum sistema de observação eletrônica em funcionamento e, portanto, precisava escolher as palavras com cuidado.

Esperei tanto tempo que Shiloh falou de novo.

— Olha, Sarah, eu entendo que o que eu fiz em Blue Earth pode ter mudado seu sentimento em relação a mim...

— Não, não. Não se trata disso.

— Pode falar — convidou ele, gentilmente.

— Eu me encontrei com ela. Eu sei por que você saiu de casa. Eu sei o que vocês estavam fazendo na véspera de Natal.

Eu tinha dito a última coisa no mundo que ainda tinha o poder de deixá-lo alarmado. Em seus olhos de lince, na maneira incisiva como se concentraram em mim, eu vi toda a confirmação de que necessitava. Na verdade, eu não tivera certeza, não até aquele minuto.

— Ela contou a você?

Balancei a cabeça.

Sinclair não tinha me contado a verdade sobre sua conturbada relação com o irmão; pelo menos, não com palavras. Ela o havia feito com seus silêncios, deixando lacunas nos aspectos mais importantes ao narrar a história de sua vida.

Ela e Shiloh tinham sido extremamente ligados; no entanto, depois de deixar a família, ele não tinha ido procurá-la em Salt Lake City. Tinha fugido na direção oposta, rumo ao norte, para Montana.

Quando ela foi a Minnesota, eles haviam se esbarrado, e Sinclair não fizera menção a nenhuma briga ou desentendimento; no entanto, declarara que eles nunca mais tinham entrado em contato depois que ela foi embora.

Mike sem sobrenome, num bar do aeroporto de Minnesota, cinco anos atrás, recém-saído de um caso *muito breve, muito equivocado.*

A conexão dos fatos simplesmente me viera, indesejada, no vôo de volta para casa. Sinclair tinha mencionado que vira o irmão pela última vez em Minnesota no inverno, mais ou menos na mesma ocasião em que um acidente de carro tinha roubado as vidas de três estudantes de Carleton College. Eu não teria sido capaz de me lembrar do episódio, não tivesse sido eu uma das patrulheiras presentes ao local do acidente, uma estrada secundária coberta de gelo na periferia de Minneapolis, no gelado final de janeiro. Aquilo tinha acontecido dias antes de eu saber da morte de meu pai. Dias antes de minha rápida visita ao oeste, no final da qual eu havia conhecido Shiloh, bebendo e tentando esquecer uma complicação sexual sobre a qual ele não me havia contado nenhum detalhe. Eu não tinha vontade de perguntar; nos meses e anos seguintes, continuei a não ter.

Shiloh ter conseguido manter sua intenção de ir a Blue Earth secreta não era de admirar: há muito tempo ele havia aprendido a esconder o coração. Eu sequer tinha sabido que ele conhecia a linguagem dos sinais.

Ele e Sinclair tinham tentado muito esquecer; e isto era evidente. Tinham passado a vida adulta se evitando, uma desavença que se expandira para abarcar a família inteira. Shiloh tinha afastado de si até mesmo a atenção inocente e curiosa de Naomi, quando ela ultrapassara uma linha cardeal invisível sugerindo que ele voltasse para casa.

Shiloh não podia ir para casa pela mesma razão que não pudera comparecer ao enterro do pai – ele não podia suportar a possibilidade de olhar seus irmãos mais velhos nos olhos, e imaginar o que eles saberiam, sem jamais saber com certeza se nada lhes fora dito ou se eles estavam fingindo ignorar a verdade porque esta era terrível demais para ser admitida.

Ele não precisava ter se preocupado. Os irmãos e irmãs de Shiloh viviam numa neblina de auto-ilusão. Naomi nunca se perguntou o que estava envolvido no desastre da véspera de Natal. Bill tinha em seu poder todos os elementos do mistério, porém nunca montou as peças. *O Mike que estava presente e de repente não estava mais,* Bill havia dito. *Meu pai dizia que Deus podia perdoar qualquer coisa, mas só depois que Lhe pedirem.* Bill jamais havia considerado a possibilidade de Mike e Sara serem culpados de algo além dos pecados humanos do dia a dia. Ele nunca se permitiu imaginar por que uma instância isolada de experiência adolescente com drogas teria arruinado permanentemente a relação de seu irmão Mike com a família inteira.

Eu me perguntava o quanto teria magoado ao pai de Shiloh, segundo todos os critérios um verdadeiro homem da religião, mentir para os filhos sobre o que Sara e Mike tinham de fato estado fazendo naquela noite de Natal há tanto tempo.

Talvez eu também tivesse perdido todos os sinais – eu tinha muito mais razão que eles para me iludir – se não fosse a mensagem de Sinclair. *Michael, estou muito contente por você e Sarah. Por favor, seja feliz.* Curta como um haicai, uma saudação e ao mesmo tempo um adeus, cada palavra carregada de um carinho amargo e doce e do suave arrependimento de uma amante, nada das palavras que uma irmã deveria ter escrito.

Eu tinha levado comigo o bilhete e o entreguei a ele em silêncio.

Shiloh estudou-o por mais tempo do que parecia merecer o texto singelo. Quando finalmente falou, sua voz saiu tão baixa que mal se escutava.

– Deus sabe o quanto eu tentei encontrar um sentido nisso tudo. Jamais consegui. Às vezes as coisas simplesmente se entortam na cabeça da gente.

Bateu com dois dedos não na têmpora, indicando a mente, mas no peito, indicando o coração.

– Eu tinha quinze anos quando ela voltou para casa. Era como uma estranha para mim. Mas nós entendíamos um ao outro. Eu conseguia conversar com ela. Não só porque conhecia a linguagem dos sinais. Eu conseguia realmente *conversar* com ela. – Ele olhava para o chão, não para mim. – Nós ficamos muito próximos, depressa demais. Uma noite, estávamos no telhado, durante a chuva de meteoros das Leônidas. Perguntei se podia pegar na mão dela e ela deixou. Não percebemos que estávamos abrindo uma porta que nunca mais conseguiríamos fechar.

Ele se calou. Não era o fim da história, mas era, na essência, a história completa.

Em minha imaginação eu a vi de novo, a irmã de Shiloh, talvez a mulher mais bonita que eu já havia encontrado. Não consegui me levar a sentir ódio por ela. Sinclair tinha a mesma luz interior que me havia atraído em Shiloh desde o instante em que o vi. Ele tinha razão. Os dois eram pessoas do mesmo tipo.

O que eu tinha dito a ela? *Fiquei apavorada quando senti que havia uma parte dele que jamais seria minha.* Eu aludia aos primeiros tempos de nossa relação, mas aquilo nunca tinha deixado de ser verdade. E eu tinha razão de me apavorar.

– Durante esse tempo todo, eu nunca percebi – falei baixinho. – Eu nunca poderia estar à altura.

De repente a sala pareceu pequena demais.

– Sinto muito – falei. Eu não deveria ter vindo aqui. – De um salto, fiquei de pé.

Mas Shiloh, que sempre tinha sido tão rápido quanto eu, também se levantou, segurando-me com força pelos braços, junto aos ombros.

– Não, Sarah, espere!

– Hei! Hei, já chega! Tire as mãos de cima dela!

Dois guardas uniformizados puxaram-no para longe de mim.

– A senhora está bem? – perguntou um deles. Notei que a cadeira de Shiloh tinha caído no chão, tamanha a pressa com que ele havia levantado. Deve ter sido uma cena alarmante.

312   Jodi Compton

— Sim, eu estou bem — garanti a eles.

— Hora de sair, companheiro — disse o outro, conduzindo Shiloh à porta da sala de entrevistas. Na soleira, Shiloh voltou-se para me olhar de novo... e depois foi embora.

Eu tinha acabado de cruzar de volta a divisa do estado de Minnesota quando meu celular tocou. Mantendo os olhos na estrada, apanhei-o com a mão desocupada, sem pensar nas ocasiões em que dei sermão em motoristas sobre a necessidade de estacionar para atender o celular.

— Pribek? — Era uma voz suave e familiar. — Aqui é o Chris Kilander. Estou querendo falar com você — prosseguiu. — Por onde você anda?

— Eu estou... ahn... um pouco afastada da cidade. Coisa de uns 25 minutos. Mas não estava planejando passar por aí hoje — informei. Era o final da tarde; o sol já se pusera.

— Não tem problema — disse ele. — De fato, eu poderia encontrar você do lado de fora. No chafariz. Digamos, em trinta minutos? — Ele estava se referindo à esplanada de pedestres no exterior do centro administrativo. — Não vai levar muito tempo.

Deixei o carro em um estacionamento rotativo perto da Prefeitura e caminhei a maior parte do tempo na contramão da multidão, rumo ao tribunal. Do outro lado da rua, na beirada da praça, havia gente esperando os ônibus urbanos, aconchegada em suas luvas e cachecóis. No final do dia as filas nos pontos de ônibus ficavam surpreendentemente longas, como uma multidão que esperasse ingressos para um concerto.

De pé junto à fonte, Kilander esperava imóvel. Usava um longo abrigo de cor escura e tinha um ar de advogado da cabeça aos pés. Atravessei a rua apressada, numa brecha do tráfego, e fui para junto dele.

— Como vai você, Sarah? — perguntou ele.

— Eu vou bem.

— Fico feliz em saber. De onde você está vindo?

— Winsonsin.

— Da prisão?

A 37ª hora   313

Confirmei com a cabeça.

Kilander não perguntou por Shiloh. Em vez disso, sentou-se na amurada da fonte e gesticulou para que eu me sentasse ao lado dele. A superfície escura e salpicada não estava apenas livre de neve, ela parecia estar seca. Aceitei seu convite para sentar e fiquei à espera de que ele falasse.

Os olhos de Kilander foram para a multidão de empregados de escritórios no ponto do ônibus e depois se voltaram para mim.

— No departamento, ninguém lhe sugeriu que não voltasse ao trabalho, sugeriu?

— Não.

Kilander assentiu pensativo, um de seus gestos de contemporização no tribunal.

— A confissão de Shiloh de tentativa de homicídio despertou grande interesse em se descobrir como Royce Stewart realmente morreu.

— É mesmo? Como foi que ele morreu? — retruquei, tentando usar o mesmo tipo de brejeirice que ele.

— Eles ainda estão apurando. Os peritos em incêndio criminoso reviraram aquele canil melhorado onde ele morava. Agora estão dizendo que o fogo não parece ter tido origem natural.

— É mesmo?

— E que pelo jeito havia muitas marcas de pneu em torno do local, da casa principal e do anexo, considerando-se que os proprietários estavam viajando e o carro de Shorty não funcionava. Estão examinando com atenção as marcas de pneu.

Minhas marcas. E as de Genevieve. Dentro de dois dias Genevieve estaria indo embora para Paris. Ela não estava perdendo tempo em arrancar daqui suas raízes, e agora eu me alegrava de que o fizesse.

— E os amigos de Stewart afirmam que na noite em que ele morreu, uma policial esteve no bar em Blue Earth para conversar com ele. Uma moça muito alta que vestia uma camiseta da equipe Kalispell Search and Rescue. A descrição dela não corresponde à de ninguém daquela jurisdição.

Eu não tinha feito um bom trabalho em matéria de apagar o rastro, e tampouco Genevieve. Teríamos sido mais cuidadosas se

314 Jodi Compton

soubéssemos que íamos matar Royce Stewart. Mas não tínhamos ido lá com a intenção de matar. A morte de Royce Stewart não havia sido planejada, fora praticamente um acidente. Era dessa maneira que eu precisava pensar sobre o fato; seria insuportável pensar em minha parceira como uma assassina.

E provavelmente esta também não seria a maneira, eu me dei conta, como o mundo iria vê-la. As provas circunstanciais não apontavam Genevieve como a assassina de Shorty. Ninguém tinha visto Genevieve em Blue Earth. Era a mim que tinham visto.

E, além disso, Genevieve, uma veterana muito estimada, tinha largado o emprego e ido para um lugar que exigiria extradição, o que, por sua vez, exigia burocracia, negociação, cooperação internacional.

Naturalmente, essas coisas não deveriam ter importância, mas eu conhecia a realidade – elas teriam importância. Enquanto isso, eu não era tão conhecida quanto Genevieve. Mesmo sem estar ciente de ter inimigos no departamento, a maioria dos que eu considerava amigos eram patrulheiros e detetives. Para aqueles do escalão mais alto, os magistrados da administração, eu era apenas um nome, uma jovem detetive manchada por um casamento com um homem que tinha se revelado um policial justiceiro.

E eu não estaria em Paris. Estaria em Minneapolis, não ao alcance do braço do sistema, mas sim no próprio coração dele, trabalhando diretamente sob os olhos observadores e cheios de suspeita de meus superiores à medida que a investigação prosseguisse.

– Eu entendo – falei baixinho.

Ele pôs uma mão amável no meu braço. Não fiz objeção. No passado eu considerara Kilander como um agradável sedutor, a quem se podia apreciar de uma distância segura, mas que não merecia confiança. Agora fiquei surpresa de constatar que estava pensando nele como um amigo.

– Você já ouviu o ditado "Os moinhos dos deuses se movem muito devagar, mas moem muito fino"? – indagou Kilander.

– Já ouvi, sim – respondi. Eu não tinha ouvido, mas sabia o que ele queria dizer.

Kilander pôs-se de pé e segui seu exemplo. Estávamos tão perto um do outro que senti intensamente cada um dos dez centímetros de vantagem que ele tinha sobre mim em termos de altura. Colocou a mão em meu ombro, com a outra mão levantou meu rosto em direção ao seu e gentilmente me deu um beijo na boca. Na periferia de meu campo visual cintilou uma correnteza de luzes da rua, como um relâmpago.

Kilander me soltou e deu um passo atrás.

– Os moinhos dos deuses estão moendo, Sarah – disse ele. Suas palavras não tinham ironia, assim como seu beijo nada tinha de sexual.

Dois ônibus tinham chegado e removido da calçada, como aspiradores de pó, os passageiros que esperavam. Assim havia desaparecido a multidão. Ainda restavam algumas pessoas na praça, indo e vindo, fantasmas e abstrações na escuridão que se aproximava. Fiquei parada observando Kilander caminhar de volta para o centro administrativo, a barra de seu abrigo se agitando de leve quando uma rajada de vento fez estremecer os jatos do chafariz. Ele não olhou para trás e eu fiquei observando até que desaparecesse no saguão iluminado do Centro Administrativo do condado de Hennepin, a torre de luz e de ordem onde ele trabalhava.

TÍTULOS DA COLEÇÃO NEGRA:

Noir americano – Uma antologia do crime de Chandler a Tarantino, editado por Peter Haining
Los Angeles – cidade proibida, de James Ellroy
Negro e amargo blues, de James Lee Burke
Sob o sol da Califórnia, de Robert Crais
Bandidos, de Elmore Leonard
Procura-se uma vítima, de Ross Macdonald
Perversão na cidade do jazz, de James Lee Burke
Marcas de nascença, de Sarah Dunant
Noturnos de Hollywood, de James Ellroy
Viúvas, de Ed McBain
Modelo para morrer, de Flávio Moreira da Costa
Violetas de março, de Philip Kerr
O homem sob a terra, de Ross Macdonald
Essa maldita farinha, de Rubens Figueiredo
A forma da água, de Andrea Camilleri
O colecionador de ossos, de Jeffery Deaver
A região submersa, de Tabajara Ruas
O cão de terracota, de Andrea Camilleri
Dália negra, de James Ellroy
Rios vermelhos, de Jean-Christophe Grangé
Beijo, de Ed McBain
O executante, de Rubem Mauro Machado
Sob minha pele, de Sarah Dunant
Jazz branco, de James Ellroy
A maneira negra, de Rafael Cardoso
O ladrão de merendas, de Andrea Camilleri
Cidade corrompida, de Ross Macdonald
Assassino branco, de Philip Kerr
A sombra materna, de Melodie Johnson Howe
A voz do violino, de Andrea Camilleri
As pérolas peregrinas, de Manuel de Lope
A cadeira vazia, de Jeffery Deaver
Os vinhedos de Salomão, de Jonathan Latimer
Uma morte em vermelho, de Walter Mosley
O grande deserto, de James Ellroy
Réquiem alemão, de Philip Kerr
Cadillac K.K.K., de James Lee Burke
Metrópole do medo, de Ed McBain
Um mês com Montalbano, de Andrea Camilleri
A lágrima do diabo, de Jeffery Deaver
Sempre em desvantagem, de Walter Mosley
O coração da floresta, de James Lee Burke
Dois assassinatos em minha vida dupla, de Josef Skvorecky
O vôo das cegonhas, de Jean-Christophe Grangé
6 mil em espécie, de James Ellroy
O vôo dos anjos, de Michael Connelly

Uma pequena morte em Lisboa, de Robert Wilson
Caos total, de Jean-Claude Izzo
Excursão a Tíndari, de Andrea Camilleri
Mistério à americana, organização e prefácio de Donald E. Westlake
Nossa Senhora da Solidão, de Marcela Serrano
Ferrovia do crepúsculo, de James Lee Burke
Sangue na lua, de James Ellroy
A última dança, de Ed McBain
Mistério à americana 2, organização de Lawrence Block
Mais escuro que a noite, de Michael Connelly
Uma volta com o cachorro, de Walter Mosley
O cheiro da noite, de Andrea Camilleri
Tela escura, de Davide Ferrario
Por causa da noite, de James Ellroy
Grana, grana, grana, de Ed McBain
Na companhia de estranhos, de Robert Wilson
Réquiem em Los Angeles, de Robert Crais
O macaco de pedra, de Jeffery Deaver
Alvo virtual, de Denise Danks
O morro do suicídio, de James Ellroy
Sempre caro, de Marcello Fois
Refém, de Robert Crais
O outro mundo, de Marcello Fois
Cidade dos ossos, de Michael Connelly
Mundos sujos, de José Latour
Dissolução, de C.J. Sansom
Chamada perdida, de Michael Connelly
Guinada na vida, de Andrea Camilleri
Sangue do céu, de Marcello Fois
Perto de casa, de Peter Robinson
Luz perdida, de Michael Connelly
Duplo homicídio, de Faye e Jonathan Kellerman
Espinheiro, de Ross Thomas
Correntezas da maldade, de Michael Connelly
Brincando com fogo, de Peter Robinson
Fogo negro, de C. J. Sansom
A lei do cão, de Don Winslow
Mulheres perigosas, organização de Otto Penzler
Camaradas em Miami, de José Latour
O livro do assassino, de Jonathan Kellerman
Morte proibida, de Michael Connelly
A lua de papel, de Andrea Camilleri
Anjos de pedra, de Stuart Archen Cohen
Caso estranho, de Peter Robinson
Um coração frio, de Jonathan Kellerman
O Poeta, de Michael Connelly
A fêmea da espécie, de Joyce Carol Oates
A Cidade dos Vidros, de Arnaldur Indridason
O vôo de sexta-feira, de Martin W. Brock

Este livro foi composto na
tipologia Goudy, em corpo 11/14, e
impresso em papel off-white 80g/m²,
no Sistema Cameron da Divisão Gráfica
da Distribuidora Record.

Seja um Leitor Preferencial Record
e receba informações sobre nossos lançamentos.
Escreva para
RP Record
Caixa Postal 23.052
Rio de Janeiro, RJ – CEP 20922-970
dando seu nome e endereço
e tenha acesso a nossas ofertas especiais.

Válido somente no Brasil.

Ou visite a nossa *home page*:
http://www.record.com.br